徳間文庫

公儀鬼役御膳帳

連理の枝

六道 慧

徳間書店

目次

木藤《きとう》隼之助《はやのすけ》　二十二歳。木藤家の庶子《しょし》。父に命ぜられ、橘町《たちばなちょう》の裏店《うらだな》に住む。食に関する豊富な知識と舌で食事師《くじし》として、働くこともある。

殿岡雪也《とのおかゆきや》　二十二歳。隼之助の幼馴染《なじ》み。実家は、百俵を賜る台所方だが、三男坊ゆえ、深川に住む三味線の師匠のもとで、男妾《おとこめかけ》をしている。

溝口《みぞぐち》 将右衛門《しょうえもん》　二十四歳。隼之助たちとは、小野派一刀流の道場で知り合う。先祖代々の浪人暮らし。妻と二人の子供がいる。

木藤多聞《たもん》　隼之助の父。御膳奉行《ごぜんぶぎょう》を勤める膳之五家《ぜんのごけ》の物頭《ものがしら》〈鬼役《おにやく》〉を勤めている。

木藤花江《はなえ》　隼之助の義母。

木藤弥一郎《やいちろう》　隼之助の異母兄。離縁されたが、正妻の息子のため、隼之助より一日遅れで生まれたが長男。直情的で隼之助と花江につらくあたる。

宮地才蔵《みやじさいぞう》　多聞の手下のお庭番《にわばん》。隼之助の身辺で働いている。

おとら　隼之助の住む〈達磨店《だるまだな》〉にいる取りあげ婆《ばば》。奥州訛《なま》りがある。喜多と宇良とともに、隼之助の世話を焼く。

喜多《きた》　自称、もとは大店《おおだな》の御内儀。

宇良《うら》　喜多、おとらと同じ七十に手が届こうと言う年だが、自称、現役の美人芸妓。本当は元遊女で、年季明けに遣《や》り手婆をしていた。

水嶋波留《みずしまはる》　十七歳。膳之五家のひとつ、水嶋家の女《むすめ》。隼之助と相愛だが、家同士が対立しているため、今は人目を忍ぶ仲となっている。

第一章　再生屋

一

一対《つい》の土雛《つちびな》が、飯台から床に転がり落ちて、割れた。

「出て行けと言ったはずだ」

男は言った。

「店賃《たなちん》は払えねえ、でも、商《あきな》いは今までのようにやりたい、なんて話が通るとでも思ってんのか、ええ、期限は先月の晦日《みそか》までなんだよ、一月いっぱいなんだよ。荷物を纏《まと》めて、さっさと出て行きやがれ！」

年は二十代なかば、凄《すご》みをきかせているつもりらしいが、目つきにも態度にも鋭さはまったく感じられない。見るからに使いっ走りという印象を受ける。

「せめて、あと十日、いえ、五日でもいいんです。ここに置いていただけませんか」

木藤隼之助《きとうはやのすけ》は、腰を折るようにして頭をさげた。見世《みせ》があるのは、南本所石原町。御竹蔵の北の方にあり、浅草川入堀から東に延びる町屋の一角である。隼之助と同じ長屋に住む年寄りから頼まれて、先月の二十日頃にこの蕎麦屋《そばや》〈信夫屋《しのぶ》〉に来たのだった。目的は見世を立て直すことなのだが、肝心の主《あるじ》は三日前から戻って来ていない。

「駄目だ、駄目だ。家主の〈大口屋《おおぐち》〉さんは、慈悲深いお方だがな。店賃《たな》を半年も溜《た》めているとなりゃ、そうそう仏の顔ばかりしていられねえさ。我慢の限界よ。それでも今日一日だけは待ってやると仰《おっ》しゃっているんだぜ。ありがたいと思うんだな」

「あの、先日、お願いしたことは、どうなりましたでしょうか」

隼之助の訴えが気に入らなかったのだろう、

「しつこいんだよ、退《ど》きやがれ！」

男は思いきり拳《こぶし》を叩きつけた。隼之助はわずかに首を傾けただけで避《よ》ける。ますます腹が立ったに違いない。

「やろうっ」

かっとなって、懐《ふところ》から匕首《あいくち》を取り出した。止める暇もない。男は腰を低くして匕首を突き出したが、隼之助はそれも素早くかわした。均衡をくずしてよろめいた男の背を軽く突くと、のめるように倒れこむ。

「こいつ」

「やる気か」

見世の戸口にいた仲間たちが色めき立った。二人ともほとんど同時に懐に手を入れたが、

「やめなさい」

静かな制止がかかる。匕首を抜こうとしていた二人は、叱りつけられた飼い犬のごとく、首をうなだれて道を開けた。見世の床に倒れこんだ男も慌てふためいて外に出る。三人の手下を押しのけるようにして、小柄な中年男が入って来た。

「わたしに用があるそうだね」

年は四十前後で、顔色はあまりよくない。髪にも艶《つや》がなく、ひ弱な感じだったが、目だけは強い光を放っていた。この見世の家主であり、宿屋を営む〈大口屋〉の主、九兵衛《きゅうべえ》だろうと判断する。

宿屋は口入れ屋の親分格といった人材派遣屋で、〈大口屋〉の場合、特に蕎麦職人を数多く抱えている。寄子《よりこ》と呼ばれる付属の職人が、六百人前後いるという話だった。

――血虚《けっきょ》の体質だな。

隼之助は、つい癖で相手の体質を読んでいる。一見したところ、九兵衛は大店《おおだな》の主には見えないが、眼光の鋭さに今までの生き様《ざま》が表れているように思えた。隼之助はあくまでも下手《したで》に出る。

「はい。わたしは隼之助と申しまして、日本橋は橘町《たちばなちょう》の〈達磨店《だるまだな》〉に住んでおります。同じ長屋の年寄りに、〈信夫屋〉さんを助けてほしいと言われまして」

「あたしが無理にお願いしたんです、隼之助さんは関わりないんです」

おとくが、震えながらも懸命に声を張りあげた。見世の隅で小さくなっていたのだが、流石《さすが》に耐えかねたのかもしれない。不在の主、小金次《こきんじ》の女房で大年増といった年頃だろうか。痩《や》せぎすの女の顔には、色濃く疲れが浮かびあがっている。

「申し訳ありません。溜まった店賃は必ずお払いいたします。今日中に荷物を纏めますので、もうこれ以上はどうか」

土下座せんばかりにして訴えた。親類縁者から金を掻《か》き集めたものの、昨日までの仕入れや支払いで、おとくの手元にはほとんど残っていない。商いを続けられるのであればまだしも、見世仕舞《じま》いとなれば、金を返す目途《めど》はまったく立たなかった。

「蕎麦を召し上がってください」

隼之助は一縷《いちる》の望みに懸ける。

「お口に合うかどうかはわかりませんが、ご用意させていただきました。熱もりで召し上がれるよう、支度を調《ととの》えてあります。いかがでしょうか」

蕎麦職人を抱える九兵衛に、思いきって勝負を仕掛けた。〈大口屋〉は職人を抱えるだけでなく、何軒か蕎麦屋も営んでいる。蕎麦通として名を知られていることも、隼之助はよく知っていた。

興味を覚えたのか、

「ほう、熱もりで」

九兵衛は樽《たる》製の腰掛けに腰をおろした。応という合図と受け止め、隼之助は急ぎ、仕事場に入る。どの程度の腕前か見てみたかったのかもしれない。座ったばかりの九兵衛も立ちあがり、仕事場の入り口に立った。

「隼之助さん」

おとくの不安げな顔に、大丈夫と頷《うなず》き返して、気合いを入れる。

——よし。

あらかじめ蒸籠《せいろ》に盛っていた蕎麦を流しの隣の飯台に置いた。薄く緑がかった蕎麦が、蒸籠に行儀よく盛られている。竈《かまど》に載せたままの鍋《なべ》では、ぐらぐらと熱湯が煮立っている。隼之助は蕎麦を盛りつけた蒸籠の上に、もう一枚、蒸籠を重ねて、上からな湯を切る。

熱湯を均等に掛けた。湯が行き渡ったのを感覚で読み取り、蒸籠を斜めに傾けて余計

「お運びいたします」

九兵衛に向かって告げ、あらかじめ用意しておいた蕎麦汁《つゆ》と一緒に蒸籠を飯台に運んだ。これは期待できると思ったらしく、九兵衛は真剣な表情で腰掛けに座り直した。前に置かれた蕎麦を目で眺め、ゆっくりと箸《はし》を入れる。上手《うま》くほぐしながら、まずはひと口、啜《すす》りあげた。

――どうだ？

とばかりに、隼之助とおとくは見つめたが、九兵衛の表情は変わらない。淡々と蕎麦を啜りあげ、綺麗《きれい》に食べ終えた。つまり、不味《まず》くはなかったと言うことだろう。が、なにも言葉を発しないことに不安が募《つの》る。

「〈大口屋〉さん」

隼之助の声に、九兵衛の声が重なった。

「どこで修業した」

「色々です。上方の〈和泉《いずみ》屋〉さんにも、短い間ですが、ご奉公させていただきました」

偽《いつわ》りを交えて答える。上方には行ったことがあるし、〈和泉屋〉で蕎麦を食べたこともあるが、たった一度のことだった。にもかかわらず、隼之助はその味を鮮明に覚えている。今、ここで〈和泉屋〉の蕎麦と汁を作れと言われれば、同じものを作り出す自信を持っていた。

「江戸ではどうだね。〈藪蕎麦《やぶそば》〉や〈砂場〉といった見世にも奉公したのかい」

九兵衛の問いかけに、小さく首を振る。

「いえ」

上方のことはすぐには調べられないが、江戸となれば、九兵衛の庭のようなもの。偽りを口にすれば、露見して面倒なことになる。正直に答えたつもりだったが、九兵衛は空《から》になった蒸籠を顎《あご》で指した。

「しかし、今の蕎麦は」

「お察しのとおり、少しだけ青菜を混ぜてみました。〈大口屋〉さんは、〈藪蕎麦〉さんの常連とお聞きしております。〈藪蕎麦〉さんでは、蕎麦の色が悪くなる夏場に、これを補うため、蕎麦の苗を擂《す》りおろして蕎麦に揉《も》み込んだとか。この時期、蕎麦の苗は手に入りません。それで、小松菜を使ってみました。雪消月《ゆききえづき》に変わったばかりでございますが、熱もりにいたしますと、いちだんと風味が増すのではないかと思いまして」

「雪消月か」

九兵衛は苦笑して、言った。

「これは、わたしのために作られた蕎麦というわけだね」

わかりきったことを、わざわざ口にするのは、驕《おご》りと浅薄《せんぱく》さの表れか。そうであるならば、却《かえ》ってやりやすい相手かもしれない。

「さようでございます。ご存じのように、このあたりは、荷担ぎや日傭取《ひようと》りといった力仕事をする者たちが多く住む場所。上品な蕎麦を出している暇はありません。ふだんはけんどんを扱っております」

けんどんは、つっけんどんから来た言葉で、重箱に、蕎麦と汁入れに入れた汁、そして、薬味を一緒に入れて出す蕎麦だ。一膳《いちぜん》限りでお代わりもないところから、「愛《あい》想《そ》がない」という意味の「けんどん」と名付けられた。

「だが、そのけんどんも、おまえさんが来てから、味が変わったと聞いた。格段に美《う》味《ま》くなり、見世が流行《はや》り出したそうだね」

「そう、そうなんです」

おとくが、ふたたび口を挟んだ。

「忙しい午《ひる》や夕方なんかは、行列ができます。隼之助さんのお陰なんですよ、本当に美味《おい》しいんです」

話しながら目で、入り口に現れる客に詫《わ》びている。時刻はまさに稼《かせ》ぎ時の午、九兵衛の手下が陣取っているため、中にまでは入って来ないが、みな決まって今日は休みなのかという物言いたげな眼差《まなざ》しを投げて行った。

「流行《はや》り始めているのはわかった」

九兵衛もひっきりなしに姿を見せる客に目をやっている。

「隼之助さんだったか。おまえさんがここにずっと奉公できるというのであれば、わたしも考えなくもない。店賃は見世をやりながら、少しずつ返してくれればいいがね。どうだい、それができるのかい」

「それは」

おとくは返事に詰まり、救いを求めるような目を隼之助に向けた。

「奉公を続けることはできませんが、朝、来て、蕎麦を打ちます。汁も作っておきます。おとくさんだけでも商いができるように……」

「小金次さんは、『ずる玉』や『切らず玉』しか打てない男なんだよ」

九兵衛は早口で遮る。『ずる玉』は、水分が多くずるっとした蕎麦のことであり、

『切らず玉』は、水を入れすぎたのを後から粉を足してごまかし、硬さを整えた蕎麦のことだ。どちらも不味いのは言うまでもない。

「いつも二見浦《ふたみがうら》さ」

と、鼻を鳴らして、続けた。『ずる玉』や『切らず玉』はわかったようだが、流石にこれは理解できなかったのだろう、問いかけの眼差しを投げたおとくに、隼之助は小声で答える。

「伊勢湾の名所です。二つの岩が太い七五三《しめ》縄《なわ》で繋《つな》げられていることから、蕎麦が蒸籠から離れずに、猪口《ちょく》まで繋がっている様子を言うんですよ」

「蕎麦屋にとっては、このうえなく、みっともないことの喩《たと》えだよ」

九兵衛が告げ、吐息まじりに言った。

「石臼《いしうす》や木鉢といった道具は、いいのを揃《そろ》えているんだがねえ。いかんせん、主の腕がそれに追いつかない。おまけに酒浸《びた》りで、商いもままならないとなれば、どうしようもないだろう。いっそ、どうだろうね、おとくさん。小金次さんを追い出して、この隼之助さんを亭主にしては」

満更《まんざら》、冗談とは思えない口調だった。言うつもりはなかったのに、我知らず、訴えが口をついて出る。

「わたしには惚《ほ》れた女子《おなご》がおります」

真顔が可笑《おか》しかったのかもしれない。

「そうか」

九兵衛は笑い、立ちあがる。

「今日は思わぬところで、美味い蕎麦を味わわせてもらったよ。礼として、十日間、待ってやろうじゃないか。十日の間に、店賃の一部でも返すことができたら、そのときはまた考えるとしよう」

「ありがとうございます」

深々と頭をさげた隼之助とおとくに、九兵衛はちらりと目を投げた。

「若いのに、いい腕してるじゃないか。奉公先はいつでもわたしが世話するよ。なんだったら、うちの見世に奉公してくれてもいい。ま、なにかあったときには、遠慮せず、訪ねてきなさい」

「はい」

とにかく明日に繋がった。今はそれでよしとするしかない。見世を立て直す再生屋としての初仕事は、なかなか厳しいものがあった。

二

一文にもならない無料働《ただ》き。

その夜、重い足を引きずるようにして、隼之助は橘町に戻った。

橘町は日本橋浜町堀《はまちょうぼり》の東に位置しており、明暦《めいれき》の大火までは北側の横山《よこやま》町に西本願寺があったため、立花を売る店が多く建ち並んでいたことから、当初は立花町と呼ばれていた。一丁目から四丁目があって、一丁目に千鳥《ちどり》橋、潮見《しおみ》橋が架かり、ともに西河岸《にしかし》の元浜《もとはま》町へ渡ることができる。北は通塩《とおりしお》町、横山町一丁目に接し、南は村松《むらまつ》町、東は横山同朋《どうぼう》町に隣接しているため、便のいい場所といえた。

「おや、お戻りですか」

「朝、見ても、夜、見ても、美《い》い男だこと」

路地に立っていたのは、お喜多《きた》とお宇良《うら》で、〈達磨店〉の三婆《さんばば》と呼ばれる長屋の主たちだ。二人とも深い皺《しわ》と染みだらけの年寄りであるのは言うまでもない。お喜多は自称、元大店の御内儀、お宇良は吉原の遊女という話だった。さりげなく股間《こかん》に伸びかけたお宇良の手を、隼之助もまたさりげなく払いのける。

「寄合は終わったのか」

皮肉まじりの言葉だったが、二人は平然と答えた。

「はい、今宵《こよい》は失礼いたします」

「続きはまた明日、ということで」

「無事に明日を迎えられればいいが、下手をすると、寝ている間に布団の中で冥土《めいど》への旅に出る、なんてことに……」

毒をこめた切り返しは、虚《むな》しく闇《やみ》に吸いこまれる。二人はさっさと自分の家に戻っていた。いつも涼しい顔をして、隼之助の家にあがりこむ婆どもを、なんとかやりこめてやろうと、ここ数日、頭をひねった挙げ句が、この無視である。

「年を取ると、面《つら》の皮が厚くなるな」

忌々《いまいま》しげに呟《つぶや》いた隼之助を、もうひとりの婆が出迎えた。

「悪態をついても楽しくはなんねえぞ。どうせなら、明るく挨拶《あいさつ》しねえか。辛気《しんき》くさくてかなわねえがや」

土間で大きな声を張りあげたのは、隼之助を無料働きに追いこんだ張本人、おとらである。無造作に後ろで束ねた髪は、ほとんどが白髪で、着ている木綿の着物も水をくぐらせすぎて、もとの色がわからなくなっている。

「一文の銭にもならないとなれば、だれでも辛気くさくなるさ」

隼之助は不機嫌さをあらわにして、座敷にあがった。流石《さすが》に気が引けたのか、おとらは慌て気味に声を掛ける。

「湯漬けができるけんど、食うか」

奥州訛《なま》りは亡き祖母を思い出させてくれるが、食うかと問われる飯は、隼之助が稼いだ金で買った米。これまた三婆はなぜか隼之助の米を食い、味噌《みそ》や醬油《しょうゆ》、塩なども遠慮なく使ってくれる。

「食いたいときに食うからかまうな、さっさと家に帰れ」

冷たく言ったが、お喜多やお宇良同様、堪《こた》える相手ではない。

「なじょした。機嫌が悪いだな。見世が暇だったのかい」

「忙しすぎて飯を食う暇もないほどだ」

どさりと音をたてて、座敷に座りこむ。棟割り長屋の四畳半という、ごく普通のつつましやかな暮らしだが、つつましやかを通り越して、家には家具らしきものがまったくない。おとらが自分の家から持って来た行灯《あんどん》と、おとらに頼んで手に入れた紙製の布団だけが、唯一《ゆいいつ》、暮らしの匂いらしきものを漂《ただよ》わせていた。

「そうか、忙しくてよがったじゃねえか。そいで、どうした例の話は。今日は家主が来るとか言っていなかっただか」

懸命《けんめい》に機嫌を取るような感じだった。おとらも座敷にあがって来て、湯のような茶を隼之助の前に置き、あたりまえのような顔をして座る。三婆が昼間、さんざん飲んだ後の出涸《でが》らしの茶であるのもまたいつものことだ。

「十日、待ってくれることになった」

隼之助は答えて、ほとんど白湯《さゆ》という感じの茶を啜りあげる。安堵《あんど》したに違いない。

「そう、か」

おとらは大きく息をついた。気持ちはわからなくもないが、一緒にほっとできるほど甘い状況ではなかった。

「主が戻って来ないのでは、話にならないではないか。おとくさんひとりでは蕎麦屋はできないぞ。手伝い始めて十日以上になるが、おれは主の顔を見たことがない。夜になると、たまに戻って来るようだが」

安堵とは別の吐息が出た。

「おとらさんは、商いがうまくいかないから、亭主がやけを起こして酒浸《びた》りと言っていたがな、違うじゃないか。あの夫婦は」

そこで言葉に詰まる。小金次とおとく夫婦は、去年の春、ようやく授かった女の子をわずか五歳で亡くしていた。名はおふく、所帯を持って七年目にして生まれた子となれば、酒浸りになるのもわからなくはない。

　あの割れた土雛は、いつから置かれたままだったのだろう。娘が死んだ去年の春から片づけられることなく、忘れ去られていたのではないだろうか。

「逆縁は辛《つら》い。親を亡くすより、子を亡くす方が、何倍も辛いと聞いている。亭主は立ち直れるかどうか」

　手を引きたいと暗にほのめかした。夫婦を案じる気持ちはむろんあるが、いったい、なにができるというのか。隼之助は出口のない迷路に入りこんだような、心許《こころもと》ない気持ちになっている。

「美味い蕎麦を食わしてやれ」

　おとらは言い、土間に戻って、湯漬けの支度をし始めた。小腹が空《す》いていることに気づいたため、隼之助は黙って不味い茶を啜りあげている。明日の見えない蕎麦屋の夫婦、少しでも気持ちを引き立てようとしたのか、

「けんどんばかりじゃなぐてよ、変わり蕎麦というか、人目を引くような目新しい蕎麦を、そろそろ打ち出した方がいいんじゃねえのかい。そら、あるじゃねえか、珍しい蕎麦、黄色い蕎麦とかよ」

おとらが、にぃっと抜けた歯を見せて笑った。

「無理だな、元手がかかりすぎる」

「身も蓋《ふた》もねえ言い方するでねえ。即座に答えるあたりが、憎らしいっつうかなんというか。もうちょっと言いようがあるだろうによ」

盆に載せて、湯漬けを運んで来た。総菜は、余り物の煎《い》り煮と漬け物だが、隼之助の指南を受けたお陰かもしれない。おとらはめきめきと料理の腕をあげている。苦笑いしつつ、箸を取った。

「おとらさんが言っているのは、〈砂場〉の御膳蕎麦のことだろうが、あの蕎麦は水の代わりに卵で蕎麦を練っているんだ。蕎麦粉も白い更科粉《さらしなこ》を用いている。南本所あたりの蕎麦屋では、ちと高級すぎるように思えなくもない。人にも格があるように、見世にも格があるからな」

湯漬けを掻っ込み、から煎りした蒟蒻《こんにゃく》を口に放りこむ。ぽつんとひとりで食べるよりも、たとえ婆であろうとも、こうやって相手がいてくれた方がいいに決まっている。そこにつけこまれるがゆえの無理な頼み事なのだが、隼之助自身、蕎麦を作ることに、ささやかな喜びを見出《みいだ》していた。もっとも、なにかしら喜びを見つけて取り組まないと、小金次夫婦の辛い境遇に引きずりこまれかねないという危惧《きぐ》もある。

ともあれ、渋々始めた手伝いではあるものの、それなりの生き甲斐《がい》を見つけているのは確かだった。

「けどよ。蕎麦屋はあちこちにあるじゃねえか。それで、よけいに商いがうまくいかねえんじゃねえのかと」

「案ずることはない。蕎麦屋というのは、うまく客を分け合っているんだ」

隼之助は簡潔に説明する。根っから蕎麦好きの口うるさい通人、蕎麦をなにげなく食べる人、口当たりの良い蕎麦を好む人などなど、蕎麦屋は多種多様な客の好みによって、たとえ隣に蕎麦屋があっても、商いを成り立たせることができる。

「〈信夫屋〉があるのは、南本所だ。洒落《しゃれ》た蕎麦なんぞ、食う客は来ない。通りすがりに食べたり、時間のない人夫が大急ぎで食べたりする場所だ。それゆえ、けんどんで、いや、けんどんがいいのさ」

「はあぁ、そうかね」

おとらは、本当に感心した様子で、ぽかんと口を開けた。

「なじょして、隼さんは、そんなことまで知っているんだね。蕎麦屋をやったことがあるのかい」

「あらためて訊《き》かれても困るが」

答えに窮して、口ごもる。蕎麦の打ち方や汁の作り方は、義母《はは》の花江《はなえ》に伝授された。さらに父親の木藤多聞《たもん》とともに訪れた各地で、隼之助は、己《おのれ》の舌力《したぢから》によって、その見世の味を会得している。人の流れや客筋を見たりするのは、自然に憶《おぼ》えたことである。他に言いようがなくて、告げた。

「見ていればわかる」

「普通はわからねえよ。やっぱ、あれだな。隼さんは、商いに向いているんだな」

「さあ、どうかな」

お代わりを察して差し出された手に、空の丼《どんぶり》を載せる。飯用の茶碗などという上等なものはこの家にはない。飯でも蕎麦でも汁でも、丼で済ませるのが常だった。

「前々から思っていたんだけどよ、もり蕎麦ってのは、なじょして、二枚、持って来るんだ。一人前でも二枚だべ」

冷や飯が盛られた丼を受け取り、隼之助は続ける。

「もり蕎麦の『お一人前』というのは、おとらさんが言うとおり、二枚とされている。なぜかと言えば、不吉だからさ。仏の枕元に一膳飯を供えるじゃないか。あれは逆の理由で、葬式だからこそ、不吉なことをわざとやるというわけだ」

「なるほど、縁起が悪いからかい。そいじゃ、二枚、重なっている蕎麦は目出度《めでた》いってことかい。これからは二枚、重なっている蕎麦を見たら、ありがたやと拝まなきゃならねえな。それにしても、隼さんは物知りじゃのう。色々なことをよう知っておるわい。ついでにもうひとつ」

　と、おとらは頼み事を口にした。

「〈信夫屋〉のことだが、他になにか銭を稼ぐ手だてはねえもんだか。蕎麦屋はこのまま続けるとしてもだ。今のままじゃ、支払いだけで精一杯じゃねえか。儲《もう》けが出やしねえ。蕎麦屋をやりながら、なにかできることはねえだか」

「実は、おれもそれを考えていた」

　あっという間に丼飯を二杯、平らげて、箸を置いた。空になった丼に、おとらが白湯のような茶を注《つ》いでくれる。

「見世で飴《あめ》を売るのはどうだろうな。水飴ならさほど元手がかからない」

「水飴を売るのか」

「そのままでも売れるが、ひと手間かけた方がいいだろう。ちと、考えがある。おとくさんに、その気があれば……」

「隼之助、おるか」

　たてつけの悪い戸が、がたぴしと音をたてて開いた。姿を見せたのは、幼なじみの盟友、殿岡雪也《とのおかゆきや》。年は隼之助と同じ二十二だが、女子であれば必ず見惚《みと》れる色男という点が大きく異なっている。

「色男のお出ましかね。そろそろお暇《いとま》しようかい」

どっこいしょ、と、腰をあげたおとらは、行灯に手を伸ばしかけた。

「待て、それを持って行かれたら、真っ暗闇だ」

「さよう、暗いのは人生だけで充分よ」

言葉を継いだ雪也に、おとらはにんまりと笑いかける。

「油代は払ってくれるんだべな」

「まかせておけ」

軽く胸を叩《たた》いた盟友に、隼之助はちらりと目を向けた。右頰《ほお》に真新しい傷痕があることに気づいたが、敢《あ》えて口にしない。

「んでまず、またお明日《みょうぬづ》」

おとらが出て行くと、雪也は、にやにやしながら座敷にあがって来た。

三

「美《い》い女なのだ、年は十八でな。大店の娘御といった風情だが、ぽんと二両の小遣いをくれた。この不景気に太っ腹だとは思わぬか、ええ、隼之助よ」

色男の告白を聞き、隼之助は右頬に冷ややかな眼差しを向ける。

「その挙げ句か」

友はふだんは深川に住む三味線の師匠、おきちの男妾《おとこめかけ》という身分である。踊りや小唄なども教えるため、五目《ごもく》の師匠とも呼ばれているが、困ったことに雪也は女癖が非常に悪い。いちおう相手は選んでいるようだが、金をちらつかせられれば、選ぶ基準が甘くなるのは間違いなかった。

「そんなところだ」

雪也は右頬に触れたが、相変わらずにやにやしている。

「先月の末、おきちと一緒に亀戸の梅屋敷に出かけた折、出逢《でお》うてな。素早く文を渡したのが、功を奏したというわけよ」

「呆《あき》れたやつだな。おきちさんが側《そば》にいたのに、他の女子に文を渡すとは」

心からの言葉だったが、まるで意に介さない。

「おぬしは惚れた女子《おなご》一筋ゆえ、江戸に咲き誇る花に目が行かぬのやもしれぬが、普通、男はこれと思うた女子に声を掛けるものじゃ。言うなれば礼儀のようなもの。相手も悪い気はせぬであろうさ。家などないも同然の三男坊にとっては、二両は大金じゃ。思いもかけぬ金主《きんしゅ》よ」

実感のこもった言葉は、隼之助にとっても他人事《ひとごと》ではない。家などないも同然という部分が、ちくりと胸を刺した。

「家には帰っていないのか」

さして訊きたくもないのに問いかけている。

「正月以来、戻っておらぬ。行ったところで歓迎されぬのはわかっておるからな。また金の無心かと眉《まゆ》をひそめられるのはあきらか。道場の指南役でもすればよいのにと、嫂《あによめ》までもが露骨にいやな顔をする。頼まれない限り、足を向けたくない場所だ」

殿岡家は百俵を賜《たまわ》る幕府の台所方で、番町に屋敷を持つ木藤家からは目と鼻の距離にある。隼之助は十歳まで長屋で母方の祖母と暮らしていたのだが、祖母が亡くなった後、木藤家に引き取られている。当初、雪也とは喧嘩《けんか》ばかりする間柄だった。それがいつしか無二の親友になるのだから人生とは面白い。

「ま、おまえの気持ちもわからぬではない。知ってのとおり、おれも正月以来、用無しらしゅうてな。お声が掛からぬ」

話しているうちに、自嘲《じちょう》を含んだ侍言葉になっていた。木藤家は御膳奉行《ごぜんぶぎょう》の物頭《ものがしら》――一代限りの頭役を賜っており、二百俵高だが、役料として特別に三百俵を賜っている。御膳奉行は若年寄支配で頭役は三人から五人、任命されるのが常である。

しかし、前将軍《さきの》、十一代家斉《いえなり》公の折、木藤家、地坂《ちさか》家、水嶋《みずしま》家、火野《ひの》家、金井《かない》家の五家が、膳之五家《ぜんのごけ》として新しく設けられていた。通常、御膳奉行の役料は二百俵であるにもかかわらず、木藤家だけは他家より多く賜っている。他の四家との差、百俵の差に隠された秘密――。

「まだ『鬼の舌』の出番はなしか」

雪也が秘密に関わる事柄を囁《ささや》いた。過日、多聞に呼ばれた折、将右衛門《しょうえもん》をまじえて、裏の役目に関わる事柄を説明されている。が、あまり口にしてほしくないというのが正直な気持ちだった。

「めったなことを言うな」

早口で制しながら、つい戸口を見やっている。薄い壁や障子戸は、まさに壁に耳あり、障子に目あり。どこでだれが聞いているかわからない。が、雪也はさして気に留めた様子もなかった。

「されど、よい稼ぎになるのは間違いない。将右衛門も口にはせぬが、声が掛からぬかと心待ちにしているようじゃ。二人も幼子がいるゆえ、無理からぬこと。今宵あたり来ているのではないかと思うたが、傘張りの内職に忙しいのやもしれぬな」

もうひとりの友、溝口《みぞぐち》将右衛門を気遣っていた。

将右衛門とは、隼之助が通っている小野派一刀流の道場で知り合ったのだが、祖父の代どころか、先祖代々浪人という家柄。おまけに若くして所帯を持ったため、すでに二人の子持ちという厳しい暮らしがある。

「おれに筆写の仕事をまわしてくれたからな、すまないと思うてはいるのだ。されど、これぱかりはどうにもならぬ」

隼之助はここ十日ほどの無料奉仕で、心底、疲れきっていた。まだ暗いうちから南本所石原町に行き、蕎麦打ちをしながら見世を切り盛りし、ここに戻った後、文句を言うおとらをなだめて、行灯の明かりを頼りに筆写の仕事に勤《いそ》しんでいた。そのお陰でどうにかこうにか、店賃を払えている。父の木藤多聞が、あらたな仕事――かなりの危険をともなう他言できない仕事を持って来てくれないかと、隼之助自身も心のどこかで待っていた。

「才蔵《さいぞう》さんは、なにも言うておらぬのか」

と、雪也は顎を動かした。宮地《みやじ》才蔵は父の手下のお庭番《にわばん》で、先月の中頃、突然、この長屋に引っ越して来たのだった。頼りになる兄貴分といった感じはするものの、見張り役のようにも思えてしまい、隼之助はなんとなく落ち着かない気持ちになっている。

「引っ越して来た次の日から姿を見ておらぬ。あるいは、父上の命を受け、内々の調べをしているのやもしれぬ」

どこか浮かぬ表情を読み取ったに違いない。

「この家には、もう波留《はる》殿は連れて来られぬな」

雪也が言った。

「うむ」

答える声も暗くならざるをえない。隼之助の想い人、水嶋波留は、膳之五家の一家、水嶋家の二女だ。今は屋敷替えによって、家が離れてしまったが、かつては水嶋家も木藤家の近くだったため、自然と互いに惹《ひ》かれ合うようになったのである。

ここに住み始めた当初は、雪也が波留の案内役兼護衛役となってくれた。が、膳之五家、特に木藤家は他の四家とあまりうまくいっていない。多聞に知られれば、きつい叱責《しっせき》を受けるのは確実だった。

「しばらくの間、逢瀬の場所を、将右衛門の家にすればよい。おきちとはこれゆえ、ちと都合が悪いからな」

　ふたたび右頬の傷痕を見せた友に、苦笑いを返した。

「そんなことまで、おまえが気にすることはない。波留殿さえ承知してくれれば、〈信夫屋〉に来てもらうという策もある」

「お、そうか。その手があったな」

　ぽんと膝《ひざ》を叩き、「そういえば」と、思い出したように訊《たず》ねる。

「弥一郎《やいちろう》殿が嫁女を迎えると聞いたがまことか」

「という話だ」

　隼之助は短く答えた。木藤弥一郎は、同い年の腹違いの兄弟であり、慶次郎《けいじろう》という親類筋に養子に出た弟もいる。兄弟の母、富子《とみこ》は、離縁されて実家に戻っていた。雪也の案じるような顔を見て、無理に笑いを押しあげる。

「木藤家を継ぐのは、弥一郎殿よ。おれもこれで踏ん切りがついた。なんとか金を貯めて、食い物屋でもやるつもりだ。おとらさんから言われて始めた再生屋だが、商いを学ぶよい機会ではないかとも思うておる」

「うまくいきそうなのか」

期待に満ちた目に、ふたたび苦笑を向けた。

「むずかしいな」

主の小金次が働く気持ちを取り戻せば、あるいは、うまくいくかもしれない。だが、愛する子を亡くして、生きる気力を失っている男の心に、隼之助の言葉が届くかどうか。詳しい事情を知らない雪也は、力をこめて告げた。

「されど、すでに〈信夫屋〉の味が変わった、蕎麦が美味くなったという噂話《うわさばなし》が広まっているようだぞ。わたしも耳にしたが、将右衛門も言うていた。おぬしは人とは異なる舌を持っておる。酒や煙草は舌を鈍くすると、以前、聞いた憶えがあるゆえ、今宵はわたしも酒を買《こ》うてくるのをこらえた次第よ」

労《いたわ》りと気遣いあふれる言葉に、思わず胸が熱くなる。

「すまぬ」

「よせ、水くさいことは言うな。近々、将右衛門と〈信夫屋〉に行く。そのときは美味い蕎麦を馳走《ちそう》してくれ」

「お安い御用だ。もっとも、将右衛門は大食いだからな。仕入れた蕎麦粉がすべて腹に消えてしまうやもしれぬ」

「然《しか》り」

笑い合って、今宵は寝るかとなりかけたとき、

「〈切目屋《きりめ》〉の使いでございます」

戸口で男の声が響いた。隼之助は土間に降り、急いで戸を開ける。顔馴染《かおなじ》みの下男が、ぺこりと頭をさげた。

「女将《おかみ》さんが、明日、見世の方に来ていただきたいと」

「わかりました」

町人言葉に戻って、話を終わらせる。長屋は暗い闇に沈み、眠りに落ちていた。

〈切目屋〉は神田馬喰《ばくろうちょう》町の旅籠《はたご》だが、公事宿《くじやど》も兼ねていて、隼之助にも時折、声が掛かる。多少なりとも金になるのは嬉《うれ》しいが、〈信夫屋〉のことを考えると、そうそう喜んでばかりもいられない。

「おれはこれから〈信夫屋〉に行く。明日の分の蕎麦を打ち、汁を作っておかぬと、おとくさんが困るからな」

土間に立ったまま言った。

「一刻《いっとき》（二時間）でいいから休んでゆけ。ろくに寝ておらぬのであろう、目が落ちくぼんでおるぞ。倒れてしもうてはなんにもならぬ」

「だが」

隼之助の声に、男の声が重なった。

「こちらに隼之助様という方はおいでですか」

畏《かしこ》まった物言いに不吉なものを感じたのだろう、雪也も土間に降りてくる。目で促されて、隼之助は慎重に戸を開けた。

「隼之助は、わたしです」

「番屋から参りました。溝口将右衛門様をご存じで？」

「はい」

「おいでいただくようにと」

使いの男は多くを語らない。それがますます不安を駆り立てる。顔を見合わせた二人は、もうひとりの友を案じつつ、闇の中に飛び出して行った。

四

「将右衛門」

番屋の前に立つ大男を見て、隼之助と雪也は、ほとんど同時に安堵の吐息をついた。

二人よりも一つ年上なだけなのだが、六尺（百八十二センチ）を超える背丈のせいか、はたまた所帯やつれのせいなのか、三十前後に見える。

「どうしたのだ、なにがあったのだ」

隼之助の問いかけに、将右衛門は不機嫌さをあらわにして答えた。

「おぬしの家に行こうとしたのじゃ。ここ数日、ろくに飯も食えぬ有様《ありさま》だったゆえ、冷や飯でもよいから、とにかく腹になにかおさめねば眠れぬと思い、頭が痛くなるほど寒い中、両国橋を渡ったのよ。西詰の広小路《ひろこうじ》に出たとき、だれかが倒れているのを見つけての。番屋に届け出たのじゃ」

苛立《いらだ》たしげに膝を揺すっている。こんなことなら見て見ぬふりをして、通り過ぎればよかったと、後悔しているのは確かだった。

「疑われているのか」

隼之助の問いかけに、憤懣《ふんまん》やるかたないという顔で頷いた。

「さよう。刀を見せ、血糊《ちのり》が付いていないことを確かめさせたが、それでも駄目だと言い張りおってな。与力の某《なにがし》が来るまでは、家に戻ってはならぬ。家に戻る際も確かな請け人がおらねばならぬ、とまあ、そんなわけでな。女房よりも、隼之助の方が近くてよかろうと思うたわけよ」

「その与力の某とやらは来たのか」

と、雪也。皮肉っぽい響きがあった。

「いや、まだじゃ。いつまで待たされるのかのう。腹が空きすぎて、胃ノ腑《ふ》が痛いほどになっておるわ。蕎麦屋でも通らぬかと、さいぜんより、待っているのだが」

将右衛門は仁王立ちになって、人気《ひとけ》のない通りを見やっている。容赦なく吹きつける乾いた寒風が、砂埃《すなぼこり》を舞いあげる度《たび》、隼之助たちも震えあがった。春とは名ばかりの冷えこみが襲いかかってくる。

「中に入ろう、将右衛門。寒すぎる」

番屋の戸に手をかけた隼之助の腕を、将右衛門が素早く摑《つか》んだ。

「待て」

不意に目が鋭くなる。雪也にも視線を向けて、言った。

「驚くなよ」

亡骸《なきがら》を見て、ということだろうか。雪也も腕は立つが、将右衛門は道場で師範代を務めるほどの腕前。その男がこんな表情をしたのは初めてだった。ただならぬ気配を感じながら、隼之助は小声で答える。

「わかった」

「来い」

戸を開けた将右衛門に続き、番屋に入る。とたんに血腥《ちなまぐさ》さが鼻をついた。なにをするのか察したのだろう、見張り役の役人が慌てた様子で外に出る。座敷に置かれていた行灯を、雪也が持って来た。

将右衛門が無言で筵《むしろ》を上にあげる。

「…………」

隼之助は小さく息を吞《の》んだ。横たわっている亡骸は、町人らしき男で年は三十前後。目を見開いたまま事切れたようだが、その身体《からだ》は二つに分かれていた。どうやれば、こんなふうに人の身体を切断することができるのか。

「おそらく右肩から臍《へそ》のあたりめがけて、袈裟《けさ》懸《が》けに切りこみ、そこから真っ直ぐ下に刃を降ろした」

将右衛門が、医師のような冷静さで賊の太刀《たち》筋《すじ》を読んだ。亡骸は顔と左半身、そして、右肩を含む右半身に分断されている。立って動く人間を斬るのは、口で言うほどたやすいことではない。それを易々《やすやす》となしおえた賊の、凄まじい剣技に、隼之助と雪也はしばし声を失っていた。

「斬られた直後だったのか」

かろうじて、隼之助は掠《かす》れた問いかけを発した。

「そうかもしれぬ。まだ身体は温かかったが、逃げて行く者などは見なかった。わしが橋を渡って来ることに気づき、素早く逃げたのやもしれぬ」

「それにしても、凄い切り口だ」

雪也の顔は心なしか青ざめている。見張り役の者が外に出たのも道理、何度も見る気になれなかったに違いない。とうてい人の仕業《しわざ》とは思えなかった。鋭い牙《きば》を持つ異形の鬼にでも襲われたのではあるまいか。あまりにも怖《おそ》ろしい死に様に、隼之助もありえないことを考えている。

「刀ではなくて、古太刀を使ったのかもしれぬ。幅広の刃でなければ、こうまで見事に骨を断ち切るのはむずかしかろう。逃げ去った賊の太刀は、折れておるのではないか。刃の欠片《かけら》などは落ちていなかったか」

確かめるように訊いた。

「いちおう亡骸のまわりは見たがの。そのようなものは落ちておらなんだわ。仏の顔にも憶えはなし、と」

蕎麦屋の掛け声を聞き、将右衛門は亡骸に筵を掛け、立ちあがる。

「ようやく来たか。すまんが、馳走してくれぬか。もう一歩も歩けぬほどに腹ぺこよ。

死にそうじゃ」

「よし、わたしが」

懐のあたたかい雪也が、にわか金主を買って出た。隼之助は今一度、筵をめくりあげ、男の顔を頭に焼きつける。物盗《と》りか、腕試しの辻斬《つじぎ》りか、それとも……この男の命が狙《ねら》いだったのか。

——匕首《あいくち》などは、持っておらぬか。

素早く亡骸の懐を確かめていた。得物《えもの》の類《たぐい》は携えていなかったが、この凄まじい剣技を用いられては、懐の匕首も真っ二つに切断されていたかもしれない。亡骸の切られた断面が異様に綺麗なのを見て、二度目の震えがきた。

——絶対に戦いたくない相手だ。

盟友たちに比べると、剣術の腕前は今ひとつ。逃げ足の速さや、身の軽さには自信があるものの、まともに勝負をした場合は、勝つ自信などなかった。

「隼之助も来い」

雪也に呼ばれて、御相伴に与《あずか》ることにした。番屋の見張り役はいるものの、冷える夜には、たとえ不味い屋台の蕎麦であろうとも温《ぬく》もりが腹に染みわたる。すでに蕎麦を味わうことさえできなくなった仏のお陰で、思わぬ夜中の蕎麦宴となったが、

「木藤様の手下、才蔵だったか」

将右衛門は早く帰ることだけを考えていた。

「あの男を呼んで来てはくれぬか、隼之助。色々と顔が利きそうじゃ。町方の与力や同心どもも、ひと睨《にら》みで震えあがるに相違ない。それもあって、おぬしのもとに使いを行かせたのじゃ」

刀まで見せたのに嫌疑が晴れないうえ、寒空の下、延々と待たされている。隼之助とて同じ思いだが、いい返事はできない。

「すぐにと言いたいところだが、才蔵さんは長屋におらぬ」

答えつつ、懐が疼《うず》くのを感じている。柄《つか》に青い龍《りゅう》の意匠が入った短刀を常に携えているのだが、これは父から授けられた木藤家に代々伝わる品。与力に見せれば、ある程度の効力を発揮するであろうことはわかっていた。

——しかし、見せる相手を間違えば、この短刀はおれの命を奪う刃となる。

かつて才蔵が告げた言葉を、心の中で反芻《はんすう》している。この後、来る与力が、父の味方であれば話は早く終わるだろう。が、与力が敵の傘下だった場合は、よけい厄介なことになるかもしれない。

「駄目か」

将右衛門の落胆を、雪也が継いだ。

「案ずることはない、おぬしの刀には血糊がついておらぬのだ。与力に見せれば、得心するであろうさ」

と、隼之助を見る。

「ここはわたしが引き受けた。おぬしはもう行くがよい。明日は早朝から〈切目屋〉に呼ばれているではないか。これから南本所まで行かねばならぬのは、ちと難儀だがな。致し方あるまい」

「これから〈信夫屋〉に行くのか」

驚きの言葉を発した将右衛門に、明るく言った。

「明日、行けぬとなれば、夜中のうちに仕込んでおくしかない。夏場であれば、蕎麦の味が変わりかねぬが、この寒さが幸いするというわけよ。夜中のうちに蕎麦を打っても、さして味は変わらぬからな」

「人にとっては辛い寒さも、蕎麦にとってはありがたいものか」

「そういうことだ。ゆえに、すまぬ、将右衛門。おれは手助けできぬが、念のために今一度、家に行ってみる。才蔵さんが戻っていれば、すぐに駆けつけてくれるよう、頼んでみるつもりだ」

「いや、わしのことは気にするな。雪也がおれば大丈夫じゃ。嫌疑を晴らした後は、おぬしの家の食客《しょっかく》になるが、許せ」

「節操なしの大飯食らいが食客か」

「こいつ」

叩く真似をした将右衛門から素早く離れる。こんな悪態がつけるのも、気心が知れた相手なればこそ。片手をあげて隼之助は二人と別れた。

五

翌朝。

隼之助は、夜明けとともに馬喰町二丁目の旅籠〈切目屋〉を訪れていた。

「また……みたいなんですよ」

女将の志保《しほ》が、意味ありげに間を空けた。年は三十なかばぐらいだろう、とりたてて美人ではないが、色の白さに目を吸い寄せられる。後家なのかもしれない。いつ来ても主と思《おぼ》しき男に会ったことはなかった。

「『外《はず》れ公事《くじ》』ですか」

意味ありげに消えた部分を敢えて口にする。人の道に外れそうな公事のことを、この見世ではそういう隠語《いんご》で呼んでいた。女将は『外れ公事』の客が来ると、こめかみが疼き、頭痛が始まるらしい。

「そうなんですよ。江戸見物に来たと仰《おっ》しゃっているんですが、なんとなく、様子が変なんです。いえね、宿賃はきちんと払ってくださいましたよ、前払いで十日分、いただきました。昨夜などは訪ねて来た人に、仕出し料理を振る舞ったりして、まあ、羽振《はぶ》りはよさそうなんです。でも」

また疼いたのか、眉を寄せ、右のこめかみを指で押さえた。

「頭が痛くって」

「薬草を揃えていただければ、頭痛に効く薬を調合いたしますが」

「そうそう、隼之助さんは医術の心得があるんでしたね。あとでお願いしますよ。それよりも、いかがでしょ？」

最後に口癖の言葉を呟き、目で二階を指した。父と女将の繋がりが、いやでもちらついている。先月、ここで引き合わされた若旦那《わかだんな》は、『秘密の御役目』に関わりのある者だった。もしかすると、此度《こたび》もそうなのだろうか。多聞に命じられたため、志保はこの話を持ちかけたのだろうか。

「まずは、お訊ねしたいことがあります。年はいくつなのですか、どこから来たのですか、なにをやっている人なのですか」

無駄だと思いながらも訊いていた。客が宿帳に真実を書くとは限らない。それでも最低限の情報がほしかった。

「お名前は、石川徳之進《いしかわとくのしん》様、お年は三十一。薩摩《さつま》からおいでになられたそうです。国許《もと》では、半士半農の郷士《ごうし》でいらっしゃるとか。あちらでは多いそうですね」

「薩摩の郷士、ですか」

隼之助は薩摩の記憶を探った。南の果ての国にも、多聞の供をして訪れたことがある。真夏の暑い盛りだったため、まず甦《よみがえ》ったのは目眩《めまい》がしそうな暑さと、火山灰に覆われた土壌の悪さぐらいだった。

「案内役がほしいと仰しゃいましてね、それで、隼之助さんはどうかと」

かなり熱のこもった言葉に、天《あま》の邪鬼《じゃく》な隼之助は警戒心が湧《わ》いた。とはいえ、もし裏に多聞がいるとなれば、無下《むげ》にもできない。

「江戸に来て、何日ぐらいなのですか」

気のない問いかけが出た。

「今日で三日目です」

「そして、昨夜は宴ですか。ということは、少なからず江戸に知り合いがいるということですね」

「そうかもしれません。初めて江戸に来た田舎者という感じではありませんね。昨夜、頼んだ仕出し料理も、料理屋の名を即座に挙げましたから。有名な見世ではありませんが、味には定評がある小さな料理屋です」

流石に旅籠を切り盛りするだけのことはある。なかなか鋭い読みといえた。が、隼之助はどうも気が進まない。

「食べ物に関わる話であれば、と、以前、お話しした憶えがあります。砂糖や塩、酒、大豆といった食べ物に関わる相談事であれば、ある程度は答えられると思います。ですが」

「憶えておりますよ、ええ、忘れてはおりません。それはそれとして」

遮るような志保の言葉を、隼之助も遮る。

「今、わたしは、南本所の蕎麦屋を手伝っているんです。商いがあまりうまくいっていないようでして、なんとか立て直せないかと」

「まさかとは思いますけど、無料《ただ》働きじゃないでしょうね。お人好《よ》しの隼之助さんのことですから、『おれにまかせておけ』とばかりに、引き受けたんじゃないんですか」

お人好し云々を口にして、うまくごまかしてはいたが、隼之助の近況をよく知っているように感じられた。いい気分ではないものの、ここで虚勢を張っても仕方がない。

「お察しのとおりです。借金があるようでして、わたしの給金までは、とても手がまわらないようです」

「前払いいたしますよ」

志保はぐっと身を乗り出した。

「昼間だけでも、いかがでしょ。なにも起こらなければ万々歳、あたしの勘働きが外れれば、それにこしたことはありません。転ばぬ先の杖《つえ》と言うじゃありませんか。隼之助さんは〈切目屋〉の杖なんですよ。引き受けていただけませんか」

いやな予感は消えないが、〈切目屋〉の杖というくだりが、少し心に響いた。それでも即答を避ける。

「石川様に、お目にかかってからということではいけませんか」

慎重な提案をした。

「もちろん、かまいませんとも。悪い方ではありませんよ、あの調子なら礼金をはずんでくださると思いますよ。うちからの前金と、石川様からの礼金で、隼之助さんも大喜び。では、さっそく二階の座敷に行ってください。一番奥の部屋です」

志保こそが大喜びで障子を開け、二階へ行くよう示した。隼之助は重い腰をあげる。廊下に出ると、階段の下に番頭の与兵衛《よへえ》が立っていた。かつて志保と男女の仲だったであろう男は、隼之助に対して強い敵対心を持っている。

「役立たずの杖なんか、うちにはいらないんですよ」

金壺眼《かなつぼまなこ》の与兵衛に、小さく会釈《えしゃく》して階段をあがる刹那《せつな》、不快な気をとらえて軽く避けた。尻めがけて叩きつけられようとした蹴《け》りが、思いきり空振《からぶ》りして、与兵衛の方がよろめきかける。

「ちっ」

忌々しげな舌打ちを背に、隼之助は階段をあがって行った。朝食を終えて、他の客は外に出ているのかもしれない。障子は開け放たれており、座敷に人影はなかった。一番奥の座敷だけは、障子が閉められている。

「失礼いたします」

呼びかけたが、返って来たのは大きな鼾《いびき》だった。そっと障子を開けてみる。倒れた膳の傍《かたわ》らに、何本もの銚子が転がっている。昨夜の宴の余韻とともに、酒臭さと汗じみた体臭が流れ出して来た。隼之助が鋭いのは舌だけではない、鼻も負けず劣らず鋭いのである。

——凄い臭いだな。

この分では、国許を出て以来、湯に入っていないのではないだろうか。大の字になって高鼾をあげる男は、眉毛が太くて濃いうえに、無精髭《ぶしょうひげ》も伸びていた。熊のような男という印象を受ける。

「石川様」

呼びかけてみたが、ふごっふごっと鼾で応えた。本当は目覚めているのかもしれない。かまわず挨拶した。

「女将さんから案内役を仰せつかりました、隼之助と申します」

「ん、隼之助？」

徳之進は首だけ持ちあげる。昨夜の酒宴を表すように、寝惚《ねぼ》け眼《まなこ》は真っ赤に充血していた。ぼんやりと隼之助を見つめていたが、

「おぬしはだれじゃ」

大欠伸《おおあくび》をしながら起きあがった。座敷に広がっていた臭いも凄いが、吐く息がこれまた臭い。まずは湯に入ってほしいものだと、心の中で思いつつ告げた。

「女将さんより、案内役を仰せつかりました隼之助でございます。江戸を案内してほしいと仰せになられたとか。どこまでお役に立てるかわかりませんが、精一杯、務め

させていただきます」

深々と頭をさげたが、徳之進は、ぼりぼりと頭や身体を掻いている。その度に雲脂《ふけ》や垢《あか》らしきものが畳に落ちた。いつの間に来たのか、志保が案じるように障子の隙間《すきま》から覗《のぞ》いている。

「だれかわしを訪ねて来なかったか」

徳之進の問いかけに、隼之助はちらりと志保を見やる。小さく首を振った。

「いえ、おいでにならなかったようです」

「さようか」

眠たげに目をこすり、問いかける。

「おぬし、甘いものは好きか」

「は？」

一瞬、返事に詰まったが、

「はい。もちろんです。酒よりも甘いものの方が好きです」

転がったままの銚子を、さりげなく元に戻した。酒が過ぎたことを窘《たしな》めるように聞こえたのかもしれない。

「わしはどちらもいけるクチよ。あっちの方もな」

にやりと少し危ない笑みを浮かべる。甘辛両党と男女両刀をかけたのかもしれないが、冗談に聞こえなかった。志保が座敷に入って来る。

「隼之助さんは、食べる事に通じておりまして、てまえどもでは公事師ならぬ食事師《くじし》と呼んでおります。名を知られた老舗は言うに及ばず、隠れた小店の名店も存じております。石川様がお望みであれば、案内させますが、いかがでしょうか」

客相手とあって、口癖の「いかがでしょ」とはいかず、丁寧な口調になっていた。

徳之進は無精髭を撫《な》でながら、興味深げな目を投げる。

「ほう、食う事ならばまかせておけか。菓子屋はどうじゃ。羊羹《ようかん》、饅頭《まんじゅう》、煎餅《せんべい》と色々あるが、思いつく屋号をあげてみろ」

試すように促した。

「畏《かしこ》まりました。羊羹とくれば、本町一丁目の〈鈴木越後〉、饅頭はむずかしいですが、本町三丁目の〈鳥飼和泉〉、照降町《てりふりちょう》角の〈翁屋《おきな》〉の翁せんべい、両国吉川町は〈若松屋〉のいくよもち、吉原町では〈竹村《たけむら》〉の最中月、深川は〈船橋屋〉の練羊羹、そして、忘れてはならないのが、向島は長命寺の桜餅、屋号は言うまでもないと思いますが……」

「もう、よい」

遮られて、隼之助は、徳之進の充血した目に目をあてる。

「詳しいのはようわかった。実は国許で饅頭屋をやろうと思うておるのよ。江戸の洗練された味が知りたいと思い、はるばる足を運んだ次第。職人を招くにしても、どの見世がよいのやら、まるでわからぬゆえ、手助けしてもらえるとありがたい」

「まあ、お国で饅頭屋でございますか」

志保が驚いたように顔をあげた。

「そうであれば、隼之助さんほど良い案内人はおりません。職人を連れて行くためには、人宿にも話を通さなければなりませんが、まずは見世定め、いえ、饅頭の味定めでございますね」

「さよう。江戸の味を薩摩にというのが、わしの考えじゃ。むろん饅頭屋もあるにはあるがの、どうにも田舎臭うてならぬ。女子もそうじゃが、やはり、江戸は違うな。旅籠の女将からして、美《い》い女じゃ」

顔に似合わぬ世辞に、廊下からの呼びかけが重なる。

「石川様にお客様でございます」

「おう、やっと来たか、案内してくれ。すまんが、ちと話があるんでな。隼之助だったか。今日はもうよい」

膳や銚子を片づけ始めた女将を手伝い、廊下にそれらを運び出した。与兵衛に案内されて、町人ふうの男が二階にあがって来る。やけに鋭い目つきの男だったが、隼之助はさりげなく顔を逸《そ》らした。

「おまえさんにもお客だよ」

与兵衛の二度目の蹴りも難なくかわして、階下に降りる。玄関先では、宮地才蔵が待っていた。年は二十七、若さに似合わぬ落ち着いた物腰の男で、端正な顔立ちをしているが、雪也のように見た目を気にする男ではない。

将右衛門はどうなったのか、無事に解放されたのか、酷《むご》い斬られ方をした男の身元はわかったのか。

あふれ出す問いかけを胸におさめて、才蔵の後に続いた。

六

「殺《あや》められた男は」

才蔵は言った。

「公儀お庭番のひとりでございます」

場所は深川七場所のひとつ、仲町の料理茶屋〈尾花屋《おばな》〉である。周囲には子供屋——女郎置屋が八軒あり、芸者八十余人、女郎七十余人を抱え、七場所中ではもっとも上品《じょうほん》を揃えているという評判の界隈《かいわい》だ。が、才蔵の口から出た言葉を聞き、水を飲むように酒を流しこんでいた将右衛門も目を剝《む》いた。

「お庭番じゃと？」

「もしや、父上の手下か」

確かめるような問いかけに、才蔵は大きく頷き返した。

「はい。わたしの仲間でございました、かけがえのない友でございました」

あまり感情を表に出さない男が、いつになく沈んだ顔をしている。涙を隠すためかもしれない。俯《うつむ》いて、じっと瞼《まぶた》を閉じた。

お庭番は、八代将軍吉宗《よしむね》公が、将軍職を継いだ際、もうけられた役職で、吉宗は二百名あまりの紀州藩士を幕臣団に編入。側近役の大半とお庭番全員を紀州藩士で固め、『お庭番御家筋』については、紀州藩士の世襲と定めた。

盟友たちにはまだ話していないが、隼之助の亡くなった生母——登和《とわ》も、お庭番十七家のひとつ、中村《なかむら》家の女《むすめ》。もしかすると、殺された男は、隼之助とも繋がりがあるのではないか。

「中村家の者か」

思わず口にしていた。

「さようでございます。亡きお母上の……弟でございました」

「なんと!?」

銚子を取り落としそうになった将右衛門に、雪也が続いた。

「では」

おぬしもお庭番の血筋ということか。

同時に向けられた二人の問いかけに、簡潔な答えを返した。

自分も知ったのは、つい最近であること。多聞は母子を見捨てたわけでなく、隼之助を育ててくれた祖母に、自ら金子《きんす》を届けていた。時折、才蔵に様子を見に行かせがてら、金子を託すこともあったという。

「氏素性のわからぬ妾腹《めかけばら》と、蔑《さげす》まれてきたが、才蔵さんから話を聞き、父上のお心を多少なりとも知ることができたように感じておる。なにも仰しゃらなかったのは、御役目上、お庭番筋の女と関わりがある云々《うんぬん》を、広めぬためではないのかと」

隼之助の考えに、才蔵が頷いて同意する。雪也と将右衛門はちらりと視線を交わし合ったが、二人ともそれでなにかが変わるとは思わなかったに違いない。

「さようか。ま、出自《しゅつじ》がはっきりしたのは幸いよ」

「案ずるな、わたしも将右衛門も他言はせぬ」

今更ながらの決意を口にした。身体を真っ二つに斬り裂かれた男は、自分の叔父。目を開けたままの死に顔が、脳裏にまざまざと甦っている。

「ひとつ、腑に落ちぬことがある」

隼之助は独り言のように呟いた。

「お庭番が、なぜ、短刀や匕首といった武器を懐に携えていなかったのであろうな。将右衛門によると、得物《えもの》の類《たぐい》は持っていなかったとか」

「おお、それは間違いない。懐を見たが、得物はもちろんのこと、財布もなにも残ってはおらなんだわ」

「もしや、密書でも携えていたのか」

と、雪也がいっそう声をひそめる。

「いえ、特に文などは持っていなかったように聞いておりますが、短刀は持っていたはずですので、盗られたのやもしれませぬ。そのついでに財布も持ち去ったような気がしなくもありません」

「いずれにしてもじゃ」

ふだんは明るい将右衛門も、深刻な表情になっていた。

「襲った賊は、相当な遣い手よ。相手はわかっておるのか」

才蔵に問いかけの眼差しを向ける。

「まだなにも」

語尾に含みがあるように感じられた。わかっているのだが、まだ断定はできない。そんなところなのだろうか。

「血腥《ちなまぐさ》い話は、ここまでにいたしましょう。今日はこの茶屋でごゆるりとお過ごしください。料理を運ばせます。しばしお待ちを」

午前《ひる》だったがまずは酒宴、そして、その後は子供屋に繰り出して、遊女とひとときを楽しむ。おそらく危険な役目が控えているに違いない。盟友たちもわかっているだろうが、いつものようにさして気に留める様子もなかった。

「飲め、飲め。先刻までは、まともに食えぬ生き地獄であったが、今は極楽じゃ。酒と女子がおれば、わしはなにも要らぬ」

「飯が抜けておるではないか、将右衛門。おぬしは、飯を食わぬと力が出ない」

「食わぬのではない、食えぬのじゃ。好きで腹を空かせておるわけではないわ。雪也のように色男であれば、少なくとも飯とあたたかい閨《ねや》には困らぬものを。わしも男妾ができるような容姿に生まれたかったわい」

「そう言うが、男妾も楽ではない。この顔の傷を見よ」

「ええい、自慢話なんぞ、何度も聞きとうないわ」

「失礼いたします」

女の呼びかけが響いたとたん、盟友たちは、ぴたりと話をやめた。襖《ふすま》が開き、才蔵とともに若い娘が姿を見せる。ほとんど化粧はしていないが、綺麗な眸《め》と吸いつきそうな白い肌だけでも、充分に魅力的だった。将右衛門などは口をぽかんと開けて、見惚れている。玄人女《くろうと》にはない初々《ういうい》しさに目を引きつけられていた。

「村垣《むらがき》三郷《みさと》です」

才蔵が紹介すると、女は畳に指を突き、深々と頭をさげる。

「宜しくお願いいたします」

「連絡役《つなぎ》として、わたしの家に置くことにいたしました。表向きは妹ということにいたします」

「〈達磨店〉の家にか、才蔵さんの女房なのか」

将右衛門が、大きな声をあげた。涎《よだれ》を垂らさんばかりの顔に、なかば呆れつつ、隼之助は窘《たしな》める。

「そのようなことは訊くな。どうでもよいことではないか」

「いえ、どうでもよいことではございませぬ」

と答えたのは、三郷だった。

「才蔵さんとは幼なじみでございますが、褥《しとね》をともにしたこともなければ、ともにしたいと思うたこともありませぬ。兄のようだとは思うておりますが、それ以上でも以下でもございませぬ」

「はっきりしておるの」

将右衛門は相好《そうごう》を崩して、手招きする。

「気に入った。わしは溝口将右衛門、一献《いっこん》、かわそうではないか。ささ、わしの隣に来るがよい」

「将右衛門」

窘めようとした隼之助の言葉を、才蔵が笑いながら継いだ。

「お気をつけください、溝口様。三郷もお庭番、下手に誘いかけますと、手痛い一撃をくらうやもしれませぬ」

「なに、お庭番とな」

「はい」

三郷はきらきらと輝く眸を隼之助にあてる。

「連絡役だけでなく、隼之助様の身のまわりのお世話も、わたくしがいたします。料理、縫い物、洗濯、掃除。なんでも仰せつけくださいませ」

「おいおい、羨《うらや》ましい話だの」

本音まじりの将右衛門は、しきりに目配せしていた。これは、もしや、隼之助と娶《めあわ》せようという腹ではあるまいか。貧乏長屋の家を行き来しているうちに、つい男女の仲になり、というのは考えられぬことではない。

「隼之助様」

才蔵に呼ばれて、一緒に座敷を出る。

「木藤様からのお言伝《ことづて》です。今宵のうちに、番町の家に戻るようにという仰せでございました。弥一郎様のご婚儀について、色々ご準備がおありになるご様子。なにしろ急な話でございましたゆえ」

「才蔵さんも知らされていなかったのか」

「はい」

「そうか」

「おそらくは、鬼役として、必要なことではないのかと思います次第。隼之助様におかれましては、あまりお気になさらぬ方が宜しかろうと存じます」

才蔵は気遣うような慰めを口にした。

公儀鬼役。

御膳奉行の物頭が持つもうひとつの顔。隼之助は酒宴も女の誘いもそこそこに、深川仲町をあとにする。

第二章　天下商人《あきんど》

一

木藤家の御役目、御膳奉行《ごぜんぶぎょう》は、古くは鬼取役《おにとりやく》と呼ばれていた。当初は三河《みかわ》以来譜代《ふだい》の者に、この役目を宛《あ》てたと言われている。若年寄支配で、二百俵高、役料二百俵。主な役割はなにかと言えば、毒味役である。

将軍が食する前に味見をして、毒を盛られることを未然に防ぐ。暗殺を怖れるがゆえの役職であるのは言うまでもない。この頭《かしら》役に鬼取役――鬼役の名をあらためて与えたのは、大御所、家斉《いえなり》だった。

木藤家は、毒味役の頭として、大御所となった家斉はむろんのこと、十二代将軍家《いえ》慶《よし》に対しても目通りと直答《じきとう》を許されている。さらに老中や若年寄、大目付や目付といった幕府の重臣にも直言できる特権を与えられていた。

役料として、木藤家には三百俵、他の四家には二百俵。百俵の差に含まれる恩恵を受けるのは、跡継ぎになるであろう弥一郎なのだろうか——。

「隼之助殿」

家に戻った隼之助を、廊下にいた花江が出迎えた。多聞よりも十歳年下の三十五、襷掛《たすきが》けをして、姐《あね》さん被《かぶ》りをし、甲斐《かい》がいしく立ち働く姿には、心映《こころば》えの美しさが滲《にじ》み出ている。父に対してはつい批判的になりがちだが、花江を後添《のちぞ》いに選んだことだけは密《ひそ》かに称賛していた。

「父上がお呼びということでしたので参りました」

酒宴を早目に切り上げて、雪也たちとは別れている。時刻は八つ半（午後三時）頃だろうか。少し冷えこんできている。町人姿でこのあたりをうろつくことには、まだ抵抗があった。だれかに見られたらと家に入るまでの間、無意識のうちに周囲に目を向けていた。

木藤家の屋敷は、御城の西北部にあたる番町《ばんちょう》に位置している。南東側は城下をなして、立地的に優れているのに対し、江戸背後の西北側は武蔵野台地に連なるため、防御に適しているとは言いがたい。そこで千鳥《ちどり》ヶ淵《ふち》を利用して濠《ほり》を造り、その外側に将軍直属の大番組を配して、防備を固めたのが番町の始まりとされている。

屋敷の敷地面積は約五百坪、建坪はおよそ二百坪。母屋には書院や使者の間なども設けられており、貧乏旗本とは格段の差があるのは否めない。敷地内には実の生《な》る木が植えられているほか、薬草畑や野菜畑なども造られていた。花江は畑にいることが多いのだが、今日は家の納戸《なんど》を開け、葛籠《つづら》や木箱を廊下に出している。年寄りの下男、伝八《でんぱち》も曲がりかけた腰を伸ばしつつ、手伝っていた。

「時期外れの大掃除ですか」

挨拶《あいさつ》もそこそこに、隼之助も廊下にあがる。花江は裏門の方を見やった。

「才蔵殿は？」

「わたしひとりです」

言伝《ことづて》を告げた後、才蔵はすぐに料理茶屋から立ち去っていた。仲間であり、友であったお庭番が殺されたとなれば、目の色も変わるだろう。一刻も早く仇《あだ》を討つべく、飛び出して行ったのは間違いない。

「そうですか。その様子では、なにも聞いていないのですね」

花江は手拭《てぬぐ》いを取り、台所に足を向ける。座敷のそこかしこに、幾つもの荷が積みあげられていた。弥一郎の祝言が決まり、嫁女を迎える支度をしているのかもしれない。才蔵も言っていたが、確かに急な話だった。

「祝言はいつなのですか」

隼之助は平静を装って訊《き》いた。見合いをしたのは先月で、相手は目付の女《むすめ》という話だけしか聞いていない。これで木藤家の跡継ぎは弥一郎となる。一抹《いちまつ》の寂しさと、言いようのない不安があった。

「信じられない話なのですが、日にちも定かではないのですよ。旦那《だんな》様は、近々ということだけしか仰《おっ》しゃいませんでしたので」

台所の土間に降りて、花江は、茶を淹《い》れる支度をし始めた。隼之助は板場に座り、次の言葉を待っている。が、なにも言わないので、また問いかけた。

「父上は御城ですか」

「いいえ、弥一郎殿を連れて、ご挨拶まわりです。あまりにも突然のことでしたので、伯父上《おじうえ》様たちも驚かれたようなのです。昨夜もおいでになられて、ずいぶん長い間、話をしておられました」

「伯父上たちにも相談していなかったのですか」

「はい、わたくしにもです」

花江は少しだけ不満げな表情を見せた。ふだんは黙って従うのだろうが、流石《さすが》に祝言となれば、たとえ継母であろうとも、ひと言、相談するべきではないのかと思っているに違いない。

「なにを考えておられるのやら、ようわかりませぬ」

珍しく吐息まじりの愚痴が出た。おそらく多聞が独断で決めたのだろうが、隼之助はいつものことだと思っている。しかし、ここまで急ぐ理由がわからない。

「下世話な推測ですが」

前置きして、言った。

「もしや、弥一郎殿と縁組みが進んでいる御目付様の娘御との間に、なにか、その、過ちがあったのではないのですか」

疑問を問いかけに変える。正妻の息子と、妾腹《しょうふく》の息子は一日違いで生まれていた。正しくは隼之助の方が兄なのだが、庶子《しょし》ということで弟の座に甘んじている。口にこそ出さないものの、隼之助と弥一郎の間に複雑な思いがあるのは間違いない。木藤家の跡継ぎの座を確かなものにするべく、あるいは意図して、弥一郎は目付の女に手を出したのではないだろうか。

深読みしたうえの問いかけだったが、

「それはありません。当の弥一郎殿も青天《せいてん》の霹靂《へきれき》というお顔をしていらっしゃいましたから。もっとも、すぐさま喜色満面になりましたけれど、ね」

花江は多少、皮肉めいた答えを返した。正妻の子であろうと、庶子であろうと、分け隔てなくあらん限りの慈愛をこめて、今まで世話をしてくれている。どちらかに肩入れすることを自ら強く律していたが、花江とて人の子だ。一度として「母上」と呼ばない弥一郎より、隼之助に気持ちが近づくのは当然だろう。

「旦那様は、焦《あせ》っておられるのかもしれませぬ」

隣に腰をおろして、花江も茶を啜《すす》りあげる。

「膳之五家《ぜんのごけ》の間にあるのは、助け合いではのうて、互いに競い合う闘争心。隙《すき》を見せれば、即座に鬼役の座から引きずりおろされかねませぬ。今年は隼之助殿のお陰で、木藤家がなんとか鬼役の地位を守ることができましたが」

心が通じ合った間柄ならではの呟《つぶや》きが出た。年に一度、正月に行われる膳合《ぜんあわせ》の結果によって、鬼役、つまり、御膳奉行の頭役が定められる。これを取り決めたのも大御所の家斉だが、隼之助も先月、執り行われた膳合の折、御簾《みす》越しではあるものの、目通りを叶《かな》えていた。

——それゆえ、「もしや」と馬鹿な夢を見た。

自嘲《じちょう》が滲むのを止められない。木藤家の跡継ぎは隼之助、大御所にも目通りを終えて、水嶋家をはじめとする四家や、幕臣、親戚《しんせき》一同にまでそれを知らしめた。怒り狂う弥一郎を、どこか醒《さ》めた目で見ていた自分は、いったい、なんだったのか。

「焦りがあるのですよ」

花江が繰り返した。隼之助の唇に滲んだ自嘲を見て取ったに違いない。この継母は人の気持ちを巧みに察する人なのだ。

「ほら、水嶋様も、長女の奈津《なつ》様が、来月、婿取りをなさるではありませんか。お相手は御目付様のご二男。十人目付のうちの一家であるのは、弥一郎殿のお相手の家と同じです。結びつきを強めて、地固めをなさるおつもりなのでしょう。木藤家としても安穏としてはいられませぬ。それで、此度《こたび》の急なお話になったような気がしております」

水嶋家の名が出たとたん、どきりとした。二女の水嶋波留と相愛であることを、二人の友は知っているが、花江には告げていない。ただでさえ、迷惑ばかりかけているうえ、あの気むずかしい父の後添いとして、人には言えない苦労をしている。これ以上、花江の悩みを増やしたくなかった。

黙りこんだのを不審に思ったのか、

「どうかしましたか」

隼之助の顔を覗《のぞ》きこんだ。

「あ、いえ、なんでもありませぬ。義母上《ははうえ》はご存じないやもしれませぬが、才蔵さんの家に三郷と申す女子《おなご》が同居することになりました。連絡役だけでなく、わたしの身のまわりの世話もしてくれるという話ですが、ちと当惑しております」

他の女は近づけたくない、実は惚《ほ》れた女がいる、その相手とは水嶋波留。婉曲《えんきょく》な表現で懸命に訴えたが、察しのいい花江にとっても難問すぎたのだろう、

「旦那様より伺うております、お庭番の女《むすめ》ですね。隼之助殿は、お庭番の女はおいやなのですか」

いささか的外《まとはず》れな問いかけを返された。花江も承知のうえと知り、隼之助はますます当惑する。

「いえ、そういう意味では」

「ひとり暮らしは、なにかと不自由でしょう。三郷という女子は、忍びとして優れているだけでなく、裁縫や料理といった家事も得意である由。必ずや隼之助殿の助けになりましょう。そろそろ手下の使い方を覚えねばなりませぬ。そういったこともふまえて、お父上は才蔵と三郷を配したのですよ」

「わたしの手下」

答えながら隼之助は、三郷を送りこんだのは、花江なのではないかと思っていた。お庭番の女はおいやなのですか、というくだりも浮かんでいる。花江の実家の名字、斎藤《さいとう》はお庭番の十七家ではないが、もしかすると……。

「義母上」

問いかけは、花江に遮られる。

「さあ、引っ越しの支度をしなければなりませんね。いつまでも油を売っている暇はありませんよ」

「引っ越しの支度？」

隼之助は驚きのあまり、なかなか次の言葉が出ない。

「屋敷替えですか、鬼役が番町から引っ越すのですか」

なにか不始末があったのだろうか、それゆえの急な引っ越しと祝言か。狼狽《うろた》える隼之助を、花江は静かに見つめ返した。

「屋敷替えではありません。小石川に新しい屋敷を賜《たまわ》ったのです。ここは弥一郎殿たちの住まいとして、使われるのですよ。丹精こめた野菜畑や薬草畑は、御新造様に託すしかありません。それが少し残念ですけれど」

「そうですか。この屋敷は、弥一郎殿たちが使うのですか」

しばし声を失っていた。所帯を持つばかりか、屋敷まで与えられると聞けば、穏やかではいられない。なんという違いなのか、これが正妻の子と庶子の違いか。比べてはならぬと思いつつ、我が身と重ね合わせていた。

「わたくしは願ってもないお話だと思うているのですよ」

囁《ささや》くように、花江が言った。

「番町と小石川、どちらが本家と考えるかは、人それぞれでしょう。ですが、小石川にも屋敷を構えられるのは悪いことではありません。もう一家、木藤家を構えられることになるわけですから」

もう一家の部分に、ことさら力をこめていた。その意味がわからぬほど鈍くない。分家として隼之助も家を構えられるではないか。新しく屋敷を賜った理由はどうあれ、考えようによっては、思わぬ話になる可能性を秘めている。

——そういえば。

と、愛《いと》しい波留のことも思い出していた。当初、水嶋家はこの屋敷の近くにあったのだが、やはり、屋敷替えを命じられて、今は小石川に住んでいる。近くなれば、逢う機会が増えるかもしれない。

「気持ちが晴れたようですね」

表情を読んで、花江が立ちあがる。

「では、まず伝八に髪を結い直してもらいなされ。この後か明日かはわかりませぬが、お父上のお供をしなければならぬ由。町人髷《まげ》ではまずいようですからね」

板場にあがり、廊下に向かった。

「どこに行かれるのでしょうか」

隼之助も後に続く。

「さあ、そこまでは……」

答える途中で、花江は不意に呻《うめ》いた。鈍い音とともに、拳《こぶし》ほどもある石が廊下に落ちる。花江の額から血が流れ出していた。

二

「義母上」

隼之助は、うずくまった花江を抱えこむ。廊下の先に姿を現した弥一郎が、さも憎々しげに唇をゆがめた。

「ほう、避《よ》けそこなったか。生家がお庭番の家と聞き、はて、くノ一の腕前はどの程度のものかと、試してみたがな。年を取ると鈍くなるのはだれしも同じか。女忍《めにん》も変わりがないようじゃ」

「きさま」

庇《かば》うように前に立ち、懐に手を入れる。常に携えている短刀の柄《つか》をきつく握りしめていた。弥一郎は酒臭い息を吐きながら、罵声《ばせい》を浴びせかける。

「やるというのならば受けて立つ。されど、きさまもその女の正体を知るまい。そやつは、お庭番十七家のひとつ、中村家の出よ。わざわざ斎藤家と養子縁組をして嫁入るという念の入れように、おれも気づくのが遅れたわ」

寝耳に水の話であれば、隼之助も狼狽えたかもしれない。が、三郷のことや、話の流れからして、「もしや」と思っていたことだった。驚いたのは、生母と同じ中村家の出という部分だったが、かろうじて心の乱れを抑えつける。

「それで石を投げたというのか」

懐の短刀を握りしめたまま、じりっと前に出る。押されるように、弥一郎は後退《あとずさ》った。直心影流《じきしんかげりゅう》の遣い手は、いつでも抜けるよう、油断なく身構えている。

「驚いておらぬな。つまり、知っていたわけか。聞けば、きさまの母親もお庭番の女だったとか。なるほど、話が合うのも道理じゃ。妙に親しげなそれは、同じ血筋ゆえか。犬同士、仲良う肩を寄せ合って……」

「黙れ、それ以上、義母上を貶《おとし》めるのは許さぬ」

「隼之助殿、おやめなさい」

花江が後ろに立ち、懸命に止めた。

「屋敷内での刃傷沙汰《にんじょうざた》はご法度《はっと》。露見すれば、祝言の話にもさわりが出ましょう。よいのですか、弥一郎殿」

「えらそうに言うでない、忍びの技を用いて父上をたらしこんだのであろう、ええ、どうじゃ、義母上様。閨《ねや》の技が得意なのではないか、四十八手を用いたか。卑《いや》しい密偵めが、さっさと去《い》ね」

「なんの騒ぎじゃ」

凍りつくほど冷ややかな声が響いた。弥一郎の後ろに、影のごとく、多聞が姿を見せる。決して醜男《ぶおとこ》ではないのだが、あまりにも無表情であるため、不気味さの方が先に立ってしまい、顔の印象はほとんど残らないのではないだろうか。無言の凝視を受け、肝《きも》が冷えたに違いない。

「父上」

弥一郎が畏《かしこ》まる。

「なに、ちと戯《たわむ》れていただけでござる。ついでにこの屋敷の主になるのはだれか、教えていた次第。身の程を弁《わきま》えぬ愚か者に、うろつかれるのは迷惑千万。早う小石川の屋敷に移れと、諭《さと》しており申した」

「お庭番は、われらにとっては大事な手足。彼《か》の者たちを使いこなせぬようでは、とうてい鬼役にはなれぬ」

「ですが」

「酒の勢いを借りたか」

多聞に一瞥《いちべつ》されて、かっと頰《ほお》を染める。

「…………」

無言で隼之助と花江を睨《にら》みつけ、肩をいからせるようにして、自室に足を向けた。多聞に比べれば、実にわかりやすい相手といえる。直情的すぎるがゆえに、今のような暴挙《ぼうきょ》にも出るが、考えが読めるだけましかもしれなかった。

「大丈夫ですか、義母上」

隼之助は懐から手拭いを出して、花江の額を押さえる。

「申し訳ありませぬ。まさか家の中で石を投げるとは思わず、気づくのが遅れました。手当てをいたします」

心から詫《わ》びたが、

「わたくしは大丈夫です」

花江は目で「お行きなさい」と示した。多聞が仕草で隼之助を呼んだことに、いち早く気づいている。ここでつまらないやりとりをすれば、怒りを買うのは必至。

「あとで手当てをいたしますゆえ」

仕方なく父の後を追いかける。廊下を歩く引き締まった後ろ姿にも、ただならぬ緊張感が漂っていた。隼之助は首や肩が強張《こわば》るのを感じている。町人髷のままであることを咎《とが》められるかもしれない。書院で父と向かい合った後、内心、ひやひやしている。

「聞いたか」

多聞は常に最低限の言葉しか発しない。訊き返せば、話が打ち切られることもしばしば、おそらく小石川に引っ越す事柄だろうと判断する。

「は。あらたに屋敷を賜ることになった由。木藤家にとりましては、目出度《めでた》いこと続きではないかと思います次第。まさに春の慶《よろこ》びではないかと」

目をあげた隼之助は、心なしか父の顔色が悪いように見えた。以前も少し痩《や》せたように思ったが、どこか悪いのではないだろうか。

「お顔の色がすぐれぬように思いまするが」

案じるがゆえの気遣いに、

「では、効く薬をそなたが処方するか」

皮肉めいた笑みと言葉を返される。多聞流の「要らぬ気遣いは無用」だった。いきりたつ弥一郎を無言の凝視で黙らせた迫力が鋭い眼に漂っている。

「申し訳ありませぬ。差し出口でございました」

詫びて、隼之助は問いかけた。

「先程、弥一郎殿が言うていたことですが、義母上はお庭番十七家のひとつ、中村家の出であるとか」

「さよう。そなたの母、登和の従姉妹《いとこ》よ」

先んじて言ったのはあきらか。無駄なやりとりを多聞はなによりきらっている。普通ならこれで終わるところだが、此度の先読みには、探られたくないという微妙な気持ちが見え隠れしているように思えた。それでも隼之助は訊かずにいられない。

「似ておりますか」

そうであるならば、多少なりとも多聞の気持ちが理解できる。亡き母と似ているがゆえに花江を妻に求めたのか。花江には悪いが、そうあってほしいという祈りにも似た想いが湧《わ》いている。

──どうなのですか。

息をするのも忘れて、隼之助は父を見つめた。

父はかすかに頷《うなず》き返した。

それで充分だった。

「ありがたき幸せ」

わざと畏まった答えを告げ、不覚にも滲みそうになった涙をこらえる。花江は亡き母の従姉妹であり、亡き母に似た面差《おもざ》しを持つ女子。心の中で何度も、何度も、その事実を噛《か》みしめている。多聞への感謝があふれかけたが、普通の父子のような会話はご法度。

「それにしても」

と、隼之助は話を続けた。

「弥一郎殿は、だれから義母上の話を聞いたのでしょうか」

どうせお節介な親戚のだれかが、祝言の挨拶に行った弥一郎の耳に、つまらない話を吹きこんだのだろう。あたりさわりなくかわされるに違いないと、なかば答えをわかったうえの言葉になっている。湧きあがる父への思慕を、無理やり封じこめるために発した問いかけにすぎなかったのだが、

「わしが話した」

多聞は淡々と言った。

「花江にも弥一郎に明かす旨、告げてある」

「では」

父の真意を読み取るべく、忙しく考える。花江は、弥一郎がああいう行動に出ることを承知していたのだろうか。あるいは……投じられた怒りの一撃を、かわせたのに敢えて避けなかったのか。

「義母上は」

隼之助の呟きを、多聞が受けた。

「あれはそういう女じゃ」

最高の褒め言葉だったかもしれない。色々な事情があったとはいえ、弥一郎を騙《だま》していたのは、まぎれもない事実。それを詫びる意味で、花江は耐えた。

「そなたの母も、同じような気質の女子であった。黙って非難に耐え、敢えて怒りを受け止めるようなところがあった。すべてとは言わぬが、お庭番の女は情が深い」

らしからぬ二度目の褒め言葉には、村垣三郷を配した意図が見え隠れしている。隼之助は急いで話を変えた。

「両国橋の西広小路で殺された男もお庭番だったとか。才蔵さんによれば、父上の手下だった由。襲った賊の正体を察しているように思えましたが、いかがでしょうか」

隼之助にとっても叔父だが、よけいなことは口にしなかった。

三

「ふむ」

多聞は答えない、いや、これが答えなのだろう。ある程度、わかっているが、まだ断定はできぬゆえ、今はこの答えに留めおく。十歳で引き取られたため、付き合いは十二年足らずだが、隼之助は阿吽《あうん》の呼吸を心得ていた。

「小石川への引っ越しは、いつになるのですか」

あたりさわりのない話で場を繋《つな》いだ。辞してもいいのだが、多聞の様子からして、まだ話がありそうに思ったからである。

「準備が整い次第じゃ。弥一郎の祝言は、段取りが整い次第、執《と》り行うつもりでおる。それまでに小石川に移らねばなるまい。此度のこれはな、隼之助」

なぜか急に声をひそめた。

「わしひとりの考えではのうて、大御所様のご命令でもあるのじゃ」

その囁きには、重いなにかがこめられていた。弥一郎の祝言と小石川への屋敷替え。この二つの事柄に秘められたなにか。

読み取ろうと集中したが、隼之助にはわからない。ただ……決してそなたを蔑《ないがし》ろにしているわけではないという、多聞なりの気遣いが伝わってくる。

「承知いたしました」

緊張した面持ちで頷き返した。驕《おご》らず、さりとて卑屈にならず。あるがままを受け入れて、日々を暮らすのが是《これ》幸いなりと、あらためて己に言い聞かせる。暇《いとま》を告げるべく、口を開きかけた隼之助に、

「蕎麦《そば》屋の方はどうじゃ」

多聞は、意表を衝《つ》く問いかけを投げた。

「え」

驚いて思わず目をあげる。意外にも多聞は愉《たの》しげに笑っていた。お庭番を手足として使う鬼役に、知らぬことはないという笑みだろうか。

戸惑いつつ、隼之助は答えた。

「思うようにはいきませぬ。〈信夫屋《しのぶや》〉の主、小金次というのですが、子を亡くした

後、酒に溺《おぼ》れてしまい、商いどころではありませぬ。女房がひとりで頑張っておりますが、借金の利子さえまともに払えぬ有様。家主に出て行くよう催促されて、一計を案じました次第。うまい蕎麦を食わせれば、日延べしてくれるのではないかと思いまして」

「どこの蕎麦を味わわせた」

問いかけには、強い好奇心が加わっているように感じられた。多聞の供をして、日本各地を旅している。美味《うま》いものに関しては、惜しみなく金を使い、味わわせてくれたのを、あらためて思い出していた。

「家主は口入れ稼業だけでなく、蕎麦屋も営んでおります。通人であることがわかっておりましたので、贔屓《ひいき》にしている〈藪蕎麦《やぶそば》〉の蕎麦を熱もりにして出しました。まだ時期は早かったのですが、青菜を擂《す》り下ろして、蕎麦に混ぜてみた次第です」

「なるほど、江戸っ子の初物好きを利用したか。通人を気取る半可通《はんかつう》の気持ちを、うまく利用したというわけだな。蕎麦の苗が手に入らぬゆえ、青菜、おそらくは小松菜であろうが、それを使うとはよう考えたではないか。して、首尾は？」

「追い出すのを、十日間、猶予《ゆうよ》してくれることになりました」

「それは重畳《ちょうじょう》」

満足げな表情を、複雑な思いで見つめた。隼之助にいきなり町人の姿をさせて、塩問屋に潜入しろと命じたのが、去年の十二月。いまだに多聞の真意はわからない。

〝壱《いち》の技で人を知り、弐《に》の技で世を知り、参《さん》の技で総《おのれ》を知る〟

それが『鬼の舌』の極意なのだと言った。さらに大御所、家斉は、御簾越しにこう告げている。

〝古くからの言い伝えでの。『鬼の舌』を得た者は永遠《とわ》の安寧《あんねい》を得る、などと言われておるが〟

あのときの、じっと見つめる大御所の気配が甦《よみがえ》り、隼之助は不意に胸が騒いだ。確かに自分は人よりも敏感な舌を持っているかもしれない。だが、それが極意だの、永遠の安寧を得るだのという、大仰な事柄に繋《つな》がるほど凄《すご》いものだとは思っていなかった。

奇妙な表情に気づいたのか、

「いかがしたのじゃ」

多聞が問いかける。

「過日の騒ぎ、塩問屋〈山科《やましな》屋〉の騒ぎを思い出しておりました。行徳《ぎょうとく》で刃を交えた忍びらしき敵の一群に、おりきという女子がいたのです。塩問屋の下女でございました。その女が『鬼の舌』のことをしきりに訊いておりましたが」

「謎《なぞ》のままでよい」

あっさりと答えた。

「巷《ちまた》には、徳川家に代々伝わる三種の神器《じんぎ》ではないかという噂《うわさ》が広まっておる由。ある意味においては、神器と言えるやもしれぬ。お上をお守りするためのな」

噂を流しているのは、鬼役なのではあるまいか。おそらく当たっているだろうが、推察まじりの言葉は怒りを招くだけだとわかっている。

「わかりませぬ」

父を真似《まね》て、極端に省いた言葉を発した。『鬼の舌』とはなんなのか、自分の舌がそれなのか、そうだったとしたらどうなるのか。幾つもの問いかけを投げ、さて、どう出るかと、密かに反応を窺《うかが》っている。

「ふん」

と、多聞は鼻を鳴らした。

「剣術や算術と同じよ。稽古《けいこ》をすれば、だれでもある程度のところまではいける。得手不得手はむろんあるがな、苦手なものであろうとも、死ぬ気で学べばどうにかなるものじゃ。問題はそこから先よ」

淡々と告げた。

「鬼の領域に達することができるのは、人のそれを超えた感覚、超覚《ちょうかく》とでも言うべき力を天から授けられた者のみ。ひと握りの者だけじゃ。狂うほどに求めても、与えられるものではない」

「それを」

わたしが持っていると仰しゃるのですか。

口の中で消えた疑問に、多聞は命令で応えた。

「明日、わしの供をせよ」

どこへ行くのかは知らされない。

「このままの姿で宜《よろ》しいですか」

隼之助は無駄な抵抗を試みる。侍になったり、町人になったりと、多聞の都合で変えさせられるのはたまらない。ささやかな反抗であるのはわかっていたし、否《いな》と言われるのもわかっていたが……。

「町人姿の方が落ち着くか」

にやりと笑ったそれが、勝手にしろという許可だった。御城への随行であれば、恥を掻《か》くのは隼之助だけではない。

──御城ではないということだな。

どこかの大名家か、はたまた大店《おおだな》か。

町人髷のまま、隼之助は供役となる。

四

翌日、多聞が連れて行ったのは──。

一石橋《いっこくばし》の近くの塩問屋である。

いや、正しくは「塩問屋だった見世《みせ》」と言うべきだろう。ここに見世を構えていた〈山科屋《やましなや》〉は取り潰《つぶ》されて、主《あるじ》や奉公人たちは、流刑や鞭打《むちう》ちといった刑罰を受けている。隼之助は橋の南詰から、懐かしさとともに見世を眺めた。

一石橋は日本橋の西二丁のところにあり、御堀に臨んで日本橋川に架かっている。西河岸《にしかし》町と北鞘《きたさや》町とを結ぶ橋で、八橋、あるいは八ッ見橋とも呼ばれていた。橋上に立って四顧すれば、日本橋、江戸橋、呉服橋、銭瓶《ぜにがめ》橋、道三《どうさん》橋、常盤《ときわ》橋、鍛冶《かじ》橋が見渡せ、一石橋を含む八橋を眺められるところから、この名がついたとされる。水の便がよいため、廻船問屋や船宿が多い区域でもあるが、つい先日まで〈山科屋〉の周囲だけは、人々も避けて通るような様子だったものを……。

「着いた荷は蔵に運んでください。あ、帳場の掃除もお願いしますよ。座敷も少し手を入れれば、そのまま使えますね。箪笥《たんす》や火鉢といった品は、流石に良いものが揃《そろ》っていますよ。贅沢《ぜいたく》な暮らしをしていたようです」

主らしき男が、采配《さいはい》を振《ふ》るっていた。もちろん流刑された〈山科屋〉の主ではない。恰幅《かっぷく》のいい四十前後の男で、多聞に気がつくと、すぐに近寄って来た。

「これは木藤様。わざわざ足をお運びいただきまして」

「いや、見事な変貌《へんぼう》ぶりに、それがし、目を疑い申した。猿橋《さるはし》殿におかれましては、なりきっておられるではござらぬか」

「このひと月というもの、塩問屋のことはもちろんでございますが、言葉づかいや所作を死に物狂いで学びました。〈蒼井屋《あおい》〉といたしましては、初めての見世でございます。しくじることはできません」

男は言い、ちらりと、隼之助に目を走らせた。

「そちらが」

「倅《せがれ》の隼之助でござる」

多聞は引き合わせて、男が主の猿橋千次郎《せんじろう》であると紹介した。やけに興味深げな視線を、隼之助に向けている。

「町人姿というのが、宜しいですな。目立たないのがなによりです。能ある鷹《たか》はなんとやら、頼もしいことでございます」

「旦那様」

呼ばれて、千次郎は、また忙しげに指示を与え始める。多聞も加わったのを見て、隼之助はなにをするでもなく土間に佇《たたず》んでいた。この見世に奉公したのは、そう、年が明けたばかりだったから、まだせいぜいひと月しか経《た》っていない。にもかかわらず、はるか昔のことのように感じられた。

――老耄《ほけ》たふりをしていたご隠居は、今頃、どこに、どうしているのか。

金吾《きんご》という名の隠居だけは、役人の手をのがれて、姿を消していた。年の割に筋肉がしっかりしていたことが、今も脳裏に焼きついている。もしかすると、〈山科屋〉の真の頭は、あの年寄りだったのかもしれない。取り逃がした悔しさよりも、もう一度、会ってみたいという気持ちの方がなぜか強かった。

――連判状《れんぱんじょう》か。

一連の騒ぎの折、多聞の手下と思《おぼ》しき輩《やから》が、盗っ人《と》のような真似をして、〈山科屋〉に押し入っている。明言したわけではないが、才蔵は、連判状を探していた旨を匂わせた。隼之助は多聞の言葉を思い出さずにはいられない。

〝商人は謀反《むほん》を企《たくら》んでおるのじゃ〟

驚くべき話だった。

〝仕掛けたのは、商人の方が先よ。憶《おぼ》えているであろう、昨年、西の丸が火に包まれた大騒ぎを。あれはやつらの仕業じゃ。まずは大御所様を血祭りにあげ、次に公方《くぼう》様と考えたに相違ない〟

侍と商人の戦《いくさ》。

なのだと多聞は言った。本当なのだろうか。商人が侍に対して、戦いを挑み、天下を奪おうと本気で考えているというのだろうか。では、眼前で立ち働く千次郎はどうなのか。どうやら新しく塩問屋を始めるようだが、商人にも敵と味方がいるのだろうか。

「隼之助」

多聞の声で、我に返る。

「は」

「塩の選別をせよ」

いつものように、問いかけを許さない。

「それが終わったら、奥の座敷に来い」

「は」

　隼之助もまたいつもどおりに応じる。我が物顔で帳場にあがった多聞を、見るとはなしに眺めていた。主とはかなり親しげな様子だが、そういった繋がりから手を貸すことにしたのか。今ひとつ、動きが読めなかった。

「お手伝い、いただけますでしょうか」

　千次郎が腰を屈《かが》めて、言った。

「はい。荷運びであれば、慣れております。おまかせください」

「とんでもない。隼之助様には、届いた塩の味見をしていただきたく思います。極上の塩、これは公方様や御三家といった方々の御用達となる塩でございますが、その他にも松竹梅に分けて売りたいのです。隼之助様には、極上品を含めた四種類の塩を選別していただきたいと思いまして」

　ふたたび千次郎の目に、畏怖《いふ》するようなそれが湧いた。なるほど、と、隼之助は得心する。この男はおそらく知っているのだ。木藤家の秘密、隼之助の秘密を……。

「わたしに務まりますかどうか」

「ご謙遜《けんそん》を。隼之助様に務まらなければ、だれがその御役目を担《にな》えましょう。ささ、こちらでございます」

その御役目の部分に、ひときわ力をこめた。得心したものの、首をひねらずにいられない。隼之助の能力が『鬼の舌』であるのかどうかはわからないが、他言無用であるのは、今更、口にするまでもないことである。

——だが、この様子では、父上から話を聞いているのは間違いない。

案内に立った千次郎の背中に、問いかけの眼差しを向けている。もしや、多聞の盟友なのか。それゆえ『鬼の舌』の話をしたのだろうか。ひっきりなしに荷が運び入れられる様子を横目で見ながら、蔵の方に歩いて行った。

「才蔵さん」

蔵の前にいた才蔵が、小さく会釈する。それだけのことなのだが、なんとなく、ほっとした。多聞は取り付く島がないし、千次郎もどこまで知っているのか定かではない。大波に放りこまれることに、慣れなければと思いつつも、まだそこまでの境地には至っていなかった。

「隼之助様にとりましては、さして大変な作業ではありません。何種類かの塩の味見をしていただき、等級を決めていただくだけのことです」

「常人には、それが大変なことなのですよ」

口を挟んだ千次郎に、才蔵は、諫《いさ》めるような目を返した。

「あ、これは申し訳ありません。よけいなことを申しました。てまえは、帳場に戻りますので、あとは宜しくお願いいいたします。あちらの蔵に用意してございますので」

おとなしく引きさがる。肩越しに振り返り、会釈をして、表の方に戻って行った。

ひと睨みで黙らせた才蔵に、思わず賛辞の言葉を贈る。

「すごいな、才蔵さんは」

「人目があるのに、平気で口にするからです。猿橋様は、ちと舞い上がっておられるご様子。天下商人《てんかあきんど》の一番手としては、無理からぬことかもしれませんが」

「天下商人？」

疑問に、すぐさま答えが返る。

「木藤様より、あとでお話があります。まずは、先に選別してしまいましょう。塩の等級を決めないことには、商いになりませんので」

才蔵は蔵に入って、並んでいる塩袋を目で示した。

「採れた場所によって分けてありますが、産地ではなく、品質で等級を決めろというのが、主の命令です」

話を聞かれたくないのだろう、蔵の出入り口に油断なく気を配っている。そういう意味においても、才蔵と一緒のときは安心だった。

「産地ではなく、品質で等級を定める、か」

独り言のような呟きの後、思いつくまま口にする。

「猿橋様は、塩問屋を営んだことがないような口ぶりだったが、小豆《あずき》相場かなにかで儲《もう》けたのだろうか。いきなり、こんな大店の主になるとは」

「この見世の主は、猿橋様ではありません」

才蔵は小声で告げた。

「猿橋様は言うなれば雇われ主のようなものです。塩問屋をやるのも初めてならば、商人をやるのも初めて」

おかしな言い方をすると思った。それでは、今までなにをしていたのだろう。心からの問いかけが出た。

「商人ではないのか」

「あ、申し訳ありません。わたしも猿橋様のことは言えませんね。舞い上がっているようです。詳しい話はのちほど木藤様からお聞きください」

疑問の答えは得られない。

かつて塩問屋があった場所に、同じ塩問屋を開いた〈蒼井屋〉。初めての見世、しくじることはできないと、千次郎は言っていたが――。

五

「この見世の主は、公方様よ」

開口一番、発せられた多聞の言葉に、隼之助は沈黙を返した。

「………」

どういう意味なのか、よくわからない。公方様とは、つまり、十二代将軍家慶公のことだろうが、そこから先に頭が進まない。将軍が塩問屋の主になるなど、ありえない出来事。理解できずに黙りこんでいる。

「以前、ちらりと話したであろう、これは侍と商人の戦であると」

二度目の言葉に、小さく頷き返した。

「は」

奥座敷にいるのは、隼之助と多聞のみ。廊下に控えている才蔵に、つい当惑の眼差しを投げている。才蔵の隣にはなぜか三郷も座していたが、できるだけ目を合わせないようにしていた。多聞の思惑がはっきりと形を成してきたように思えてならない。

人形師に操られる人形のような気持ちを、懸命に抑えこんでいる。

「屋号で気づかなんだか」

いつもの皮肉めいた問いかけに、隼之助ははっとした。

「では、まことに」

葵《あおい》の御紋ゆえ、〈蒼井屋〉か。屋号の意味は理解できたが、だからといって即座に受け入れられない。次に湧いたのは「なぜ？」という当然の疑問だった。

「塩を制する者は天下を制す」

多聞はにやりと笑った。

「憶えておろう、われらをうまうまと手玉に取った金吾《きんご》と名乗る男が、座敷に残していった書に記していた言葉よ。塩だけでは天下を制するのは無理やもしれぬが、塩を牛耳ることによって得られる利益は小さくない。上様が、まず手始めにとお考えあそばされたのは当然であろうな」

上様と呼ばれる家慶は、大御所、家斉の傀儡《かいらい》将軍。多聞に操られる我が身を重ね合わせて、苦笑いが滲みそうになった。

――人形遣いと人形か。

ここで切り返せば、皮肉の応酬になるだけ。混乱する頭を整理しようとしたが、衝撃の大きさにまだなにも考えられない。

「それでは、猿橋様は」

頭に浮かんだ事柄を、問いかけに変える。

「さよう、御公儀の御勘定頭を務めておられた。商人侍と呼ばれたりはするものの、本物の商人になるのは初めて。どうなることかと思うたが、蓋《ふた》を開けてみれば、なるようになるものよの。思うていたより、さまになっていたゆえ、わしも驚いたわ」

「奉公人たちも勘定方の者ですか」

「主だった者、番頭や手代といった者は、猿橋様の下で働いていた下役じゃ。下働きの下男、賄《まかな》い方の下女なども、お屋敷にいた家僕を連れて来ておる。今のところ、不審な動きをする者はおらぬが、商家ともなれば、人の出入りが絶えぬゆえ、ま、この平《たい》らかな日々も今だけであろう。じきに連中の密偵がうろつくようになるは必至」

敵は本当に商人なのか、すべての商人が敵なのか、あるいは背後に大物がいるのか。

多聞の話からは、なにも見えてこない。

「才蔵さんは天下商人と言うておりましたが、敵はすでにわれらの動きに気づいていると、父上はお考えなのですか」

「うむ。〈蒼井屋〉は言うなれば出城《でじろ》よ。とにかく町中にいくつかの拠点を設けぬことには勝負にならぬ。公方様はここを足がかりにして、ひとつ、ひとつ陥《お》としていくお考えじゃ。塩に関しては、天下商人が制する日もそう遠くあるまい。値を安定させ、常に同じ質の塩を民に供給する。それこそが、天下商人の役割じゃ」

綺麗事《きれいごと》のように聞こえた。たいした罪を犯したわけでもない〈山科屋〉を、かなり強引に追い詰め、お取り潰しにしたように感じている。お世辞にも後味のいい仕事とは言えなかった。浮かない表情を読んだに違いない。

「そなたは、わしに訊いた。鬼役には二つの顔があるのではないか、とな。表の顔は毒味役、しかし、もうひとつ裏の顔があるのではないかと問うたとき」

「父上はこう仰せになりました」

隼之助は力をこめて継いだ。

「江戸の食を守る御役目じゃ、と」

疑いの気持ちは今も消えていない。が、悩む隼之助に、あのとき、水嶋波留はこう告げたのだ。

〝木藤様のお言葉どおりではないでしょうか。もし、違《ちご》うていたとしても、隼之助様はそういう心構えで臨めばよいのではありませんか。江戸の食を守ることはすなわち、江戸に住む民の胃ノ腑《ふ》を守ること、命を守ることに繋がりますゆえ〟

そこに気持ちを向けることによって、己を保とうと努めていた。ともすれば流されそうになる弱さを、江戸の民の命を守るという、いささか大仰すぎると思えなくもない波留の言葉で支えている。

そんな心を知ってか知らずか、

「まさにそれじゃ」

多聞は真顔で頷いた。

「〈蒼井屋〉が商いの手本を示せば、塩の値は自然に安定するであろう。よいか、隼之助。公方様は儲けるために、この策を用いたわけではない。むろん商いゆえ、ある程度の儲けは出るが、〈山科屋〉のようなあくどい真似はせぬ。適正な値で、適正に売る。天下商人はその名に恥じぬ商人よ」

〈山科屋〉は、質の悪い塩に独特の方法を使い、『雪の花』という名を与えて、高値で売り捌《さば》いたのだった。確かにあくどい真似かもしれない。だが、商人はみな似たようなことをしているのではないのか。多聞は、いや、人形遣いの大御所は、片っ端から商家を潰すつもりなのだろうか。

――鬼役の裏の顔は、潰し屋か？

もしかしたらという思いはあった。それゆえ隼之助は、再生屋をやろうと思ったのかもしれない。公儀の手先として商家を潰さなければならないのであれば、せめて、小店を助けられないか。善行のように見える行いは、自責の念から発したもの。やりきれない思いになる。

「連判状について、お訊《たず》ねいたしたく思います」

隼之助は真っ直《す》ぐ見つめた。だれから聞いた話であるのか、多聞は気づいただろうが、特に才蔵を咎《とが》めたりはしない。

「申せ」

冷静に促した。

「〈山科屋〉がその連判状を持っていたと、父上はお考えなのでございますか」

「さよう。そう考えていたゆえ、探した。盗っ人の真似をしたは、わしの手下よ。先日、両国橋の西広小路において殺《あや》められた者も、そのひとりであった。頭役として動いてくれたのじゃが」

「えっ」

隼之助は二の句が継げなくなる。多聞からこんな率直な答えが返るとは思っていなかったうえ、惨殺された男が賊のひとりだったと知り、さまざまな思いが頭を駆けめぐっている。疑問の嵐《あらし》だった。

「顔を見られたのですか、それで始末されたのですか。意趣返しでしょうか、鬼役に対する挑戦でしょうか」

思いつくまま口にする。

「才蔵」

多聞は答えを、才蔵にゆだねた。

「おそらくは、隼之助様のお考えどおりではないかと。顔を見られるような愚は犯しますまいが、頭役を務めたのがだれであるか、連中も突き止めたのでしょう。意趣返しであり、挑戦でしょうが、見せしめと脅しの意味もあるように思えます」

「御公儀の鬼役を脅すとは、命知らずな者がいるもので」

答えながら考えている。それほどの相手とはだれなのか、御三家、御三卿《ごさんきょう》、大大名家。そこで、ははあ、と、思い至った。

「なるほど、その連判状に」

首謀者の名が記されている。

「そういうことだ」

頷いた多聞に、早口で問いかけた。

「父上におかれましては、敵の首謀者の正体がわかっておられるのではありませんか」

「うむ」

またもや曖昧《あいまい》な答えになる。わかっているのだが、まだ断定できないのか、ここでは口にするのが憚《はばか》られるのか。確かな言葉を引き出したかったが、訊いたところで答えないのはあきらか。ふと浮かんだ事柄を問いかけに変えた。

「侍と商人、この両者が本気で戦をした場合、どちらが勝つと？」

考えるほどのこともない、隼之助は商人だと思っている。江戸や大坂、名古屋、九州、奥州、羽州、土地は違えど牛耳っているのは商人ではないか。借金だらけの侍は、戦う前から敗《ま》けている。

「戦は、してみなければわからぬ」

「されど」

反論に、多聞は覆い被せるように言葉を返した。

「先程も言うたが、この見世は出城のような場所。なにか起きたとき、これは怪我をしたときや急ぎの連絡を取りたいときなどだが、そういうときは、猿橋殿に頼むがよい」

立ち去る気配を感じて、隼之助は慌てた。

「わたしはこの後、なにをすればよいのですか。他に御用がなければ、南本所の蕎麦屋に行っても、宜しいでしょうか」

「近いうちにまた奉公してもらうことになるが、それまでは好きにするがよい。せいぜい繁盛させてやるがよいわ。才蔵」

「は」

呼ばれて、静かに才蔵は立ちあがる。三郷も付いて行くかと思ったが、そのまま廊下に座していた。

——いくらなんでも、あからさますぎないか。

父の露骨なやり方に猛然と反撥《はんぱつ》心が湧いてくる。この場にいてもいなくてもよかった三郷を、わざわざ呼び寄せ、しかも、あとはまさに「好きにせい」とばかりに置いていったその行為が腹立たしくてならない。

六

「わたくしも〈信夫屋〉のお手伝いをいたします」

三郷の申し出に、思わず冷たい言葉が出る。

「そのような真似は不要。付いて来られるのは迷惑だ。むろん見世のまわりをうろつかれるのも困る。おれは遊びに行っているわけではない。見世が生き残れるかどうかの瀬戸際《せとぎわ》なのだ」

波留がまだ来ていない場所に、昨日、今日、知り合ったばかりの許嫁《いいなずけ》もどきに足を踏み入れさせてなるものか。そんな気持ちになっている。なにもかも多聞の思うまま、生きる道ばかりか、生涯の伴侶《はんりょ》まで……ふざけるなと思った。

「だからこそ、お手伝いしたいと」

「要《い》らぬ」

と、立ちあがりかけたが、三郷はじりっとにじり寄る。

「幼い頃より、隼之助様のことを存じあげておりました」

「なに？」

「裏店《うらだな》でお婆様と暮らしておられた折、一度だけでございますが、木藤様に連れて行っていただいたことがあるのです。確かあのとき、隼之助様は九つ、わたくしは、まだ五つになるやならずでございましたが」

が、の後に続いたであろう言葉は、おおよそ想像できた。

〝あれが、おまえの夫になる隼之助じゃ〟

多聞はそう告げたに違いない。三郷は初対面のときから、はっきりと好意を示していた。きらきら輝く眸《め》に秘められた想い、庶子にはお庭番の女こそが相応《ふさわ》しいと、多聞は考えたのかもしれないが……。

「おれは」

波留のことを言いたかったが、口にするのは躊躇《ためら》われた。戦っているのは侍と商人だけではない。膳之五家《ぜんのごけ》の間にも目に見えぬ戦いが日々、起きている。表面上は取り繕いながら、水面下で繰り広げられる熾烈《しれつ》な駆け引き。弥一郎の縁談や波留の姉の縁談は、互いの立場を有利にするための手段。今年の鬼役は木藤家だったが、来年こそはと、他の四家も死に物狂いになっている。

「もしや」

三郷は隼之助にじっと目を据えた。女の勘でなにかを感じたのだろう、

「心に決めた方がおいでになるのですか」

窺うように顔を覗きこむ。

そうだと答えたかった。妻にしたいと思う女は、この世にひとりしかいない。

水嶋波留。

その名を口にするだけで、幸せな気持ちになる。自然に口もとがほころび、あたた

かいなにかに包まれる。いっそ告げてしまおうか、三郷の口から多聞に伝えさせようか。叱責《しっせき》を受けるのは間違いないが、あるいは……いや、万に一つも許しは得られまい。

「隼之助様」

ふたたび促されたが、無言で立ちあがった。心に決めた女がいると答えれば騒ぎになるのは必至。さりとて、いないと答えれば、波留を裏切るようで辛《つら》くなる。沈黙を返すのが精一杯だった。

「お待ちください、隼之助様」

三郷を無視して、帳場に足を向ける。

「お帰りでございますか」

千次郎の呼びかけにも返事はしない、ただ小さく頷き返した。土間に降りて草履《ぞうり》を履き、外に出ようとしたそのとき、

――あれは。

隼之助は一石橋のたもとに、憶えのある顔を見た。向こうも気づいたのか、さりげなく顔をそむけて、雑踏に紛れ込む。一石橋を渡り始めた初老の男を、ごく自然に尾行《つ》けていた。手下だろうか、目つきの鋭い二人の男を従えている。

――〈山科屋〉の隠居だった男。

見間違いではない、前を歩いているのは、金吾だった。隼之助が壱太《いちた》の名で奉公した塩問屋の隠居、老耄《ほけ》を装ったあの見事な芝居に、あらためて騙されたのだと感じている。肩で風を切るようなしっかりした足取りは、手下よりも確かなほどだった。

「いかがなさいましたか」

三郷が急ぎ足で隣に来る。

「姿を消した〈山科屋〉の隠居だ」

小声で言い、顎《あご》で前方を指した。金吾たちは金座の方に向かっている。塩問屋騒ぎの概要《がいよう》は、当然、知らされていたのだろう。

「どの人ですか、教えてくださいませ」

三郷の眸が真剣になる。

「あれだ、茶色の着物を着た年寄りだ。もっとも歩き方は若い手下に負けておらぬがな。見世の様子を見に来ていたのやもしれぬ。動きが気になるという点においては向こうも同じだろう」

「ああ、仙斎茶《せんさいちゃ》の着物ですね」

と、女子なればこその言葉が出た。尾行に気づいているのか、金吾はかなりの早足になっている。決して少なくない人通りの中、ぶつかるような愚を犯すこともなく、人波を縫うように進んでいた。二人はほとんど走るようになっている。

「あとは、わたくしにおまかせください」

三郷は息を切らせることもなく言った。

「隼之助様は顔を知られております。一緒に行くのは、危のうございます。〈蒼井屋〉にお戻りください」

「そうか」

これ以上、三郷につきまとわれなくて済む。まずそれが浮かび、「では頼む」と小声で答えた。隼之助は踵《きびす》を返して、左手に金座を見ながら、来た道を戻り始める。

不意にかすかな血の臭いをとらえた。

常人ではとらえられなかったであろう、ほんのわずかな血の臭い。はっとして、隼之助は右側に飛びすさる。少し勢いがありすぎたかもしれない。歩いていた男に思いきりぶつかって、男ともども道に倒れた。

「いてっ」

叫んだ男に、慌てて詫びる。

「すみません。大丈夫ですか」

「大丈夫かと訊きたいのは、こっちの方さ。急にどうしたんだい、ええ、吃驚《びっくり》したよ。美い《い》女でも見て、くらくらっときたかい」

職人らしい男は、すぐに立ちあがって着物に付いた汚れを払っている。隼之助も立ちあがり、苦笑いで答えた。

「そんなところです」

なにが起きたのか、実は隼之助自身もわかっていない。血の臭いを感じた瞬間、身体が勝手に動いたのだ。今のあれはなんだったのか。殺気を感じたように思ったが、人波は変わることなく流れている。

——浪人のような侍だったが。

人波に消えた男を追うともなしに目で追っていた。袴《はかま》姿だったことだけは、かすかに見て取っている。

「本当にすみませんでした」

「いいってことよ。気をつけな」

巻きこんだ男と別れるのを待っていたように、

「隼之助」

雪也が近づいて来た。

現れただけで降り注ぐ陽射《ひざ》しが、何倍もの明るさを増したように感じられる。見慣れている隼之助でさえそう思うのだから、通り過ぎる女たちの熱い眼差しは当然かもしれない。にこやかな表情は、役者絵に負けぬほどの魅力にあふれていた。

「今の醜態はなんだ、なにかに躓《つまず》いたのか」

いつになく辛辣《しんらつ》な口調になったのも、女たちの目を意識するがゆえだろう。隼之助は首をひねるしかなかった。

「いや、それが、よくわからぬのだ。怪しい人影は見たか。おれに襲いかかるような気配は感じなかったか」

念のために訊いてみる。

「さあてな。〈蒼井屋〉を出て、三郷さんと歩くおぬしを尾行けていたが、特におかしな輩はいなかったように思うが」

友の答えには、またしても、多聞の思惑がちらついていた。

「見張り役か?」

「皮肉を言うでない、護衛役よ。将右衛門も仰せつかったが、二人だと目立ちすぎるゆえ、今日はわたしの番というわけだ。われらがおぬしのまわりをうろついても、盟友ゆえ、不審に思われぬ」

「〈蒼井屋〉のことも聞いたのか」

　隼之助は一石橋に足を向け、奉公人が今まさに看板を掲げようとしている〈蒼井屋〉を目で指した。屋号に秘められた意味に、気づく者はいるだろうか。雪也も見るとはなしに眺めている。

「うむ、聞いた。はじめは信じられなんだが、こうやって看板を見ると、屋号の重さがようわかるな。されど、わたしと将右衛門が守るのは、おそれおおい御紋ではのうて、おぬしじゃ」

「だれから守れと言っていた」

　と、隼之助は一石橋を渡り終えたところで立ち止まる。

「わからぬ。木藤様が告げたのは、〈蒼井屋〉の真の主や、侍と商人の戦云々といった事柄のみ。敵の後ろにだれがいるのかまでは聞いておらぬ。いずれにしても、われらはこれでしばらくは命を繫げる。巷では不景気風が吹き荒れておるゆえ、ろくな仕事がないからな。隼之助さまさまよ」

　大仰な仕草で頭をさげたが、気になるのは先刻の危険な気配。ふたたび歩き出したが、つい何度も向こう岸を見やっていた。

「三郷さんか」

「ああ。〈山科屋〉の隠居らしい男がいたんでな、後を尾行けたんだが、おれは顔を知られているゆえ」

「案ずるでない。三郷さんはお庭番の女ではないか。逃げ足の速さでは、おぬしに列《なら》ぶやもしれぬ。いざとなれば、だれよりも早く逃げるさ」

先刻の皮肉に対するお返しか。遠慮のない言葉が出るのも盟友なればこそ。隼之助は声をひそめて、言った。

「おぬしに頼みがある」

右手に〈蒼井屋〉を見ながらの話になっている。主の千次郎に聞かれたところでわかるまいが、雪也も警戒心をいだいたに違いない。〈蒼井屋〉を通り過ぎた後、小声で答えた。

「わかっておる。波留殿のことであろう、まかせておけ」

流石は伊達《だて》男、なにも言っていないのに鋭く読み取っていた。三郷の話が他から波留の耳に入らないうちに、隼之助は自分の口から告げておきたいと思っていた。以心伝心、目で頷き返して、雪也は続ける。

「とにかく、おぬしを南本所に送り届けるのが先だ。途中で将右衛門の家に寄り、護衛役を交代するとしよう。その後、わたしは小石川の水嶋家に走る。それでよいか」

「あまりにも行き届きすぎて礼の言いようがない」

「今のも皮肉か？」

「いや、素直な気持ちよ。そこまでひねくれてはおらぬ」

笑い合った後、隼之助は、向こう岸を見やった。なんとなく不安な思いがある。三郷はひとりで大丈夫だろうか。かすかにとらえた血の臭い。不吉なそれを無理に追いやり、雪也とともに南本所へ向かった。

第三章　笹の葉の改敷《かいしき》

一

南本所石原町の〈信夫屋〉は、客足が途絶えることなく、仕入れた蕎麦粉《そばこ》がなくなったのをしおに、早めの見世仕舞《みせじま》いとなっていた。

「なんだい、六つ（午後六時）の鐘が鳴り終わったばかりなのに、もうお終《しま》いかい」

「あいすみません。蕎麦粉がなくなっちまったんですよ。また明日、お願いいたします」

「仕方ねえな。明日は早めに来るよ」

「申し訳ありません、宜《よろ》しくお願いいたします」

戸口で頭をさげていたおとくが、いきなり大声をあげる。

「あんた！」

その声で、隼之助も仕事場から飛び出した。おとくが必死に摑《つか》んでいた腕を、思いきり強く引っ張る。

「いててて、痛い、放してくれ。腕が抜けちまうよ」

顔をしかめて、主《あるじ》の小金次が見世の中に入って来た。年はおとくと同じぐらいで三十なかば、伸び放題の月代《さかやき》と無精髭《ぶしょうひげ》が、冴《さ》えない顔色をいっそう悪く見せている。やや小太りな感じの身体からは、酒浸りの暮らしを示すように、強い酒の臭いが漂っていた。

「よく帰る家を間違えなかったもんだね。酒の飲みすぎで、とうに忘れちまったのかと思っていたよ」

おとくは、待ってましたとばかりに悪態をついた。

「あんたがいない間は、隼之助さんが頑張ってくれてさ。外にお客が並んでいるのを見ただろ、毎日、行列ができるほどなんだよ。家主の〈大口屋〉さんも、十日間、日延べしてくれてね。利子だけでも払えば、ずっとここで商《あきな》いができるかもしれないんだ」

「ふん」

小金次は不機嫌さをあらわにして、ちらりと隼之助を見る。

「こんな婆のどこがいいんだか。若いんだからよ、もっとましな相手を見つけろ。なんだったら、おれが世話してやろうか、若いの」

「いいえ、心に決めた相手がいますので。そんなことより、旦那《だんな》さん。見世を立て直すのは、今しかありません。おとくさんが言ったように、幸いにも客がつき、賑《にぎ》わっています。少しずつでも借金を返せば……」

「なんで、あんたはそんなに親切なんだ」

小金次は酒臭い息を吐きかけた。隼之助はすぐには答えられない。鬼役は言うなれば潰《つぶ》し屋、繁盛している大店《おおだな》に難癖をつけては取り潰し、居抜きで見世ごと乗っ取る。辛《つら》い役目のせめてもの罪滅ぼしとばかりに、再生屋を始めたような気がしていた。人助けと即答したいところだが、言い切れるほど図々《ずうずう》しくない。

「からむんじゃないよ、この酔っぱらいが。隼之助さんは、あんたとは違うんだよ。あたしが困っているのを聞いて、手助けしてくれているんじゃないか」

おとくが代弁者となったが、小金次は聞いていなかった。

「この見世がほしいのか、おお、それなら古女房ともどもくれてやる。おれのことなら気にするな、幽霊だからよ。ここにいるように見えるかもしれねえが、本当はいねえんだ。いねえのよ」

何度も最後の部分を繰り返した。子を喪《うしな》った親の苦しみや哀しみを、本当の意味で理解することはできない。下手《へた》な慰めを口にするのは憚《はばか》られた。まだ所帯も持っていない隼之助に、小金次もあれこれ言われたくないだろうが、

「そんなことを言ったら、おふくさんが可哀想です」

自分でも思いがけない言葉が出た。

「幽霊だからここにいないというのは、つまり、おふくさんもいなかったということになりませんか」

「な……」

言い返そうとしたようだが、小金次はなにも言えなくなる。

「父親が幽霊では、子は生まれません」

隼之助は静かに告げた。生きることを捨てただけではない、おふくがいた宝物のような日々まで捨てるのか。短いやりとりに、祈るような想いをこめた。曖昧《あいまい》な言いまわしだったが、なにかを感じたのかもしれない。

「おふくは、いた」

怒ったように言い、ついと顔をそむける。

「おれの娘だ」

「は。おふくには、幽霊の父親なんかいないよ」

おとくが涙を滲《にじ》ませて訴えた。

「しっかりしておくれよ。哀しいのは、あんたひとりだけじゃないんだ、あたしだって同じ気持ちなんだよ。でも、あたしまで幽霊になっちまったら、おふくはどうなるのさ。隼之助さんが言ったように、あの子もいなかったことになっちまうんだよ。あんたはそれでも……」

「おい、ここにあった雛人形《ひなにんぎょう》はどうした」

小金次が早口で遮る。聞いているのが辛いため、無理やり話を変えたのだろう。さらに怒りを駆り立てることによって、自分をもごまかそうとしたのか、

「おまえか、おまえが壊したのか」

いきなり隼之助に摑みかかろうとする。

「やめておくれよ、おまえさん」

おとくが懸命に止めた。

「土雛は、家主と一緒にきた男が、壊しちまったんだよ。脅すつもりだったんだろうさ。あれはあんたが買ってきた雛人形。あたしだって、憶《おぼ》えているよ。おふくの初節

句にと、買って来てくれたんだもの。どうしても、片づける気持ちになれなかった。おふくが今もそこにいるようで」

最後まで聞かずに、小金次は見世を飛び出して行った。追いかければ連れ戻せたが、隼之助にはできなかった。今の小金次には、なにを言っても届かない。虚《むな》しさが隼之助の胸を覆っている。

「すみません。よけいなことを」

「なに言ってんのさ、隼之助さんが謝ることないよ」

涙を前掛で拭《ぬぐ》い、おとくは、笑みを押しあげた。

「新しい儲《もう》け話があると言ってただろ。飴《あめ》を作るとか言っていたね。赤の他人の隼之助さんが、これだけ一生懸命にやってくれているんだからさ。あたしも頑張らないと」

女は逞《たくま》しい。男は哀しみや苦しみから逃げてしまうが、女は、それらとうまく折り合いをつけながら、今を生きていく術《すべ》を見つけられる。それこそが、明日に繋《つな》がる道であることを知っているからだ。

「本気で飴売りもやりますか」

隼之助は、確かめるような問いかけを発した。正直なところ、いつまで手伝えるかわからない。小金次が幽霊のまま生きるというのであれば、遅かれ早かれここは立ち退《の》かざるをえなくなる。それを慮《おもんぱか》るがゆえの、飴売りの勧《すす》めであった。

「飴売りも、じゃなくて、飴売りを、だろ」

おとくは鋭く読み取る。

「わかっているんだよ、いつまでも隼之助さんに甘えてはいられないってね。蕎麦を打つのは、あたしには無理だ。重労働だもの。おまけに汁も作らなければならないだろ。教えてもらったけど、どうしても隼之助さんの汁の味が出せないのさ。うちの人がその気になってくれない限り、見世を続けていくのは無理だろうと思っているんだよ」

「ですが、飴売りも楽ではありません。仕入れた水飴をそのまま売り歩くのであれば、さほど苦ではありませんが、ひと手間、かければそれだけ儲けが大きくなります。このひと手間が女子には、けっこう大変ではないかと思いまして」

「ものは試しと言うじゃないか。やってみるよ」

「わかりました」

隼之助は仕事場に入り、来る途中で買い求めた水飴の小壺《こつぼ》の蓋《ふた》を開けた。今宵《こよい》はこの作業があるとわかっていたので、竈《かまど》の火は落としていない。おとくも興味深げな様子で隼之助の隣に来る。

「水飴かい。おふくも大好きだったよ」

「まずはこれを温めるんです」

「へえ、温めるのかい」

「そうすると、水飴がやわらかくなって、手を加えやすくなります」

「あたしの在所に、笹飴というのがあるけどさ。あれも水飴なんだろ」

「笹飴」

隼之助は記憶の箱を開け、父と旅した土地の名産を思い浮かべた。笹に包まれた素朴な飴の風味が、舌に甦《よみがえ》ると同時に、土地の名も甦る。

「女将《おかみ》さんの在所は、越後高田ですか」

「やめておくれな、女将さんは。おとくでいいよ。高田じゃないけど、越後さ。水呑み百姓だったからねえ。笹飴を味わわせてもらえるのは祭りのときぐらいだったよ。それが楽しみでさ。前の晩、飴の旨《うま》さを思い出しては、生唾《なまつば》を飲みこんで、ろくに眠れなかったことを、今、思い出したよ」

貧しい暮らしの話であれば、隼之助もいい勝負ができる。市井《しせい》に暮らすことにより、長屋の三婆《さんばば》やおとくのような者と出会えたのは幸いかもしれない。少なくとも木藤家にあるような、よそよそしい冷たさは、長屋にもここにもなかった。

「笹飴は粟《あわ》を材料にした飴です。やわらかな甘みと、素朴な風味が売りでしょう。今は米で作る見世もありますが、わたしは、昔ながらのやり方で作った粟飴が好きです」

「隼之助さんは、もとはお侍かい」

くだけた口調のまま、おとくは訊《き》いた。小金次がいないときは、女主と思い、隼之助は再生屋というよりも、奉公人として接している。侍言葉を使わないよう、充分すぎるほど気をつけていたつもりだが、態度に出ていただろうか。

二

「ええ、まあ、そうです」

曖昧に答えた。

「言いたくなければ、別にいいよ。いえね、さいぜん色男のお侍と一緒に来たじゃないか。親しげな様子だったからさ。もしかしたら、なんて思っただけなんだよ。それにしても」

と、おとくは夢見るような眸《め》になった。

「まるで錦絵から抜け出してきたような色男だったねえ。あたしもあと十歳、若けりゃ口説《くど》くところだよ」

「口説いてみてください。女子《おなご》に声をかけるのはもちろんですが、かけられることも楽しくて仕方ないというような男ですから」

笑いながら隼之助は、土鍋《どなべ》に移した水飴を掻《か》き混ぜている。そろそろ将右衛門も来るはずだ。来るときに立ち寄ってみたのだが、留守だったため、女房に言伝《ことづて》を頼んである。隼之助が侍の出という話が出たのは、ちょうどいい機会だと思った。これから二人が出入りするとなれば、当然、訊かれる事柄だ。

「あんな色男が、こんな大年増相手にするわけがないよ」

おとくは軽く受け流すと、男よりも明日の金とばかりに真剣な眸になる。

「それをどうするんだい」

「何度も引き延ばすんです」

温まった水飴を、薄く小麦粉を敷いた蕎麦用の捏《こ》ね板に置いた。要領は蕎麦を捏ねる感じに近いだろう。水飴を伸ばしては、畳みといった作業を繰り返すうち、透明だった飴が白っぽくなってくる。

「この状態で売る飴を、引飴《ひきあめ》と言いますが、引飴はまだ粘り気が強く、歯にくっつきやすいという難点があります。もっと、こう、口の中でサクサクと砕ける感じにしたいので、さらに畳んで、細長く伸ばします」

隼之助が伸ばした飴を、おとくは感心したように見つめた。

「へぇぇ、飴が生き物みたいだね」

「光沢が出て絹糸を束ねたような感じになったところで」

引き伸ばした飴を捏ね板におろして、包丁をあてる。

「これを短冊状に切れば出来あがりです」

光沢を放つ飴は、内部に無数の空洞ができ、断面が蜂の巣状になっている。隼之助は切ったうちのひとつを、おとくの掌《てのひら》に載せた。神妙な顔つきで口に入れたとたん、パリパリという、飴の砕ける音が静かな見世に響きわたる。

「ああ、なんて口溶けがいいんだろ。パリパリっと砕けた後、舌の上でふわりと溶けたよ。こんな飴、初めてだ」

「仙台藩のご領地に『晒《さらし》よし飴』という飴があります。それを真似《まね》てみました。水飴が固まらないうちに、手早く作業をしなければなりませんが、蕎麦を打つよりも、少しは楽かもしれません」

「隼之助さんは器用だからさ。簡単に作っているように見えるけど、やるのはむずかしそうだよ。どれぐらい稽古《けいこ》したんだい」

真顔で訊かれたが、思わず返事に詰まった。仙台に行った折、見世先でやっていた飴作りを見て、隼之助が興味を覚えたのを知ると、家に帰りつくやいなや、多聞はすぐさま飴作りを行わせている。が、後にも先にも、この一度だけだった。つまり、これは二度目なのだが、正直に告げれば驚かれるのは必至。

「腕があがらなくなるまで何十回も稽古しました」

相手が得心するであろう答えを返せば、おとくは、さもありなんといった顔になる。

「そうだろうね」

「はじめはうまくいかなくても、だんだんできるようになります。水飴が固まってしまったら、また温めて、稽古すればいいんです」

「わかっているよ、大丈夫さ。諦《あきら》めないで、やってみるよ。それにしても、隼之助さんは本当になんでもできるんだねえ。蕎麦屋でも飴屋でも、きっと大繁盛するよ。うちの人にその半分でもいい、腕とやる気があれば」

おとくは、大きな吐息をついた。腕は何回も繰り返すことで養われるが、やる気だけはどうしようもない。励ますように言った。

「飴の名前ですが、『おふく飴』にしたらどうでしょうか」

「え？」

吃驚《びっくり》したように目を見開いた。驚きのあとに湧《わ》いたのは、大きな喜び。口の中で何度も呟《つぶや》いている。

「いいね、いい名前だよ」

「十個をひと袋にして、売るのがいいと思います。包む紙に朱の墨で『福』の字を書けば、憶えてもらいやすいうえ、縁起がいいと喜ばれるでしょう。福を運ぶ『おふく飴』です。売れると思います」

「子供への土産《みやげ》にどうかと言えば、うん、きっと買うよ。あたしだって、試しにひとつと思うもの。教えておくれ、作り方をさ。無理して蕎麦屋を続けるよりも、裏店《うらだな》に移って『おふく飴』を売り歩いた方がいいかもしれないね」

「それじゃ、残りの水飴で、稽古をしてみましょうか」

「よし、やるよ」

襷《たすき》掛《が》けをして、おとくは水飴を土鍋に移した。この飴の作り方を会得すれば、食べるのに困らない程度の金は稼げるはず。小金次に会って、蕎麦屋を続けるのはおそらく無理だろうと、隼之助は感じていた。

「ご免」

戸が開き、将右衛門が姿を見せた。のっそりと入って来た大男、しかも侍とあって、おとくが慌てる。

「あいすみません、お侍様。今日はもうお終いなんですよ」

「わたしの知り合いです」

隼之助は言い置いて、仕事場を出る。将右衛門は戸を少しだけ開け、仕舞った暖簾《のれん》に大きな身体を隠すようにして外を窺《うかが》っていた。

「どうした」

「いや、尾行《つ》けられておるような気配があったのじゃ。わざと遠まわりしてみたのだが、即《つ》かず離れずの距離を置き、後ろに付いていたわ。隙あらば襲いかかろうとしていたのやもしれぬ」

いつもは朗《ほが》らかな将右衛門が、不安げに答えた。

「背後に凄い殺気があっての。首と肩が凝ってしもうたわ」

と、しきりに首をまわしている。両国橋の西詰広小路でお庭番の亡骸《なきがら》を見つけたのは他ならぬ将右衛門だ。無惨な斬られ方をした男の死に様が浮かんだのか、

「過日の手練《てだ》れやもしれぬ」

小声で呟き、戸口近くの腰掛に座る。隼之助も向かい側に腰をおろした。おとくは茶を出してくれたが、よけいなことは言わずに仕事場へ戻る。

「なにかわかったのか」

隼之助もまた囁《ささや》き声で訊いた。浮かぬ顔の理由を先読みしたのだが、これまた将右衛門にしては珍しく言葉を濁した。

「うむ。ちと調べてはみたのだが」

なにもわからなかったのか、あるいは断定できないからなのか。それ以上は言葉が続かない。

気詰まりな沈黙の後、

「今宵は、ここに泊まった方がいいやもしれぬ」

ぽつりと言った。

「そのつもりだ。見世が開き次第、蕎麦粉が届くゆえ、急ぎ、蕎麦を打たねばならぬ。家まで往復するその時がもったいないからな。女将さんには迷惑かもしれぬが、見世の片隅を借りるつもりだった」

「蕎麦か」

ここでようやく将右衛門らしい表情になる。

「わしにも、おぬしの蕎麦を馳走《ちそう》してくれぬか。〈信夫屋〉のけんどんは絶品だと、うちの女房も噂話《うわさばなし》をしておった。是非、味おうてみたいものよ」

「残念ながら、蕎麦はない。六つ頃に早々と売り切れた」

「なんじゃ、一人前分もないのか」

「ない。なんだ、腹が空いているのか」

「いや、飯はたらふく食うてきたが、噂の蕎麦は別腹よ。楽しみにしてきたというに、さようか。売り切れたか」

にやにやと、嬉《うれ》しそうに笑っていた。再生屋の初仕事であることを、むろん、将右衛門も知っている。この見世が繁盛すれば、見世の立て直しを頼む者が現れるかもしれない。そんな顔をしていた。

「明日、馳走する」

「楽しみじゃ」

友の答えは、隼之助の心を代弁している。

――波留殿が来る。

凄惨な亡骸、侍と商人の戦《いくさ》、木藤家の確執、膳之五家《ぜんのごけ》の争い。それらをいっとき追いやって、ただ純粋に……。

明日を待ち侘《わ》びていた。

三

翌日は、暖簾を出すのを待ちきれずに客が並んだため、早めに見世を開けた。午《ひる》にはまだ間があるのに、ひっきりなしに客が訪れている。多めに打ったつもりだが、夜までに蕎麦がなくなってしまうのではないか。

「凄い入りじゃ」

隣で手伝う将右衛門も、目を丸くしていた。隼之助はいつ波留が来るかと、気が気ではない。蕎麦を茹《ゆ》であげながら、戸口と勝手口にちらちらと目を投げている。おとくに二階を使わせてもらえるよう、昨夜のうちに頼んでおいたが、忙しければそれもできない。落ち着かない様子を見て取ったのだろう、

「流行《はや》りすぎるのも考えものか」

将右衛門がにやりと笑った。

「なに、蕎麦を茹でるぐらいであれば、わしにもできる。気にすることはない。波留殿が姿を見せたら、二人で二階にあがれ」

「すまぬ」

「それはそうと、木藤様のお話によれば、近々、弥一郎殿の祝言を執《と》り行うとか。日にちが定まらぬ理由はようわからぬがの。むろん、おぬしも同席するのであろうな」


波留の訪れで祝言の話を思い出したのか。急に弥一郎の話を持ち出した。多聞は特になにも言っていないが、隼之助の心は決まっている。

「おれの顔が見えたら、弥一郎殿は間違いなく怒り出すであろう。邪魔者は家でおとなしくしているのが得策よ。それにまた奉公せよというご命令だ。その頃には、あらたな見世に奉公しているやもしれぬ」

「ああ、その話も出た。わしと雪也も『用心棒役として頼む』ということであったわ」

「用心棒役」

その言葉が引っかかった。

「おれの用心棒役か？」

「さあて、例によって例のごとく、木藤様は多くを語られなんだ。おそらくはそうであろうが、ようわからぬ。あるいは饅頭《まんじゅう》屋だったたか。その見世の用心棒役として、潜りこみ、おぬしを守れということなのやもしれぬ」

「此度《こたび》の奉公先は、饅頭屋か」

「まだそれも聞いておらなんだか」

「うむ」

話しながらも二人の手は、休むことなく動いている。蕎麦は微妙な茹で加減があるため、隼之助が受け持ち、将右衛門は茹であがった蕎麦を洗う役目を担っていた。

「お子に飴はいかがですか、『おふく飴』でございます。お土産にひとつ、どうぞ。サクサクっとして美味《おい》しいですよ」

おとくはおとくで、出来あがった蕎麦を飯台に運んでは、懸命に飴を売りこんでいる。隼之助は十個一袋にしようと思ったのだが、五個一袋にして、安く売りたいというおとくの考えどおりにしていた。手間暇かけて作る飴だ。隼之助も、できるだけ多くの人に味わってもらいたいと思っている。

「あれはまことに旨い飴じゃ」

将右衛門が言った。

「女将、わしも土産にしたいゆえ、二袋、取り置いてくれぬか」

特に大きな声を出したわけではないのだが、地声でも見世中に響きわたる。その声に釣られたのか、ひとりの男が飴を買い求めた。

「ありがとうございます」

初めて売れた嬉しさで、おとくの顔がほころぶ。夕餉時《ゆうげどき》の方が家路を急ぐ客の心に留まるだろうと、これまた隼之助は言ったのだが、それまで待てないのだろう。忙しく出入りする客のひとりひとりに声を掛けていた。

「『おふく飴』でございますよ、福を招く飴です。一袋、いかがですか」

張り合いができたらしく、目と頰《ほお》が輝いている。昨夜は一晩中、飴作りの稽古をしていた。最後は隼之助が仕上げたものの、どうにか飴作りはさまになりそうだ。

「わしもおぬしに飴作りを教えてもらうか」

将右衛門はかなり真剣な表情になっていた。

「水飴はさほどの値ではないゆえ、一袋十二文で売れれば、儲けが大きい。もっとも五個では少ないゆえ、やはり、一袋十個は入れるがの。二十二文ぐらいで売れば……」

「中途半端な値段は駄目だ。客たちが使うのは四文銭が多いからな。四の倍数にして、釣り銭が出ないようにした方がいい」

「ほう、そこまで考えるか。なかなかどうして、おぬしはたいした商人よ。思うに、あれだな。木藤様がおぬしを連れて旅したのは、どんな商いにでも就《つ》けるようにという親心だったのやもしれぬ」

将右衛門の指摘は、あながち的外れではないかもしれなかった。隼之助も再生屋をやってみて、しみじみ感じている。蕎麦屋に飴屋、飯屋、居酒屋、いや、たとえ老舗《しにせ》の菓子屋であろうとも、同じ味を生み出す自信があった。

「おぬしは元々器用なたちなのであろうが、やはり、これよ」

べーっと、舌を出して見せる。

「これの出来が、われらとは違《ちご》うておるのじゃ。小松菜の産地の違いまで味わい分けるからのう。それも生まれ持った力のひとつよ。望んでも得られるものではない。木藤様と日本各地を旅しているうちに、鍛えられたのは間違いあるまいさ」

「そうかもしれぬが」

反論は心の中でのみ呟いた。多聞がそこまで自分のことを考えていたとは思えない。各地を旅することに関しても、はじめのうちは弥一郎も一緒だった。弥一郎が隼之助との同道を拒んだがゆえ、二人で行くようになっただけのこと。厳しく鍛えたのは、隼之助のためではなく、木藤家のため、あるいは将軍家のためであるように思えた。

——波留殿を嫁にほしいと言ったら、なんと申されるだろうか。

そのときのことを考えるだけで気持ちが重くなる。宮地才蔵を配したばかりか、村垣三郷《みさと》まで側《そば》に置いたのは……。

「ちと空《す》いてきたか」

将右衛門の声と同時に、勝手口の戸が開いた。客足が落ち着くのを待っていたのかもしれない。雪也が顔を覗《のぞ》かせる。

「そろそろ大丈夫かと思うてな」

「あら、溝口様まで、そんな格好をなさって」

後ろから現れた妹の佳乃《よしの》が、いつものように遠慮のない言葉を吐いた。

「お似合いですよ、なりきっておられるではありませんか。傘張りの内職姿も悪くありませんけれど、蕎麦職人も板についておられます。いつでもご奉公できますね」

口を開かなければ、兄譲りの美貌《びぼう》にだれもが見惚《みと》れるのは間違いない。が、この辛《しん》辣《らつ》な物言いも、可愛いと思うのが男なのかもしれなかった。

「おお、佳乃殿に褒められてしもうたわ」

将右衛門は破顔し、二階を目で指した。

「ここはわしが引き受けた。おぬしは上に行け」

「茹でるのは、あたしがやりますよ」

おとくも察して、仕事場に入って来る。佳乃の陰に隠れていた波留が、恥ずかしげに頬を染め、小さく会釈する。年は二人とも同い年の十七、佳乃が華やかな牡丹《ぼたん》なら、波留はつつましやかな白木蓮《はくもくれん》か。人目を引くような美人ではないが、凛《りん》とした芯《しん》の強さが両の眸に表れている。

「さあ、お波留様。だらしなく鼻の下を伸ばしている隼之助様に、ぴしゃりと仰《おっ》しゃいませ。遠慮はいりませんよ」

佳乃が躊躇《ためら》う波留の背を押した。つい言い返しそうになったが、波留と一緒のところを客に見られるのはまずい。隼之助は無言で二階を示して、先に行かせる。

「少しの間、お願いします」

おとくに告げ、見世を見まわしてから、波留の後を追いかけた。不審な者がいないか、確かめる癖がついている。逸《はや》りがちな気持ちを無理に抑えつけるのもまた隼之助の癖のひとつだった。

「隼之助様」

二階の座敷で、波留は、はにかんだような微笑を向ける。おとくが片づけておいたのかもしれない。葛籠《つづら》や姫鏡台、衝立《ついたて》に隠された布団などが片隅に纏《まと》められていた。六畳二間の薄暗い場所が、明るく感じられるのは、隼之助の気持ちの表れに他ならない。

「先程、佳乃殿が」

言いかけたそれを、波留は早口で遮る。

「わたくしは信じております」

揺れる眸に、言葉とは裏腹の不安が浮かびあがっていた。道すがら雪也から三郷の話を聞いたため、佳乃の口からああいう言葉が出たことはわかっている。悪し様《あざま》に言っているようで、案外、気遣う女子なのだった。隼之助と波留が話しやすいよう、話の糸口を与えたように思えなくもない。

「お庭番の女だ。いつものように、父上の勝手なお考えよ。なにがあっても、おれの気持ちは変わらぬ」

「はい」

わたくしも、と、消え入りそうな声で続けた。出しゃばらず、なんにつけても控えめだが、いざとなればしっかりと伴侶を支える。初対面のときの印象は、年を経ていっそう確かな重みを増していた。十七にしては落ち着きすぎていると、佳乃はときに意地の悪いことを言うが、隼之助はそういうところも含めて、波留に惚《ほ》れている。

「お見世は繁盛している様子。あまりにも忙しそうなので、しばらくの間、向かいの見世で待っておりました」

「雪也と将右衛門によると、評判になっておるとか。たかが、けんどん、されど、よな。打つそばから蕎麦がなくなってしまい、休む暇がない」

　隼之助はにやりと笑った。

「そばと蕎麦を掛けて、これが本当の掛け蕎麦よ」

「まあ、洒落《しゃれ》のだめ押しですね」

「洒落まではいかぬな、駄洒落という程度であろう」

　互いの笑みを見れば、それだけで心がなごむ。膳之五家《ぜんのごけ》同士の対立も家の問題も、いっとき吹き飛んだ。隼之助は逢う度、決意をあらたにする。

　──波留殿をおれの妻にする。

　あきらかに以前とは違っていた。なにをやっても食べていける、波留ひとりぐらいなら養える。男としての自信が、芽生《めば》えていた。不安なのはたったひとつ、はたして、波留の気持ちはどうなのか。

「蕎麦屋の女将でもよいか」

　隼之助にしては大胆な問いかけが出た。

「はい」

　答える波留も眸を逸らさない。どちらからともなく差し伸べた手が、ぎこちなく絡み合い、固く、固く結ばれる。

「わたくしは、再生屋がいいのではないかと思うております。見世《みせ》が立ちゆかなくなっている人のお手伝いをするのは、だれにでもできることではありませんから。隼之助様が住んでおられるお店《たな》の屋号をそのままいただくのもなんですけれど、〈だるまや〉と名乗られてはいかがでしょうか」

「七転び八起きの〈だるまや〉か」

隼之助は大きく頷《うなず》いた。

「それはいい。波留殿らしい思いつきよ。再生屋では味も素っ気もないからな。商売繁盛の達磨《だるま》にあやかって、福を招き寄せるか、と、そうだ。お店で思い出したが、近々、木藤家は小石川にあらたな屋敷を賜《たまわ》ることになった。すでに水嶋様から、その旨、伝えられているだろうが、また近くなるゆえ」

「屋敷替えでございますか」

波留の顔に当惑が浮かんだ。

「それでは、番町のお屋敷は引き払われるのですか」

「いや、今の屋敷には、弥一郎殿が当主となって所帯を構える。木藤家は二か所に屋敷を賜るというわけだが……まさか、波留殿が知らなんだとは」

驚くと同時に、口にしてはならぬことだったのかと、小さな後悔が湧いていた。反目し合っているとはいえ、膳之五家は、緊密に連絡を取り合うのが常。にもかかわらず、通達していないのはすなわち、秘中の秘ということか。

「父にも申しませぬ」

鋭く表情を読み、波留は続けた。

「わたくしの胸にだけ留めおきますので」

「その方がよかろうな。それにしても、ようわからぬ。なにゆえ、仲間うちにまで……」

「隼之助」

階下から雪也の声が響いた。

「邪魔をしてすまぬ。〈切目屋〉の使いが来ておるぞ」

馬喰《ばくろう》町の旅籠《はたご》からの使い。もしや、『外《はず》れ公事《くじ》』の件だろうか。

「貧乏暇無しだ」

笑って、立ちあがろうとしたが、波留の手を離すのが辛い。二人は少しの間、見つめ合っていた。

四

翌日の未明。

「やれやれ。ろくに寝る暇もない」

雪也の文句を聞きながら、隼之助は、いったん橘《たちばな》町の裏店に戻って来た。凍えるような寒風が、容赦なく吹きつけている。江戸の町はまだ眠りの中にあって、おそろしいほどに静まり返っていた。

「寝ていたではないか。おれは蕎麦打ちに餡作りと、寝る暇などなかったがな。二階の座敷で高鼾《たかいびき》だったぞ」

「わたしは、鼾なぞかかぬ。眠るときもだな」

「静かに」

隼之助は鋭く制した。〈達磨店〉の路地に足を踏み入れたとたん、かすかな血の臭いをとらえたのである。雪也もさっと頬を引き攣《つ》らせた。

「どうした」

「血の臭いだ。感じないか」

囁き声で訊いた。しばし黙りこみ、友は臭いや気配を探っていたが、

「わからぬ」

ほとんど声を出さず、仕草で告げる。隼之助はもう一度、集中したが、やはり、冷気の中に血の臭いが漂っているのを感じた。どこから流れているのだろう。血の痕跡《こんせき》を辿《たど》るように、一歩、二歩と路地の奥に進む。左側にある自分の家を通り過ぎて、おとらの家も通り過ぎた。

——ここだ。

足を止めたのは、おとらの斜め向かいの家、才蔵が借りた家だった。怪我でもしたのだろうか。そう思った後、不意に一昨日、塩問屋の元隠居——金吾の後を尾行《つ》けた三郷のことが胸をよぎる。戸を叩くと、だれか起きてしまうかもしれない。

「才蔵さん、いるか。おれだ、隼之助だ」

障子戸越しに呼び掛けた。血の臭気は濃さを増し、隼之助は口の中に傷を負ったかのごとき不快感を覚えている。応えはない。が、こらえきれずに戸を開けた。

ふわり、と、漂ったのは、鬢付《びんつ》け油の香り。座敷は外よりも深い闇《やみ》に沈み、どこに、だれがいるのかわからない。

「三郷さん？」

「……隼之助様」

　動く気配とともに、三郷のか細い声が聞こえた。履き物を脱ぎ捨てるようにして、隼之助は座敷にあがる。横たわっていた三郷が、起きあがろうとしていた。血の気のない顔は、蠟《ろう》のように白い。

「そのままでいい。傷を負ったか」

　隼之助は慌てて横たえた。後ろに付いていた雪也が、無言で戸を閉め、行灯《あんどん》に火を点《つ》ける。闇に慣れた身にとっては、眩《まぶ》しいほどの輝きが座敷に広がった。三郷は弱々しい微笑《ほほえみ》を押しあげる。

「申し訳ありません。神田川まで尾行《つ》けたとき、手下と思われる二人が襲いかかって来たのです。人が少なくなるのを待っていたようで」

「おれといたのを見られたのやもしれぬ。どこを切られた」

と問うまでもない。長襦袢《ながじゅばん》の左肩に、血が滲んでいる。寝間着に着替えることもできず、どうにか着物だけ脱いで、横になったのだろう。脱ぎ捨てた着物が、無造作に枕元に置かれていた。

「雪也、湯を沸かしてくれ」

「わかった」

「いえ、大丈夫です。干したオトギリソウを傷にあて、手当ていたしました。あとは血が止まるのを待つだけですから、どうぞ、もう家にお帰りください」

傷を負ってなお気遣うその姿は健気《けなげ》と言うしかない。三郷と別れ際、隼之助は、尾行の役目に就けば、これ以上、つきまとわれなくて済むと思った。なんと薄情な男なのか、あのとき感じた不安の結果がこれではないか。

「晒《さら》しと薬草を取り替えねばならぬ。薬草はどこにあるのだ」

努めて平静を装い、座敷を見まわした。入ったのは初めてだが、箱膳や飯櫃《めしびつ》、行灯、葛籠《つづら》といった品の他に、姫簞笥《ひめだんす》なども置いてある。隼之助の家よりは、暮らしに必要な物が揃《そろ》っていた。

「その姫簞笥の中です」

力無《ちからな》く告げたそれに、素早く応じる。

「案ずるな、傷の手当ては慣れておるゆえ」

姫簞笥の中には、さまざまな薬草が詰まっていた。流石《さすが》はお庭番と言うべきかもしれない。隼之助はオトギリソウとウコンを取り出した。

「オトギリソウは、生葉を絞った汁の方が効くが、この時期に生葉は手に入らぬ。煎《せん》じた汁を使うしかあるまい」

「貸せ。わたしが煎じよう」

雪也が奪い取るようにして、薬草を取りあげる。伊達《だて》男の本領発揮か、怪我をした女子を見れば、ふだんとは別の意味で気合いが入るのかもしれない。

「湯が沸いたら、顔と身体を拭《ふ》いてやれ。いや、その前に白湯《さゆ》を飲ませた方がよかろうな。喉《のど》が渇いておるに相違ない。それが終わったら薬草を煎じる。そして、粥《かゆ》を炊くとしようではないか」

段取りを呟きながら、竈の火の様子を見ている。まめやかだからこそ、男妾《おとこめかけ》が務まるのだろうか。隼之助は苦笑したが、三郷の視線を感じて、枕元に戻る。

「身体を拭いたりするのは、おとらさんに頼むゆえ、案ずることはない。産婆を生業《なりわい》にしている婆さんでな。他言するなと言えば、よけいなことは喋《しゃべ》らぬ」

「駄目です」

三郷はきっぱりと言った。

「この傷のことを知られたくありません。わたしは薬売りの行商をしている兄と、ここで平凡に暮らしているのです。そんな女が肩を切られたりするはずがありません。役人を呼ばれて、騒ぎになります」

「確かにそうかもしれぬが」

次の言葉が出ない。三郷は一昨日からこうやって、たったひとりで耐えていたのだ。その間、隼之助は波留と幸せなひとときを持ち、手のぬくもりを思い出しながら、帰路に着いた。だれにも泣き言を言わず、だれの助けも借りず、三郷は耐えていたというのに……これがお庭番の女なのだろうか。

——義母上《ははうえ》も耐えた。

弥一郎に投げられた石を、花江は、おそらく避けられたであろうに、敢えて受けた。お庭番であることを隠していたという罪を償《つぐな》うため、少しでも弥一郎の怒りをやわらげるためなのだろうが、いやでも生母の姿が浮かんでくる。横たわる三郷の白い貌《かお》に、憶えのない母の貌が重なっていた。

「そら、白湯だ」

雪也が差し出した湯飲みを受け取り、三郷の身体を起こしてやる。喉を鳴らして美味そうに飲んだ。

「ああ、生き返ったよう」

血の気がなかった顔に、うっすら生気が戻る。

「隼之助様のお顔を見ただけで、傷の痛みも消えました。ありがとうございます」

あまりにも率直な言葉だったが、こうやって三郷を腕に抱くと、波留のことが思い出されて、複雑な思いになる。

「才蔵さんは、姿を見せぬのか」

わざと役目のことを口にした。三郷は気をまわしたのか、

「わたくしがここに戻った後は来ておりません。才蔵殿が来てくれれば、隼之助様のお手を煩《わずら》わせることもありませんでしたのに。本当に申し訳ありません」

すまなそうに詫《わ》びる。美人で気だてもよく、心映えも美しい。いったい、おまえはなにが気に入らぬのか。

隼之助は、多聞に叱責されているような気持ちになっていた。人の心はままならない。お庭番の女は、じっと熱い眼差しを注いでいる。

五

三郷の手当てを済ませ、〈切目屋〉に出向いた隼之助は、石川徳之進に同道して、神田から浅草を練り歩き、吉原を素見《ひやか》した後、浅草の誓願寺に来ていた。ついでに寺《てら》詣《まい》りをしたが、目当ては門前の〈茗荷屋《みょうが》〉の軽焼《かるやき》である。あたりはとっぷりと日が暮れて、街道を行き交う人々の足も自然に早くなっていた。

誓願寺があるのは、刑場で名高い小塚原《こづかっぱら》の一角だが、北に千住《せんじゅ》大橋、さらに少し歩けば千住宿に出るため、往来は賑わっている。千住大橋を渡ってすぐの場所にある青物市場は、江戸に負けないほどの規模を有しており、扱っている野菜も少ない数ではない。

が、徳之進の関心は、野菜よりも甘いものだった。

「美味い、美味い。もうひと皿じゃ」

ここに来るまでの間、饅頭や最中、餅菓子をいやというほど食べているというのに、甘いものに対する貪欲《どんよく》さをみせている。隼之助は疲れが出てしまい、眠くてたまらなかった。仮眠するつもりで戻った家では、三郷の手当てをしなければならず、昨夜は一睡もしていない。〈信夫屋〉の立て直しを手伝うようになって以来、眠れるのはせいぜい一刻《いっとき》（二時間）という有様。若さにまかせて無理をしているが、流石にそろそろ限界かもしれない。

「石川様。これで三皿、召しあがっておられますが」

疲れを押し隠して、呆《あき》れたように見やった。

「さようか。軽焼という名どおりに、口あたりがいいゆえ、いくらでも入る。上品な味わいが、いかにも江戸らしいの」

対する徳之進は、ようやく赤ら顔が普通の顔色になっていた。〈切目屋〉の女将、志保によれば、昨夜も客人が来て、酒宴になったようである。隼之助が迎えに行ったときも初対面同様、酒臭い息を吐きながら起きてきたのだった。

「江戸と仰しゃいましたが、ここの軽焼は、京の円山《まるやま》の軽焼を模したと言われております。よく疱瘡《ほうそう》の見舞いに使われるとか」

「ははあ、なるほど。軽く済むようにという願いをこめて軽焼か」

朗らかに笑い、「もうひと皿」と声を張りあげる。もはや窘《たしな》める気にもなれず、隼之助は曖昧な笑みを返した。頭には志保の言葉が甦っている。

〝石川様ですが、江戸は初めてと言っておられますが、やはり、どうもそうは思えないのですよ〟

なぜ、そう思うのかという問いかけに、

〝昨夜は、下谷《したや》広小路の〈翁屋《おきなや》〉から仕出し料理を取り寄せました。その前は〈八百《やお》善《ぜん》〉ですよ。いえ、〈八百善〉は名を知られておりますので、おかしいとは思わなかったのですけれどね〟

と、さも不審げに答えた。〈翁屋〉は重詰弁当で知られる見世だが、深川の〈平清《ひらせい》〉や浅草山谷の〈八百善〉ほど有名ではない。江戸が初めてという割には、いささか通じすぎているのではないか、というのが、志保の疑惑の理由だ。

「石川様。江戸は初めてと仰しゃいましたが、本当に初めてなのですか。ずいぶん慣れておられるように思いますが」

隼之助は慎重に探りを入れた。離れた場所には、護衛役の雪也が座している。多聞はなにも言わなかったが、徳之進が『外れ公事』だとすれば、もしかすると、この後の御役目に関わりがあるかもしれない。敵か味方か、はたまた志保の見込み違いなのか。関わりがないことを祈るしかないが、わからない以上、護衛役もまた気が抜けないのだろう。雪也は油断なく目を向けている。

「うむ、初めてじゃ。武左衛門《ぶざえもん》に見えぬよう、悪友が気遣《きづこ》うてくれての。江戸案内のようなものを持たせてくれたのよ。それに従《したご》うて料理屋の仕出しなどを頼んでおる。女将になんぞ言われたか」

徳之進は逆に問いかけを発した。短いやりとりの中に、気質や能力が見え隠れする。見た目は自称、武左衛門――田舎侍だが、かなりの切れ者ではないだろうか。

「いえ」

隼之助は短い答えで追及をかわした。よけいな話はしないに限る。江戸に来た真の目的を知りたかったが、焦りは禁物と言い聞かせた。将右衛門が言っていた饅頭屋への奉公のこともあるため、意識して抑えないと、気ばかり急《せ》いてしまう。

「さて、と」

軽焼を合計五皿、平らげて、徳之進は立ちあがった。

「腹が減ったな。飯を食うとするか」

「…………」

まだ食うのか。

驚くやら、呆れるやらだったが、黙って供役に徹する。徳之進は近くの料理屋に入って、二階の座敷が空いているか訊いた。

——才蔵さん。

隼之助は目の端に、雪也と並んで立つ才蔵の姿をとらえている。気づかなかったが、ずっと後ろにいたのかもしれない。千住くんだりまで付いて来たのは、やはり、この男が怪しいからだろうか。

「どうしたのじゃ」

徳之進は階段の手前で足を止め、振り向いた。

「あ、いいえ、わたしもご一緒してよいものかと思いまして」

「遠慮はいらぬ。案内してくれた礼じゃ。一献、かわそうではないか」

「では、御相伴に与《あずか》ります」

雪也と才蔵に目配せして、隼之助は、徳之進のあとに続いた。通りが見渡せる二階の座敷には、火鉢が運ばれて素早く膳の用意が調えられる。昼間、あれだけ甘いものを食べたのに、それらはどこに入ったのか。徳之進は待ちきれないといった様子で、自ら酒を注ぎ、飲み始めた。

「申し訳ありません。気の利かぬことで」

慌てて、注ぎ役となる。

「軽焼も美味いが、〈竹村《たけむら》〉の最中月は美味かったの。吉原に見世を構えるだけのことはある。今日は大川の向こう岸には行けなんだが、近いうちに、本所深川の菓子屋も食べ歩きたいものじゃ」

「向島には、有名な長命寺の桜餅がございます。深川であれば、船橋屋の練羊羹《ねりようかん》といったところが人気です。菓子に欠かせぬのは砂糖ですが、江戸ではまだまだ高値で、庶民にとってはまさに高嶺《たかね》の花。お国の薩摩《さつま》ではどうなのですか。多少なりとも安く手に入るのでしょうか」

酒を注ぎながら、さりげなく話を向けた。次の奉公先が饅頭屋であるならば、砂糖はなくてはならない品。砂糖と言えば、薩摩の特産品。そういった事柄をふまえたうえの問いかけになっている。

「おお、薩摩で砂糖は砂のごとくなり、よ」

髭面《ひげづら》にしたたかな笑みを浮かべてから、早口で言い添えた。

「そうであればのう、われらも苦労せぬわ。薩摩藩もご多分に洩《も》れず、財政は苦しゅうてな。まあ、それも十年前までの話じゃが、なんと、ふくれにふくれあがった借財が五百万両よ。薩摩藩の年間予算費の二十年から三十年にあたる額じゃ」

「五百万両」

隼之助は目をみひらき、驚きを装った。

「あまりにも額が大きすぎて、とても想像がつきません。わたしの頭に浮かぶのは、千両箱が五箱ぐらいでございます」

うまく話を合わせる。薩摩藩は八代藩主重豪《しげひで》の時代に、娘の茂姫が大御所、家斉《いえなり》の正室として輿入《こしい》れしていた。その際にも多額の出費があったのだろう。とうとう出入り商人に融資を断られてしまい、あわや財政破綻《はたん》かという危機に陥ったのである。

隼之助は薩摩に旅した折、多聞からこれらの話を教えられていたが、食う事専門の食事師《くじし》としての立場を弁《わきま》えている。

「薩摩藩は、五百万両を返したのですか」

素知らぬ顔で訊いた。

「返した。いや、強引に返したことにした」

どこか皮肉めいた口調で続ける。

「藩政改革の責任者になったのが、調所広郷《ずしょひろさと》様じゃ。琉球《りゅうきゅう》や露西亜《ロシア》の貿易品と、黒砂糖を両翼とした財政改革に奔走されたのじゃが」

調所広郷が行った財政改革とは、
(一) 大坂商人に対して、五百万両の負債を二百五十年で返すことを強引に認めさせ、借金を事実上、なくした。
(二) 奄美《あまみ》三島特産の黒砂糖の専売制を強化。
(三) 松前から長崎に向かう俵物を買いあげ、これを清国に売る抜け荷で利益をあげた。
商人は泣くしかない改革だったが、調所広郷はこの功績により、天保三年(一八三二) 家老格に昇進している。

「〈切目屋〉の女将に聞いたかもしれんが、わしの家は半士半農での」

徳之進はぼそっと告げた。薩摩藩が設けた外城《とじょう》制度——郷士《ごうし》制度は、土地が生産性の低いものであったため、考え出された苦肉の策といえる。シラス、ボラといった瘦《や》せた土壌であるうえに、台風や火山、地震など災害も多く、実収高は石高の半分にすぎないのが実状だ。武士の比率は全人口のおよそ二割五分、通常、六分から七分にすぎない諸藩とは比べものにならぬほど高い。

「人を以《もっ》て城となす。とまあ、こう言えば聞こえはいいがな。要は武士とは名ばかりの身分制度よ。本土では飢饉《ききん》のときにサツマイモを食えるが、薩摩や奄美の農民は、サツマイモすら食えぬときが飢饉なのじゃ」

髭面男の呟きは、悲哀に満ちている。黒砂糖、サツマイモ、焼酎《しょうちゅう》、桜島の蜜柑《みかん》、国分《こくぶ》煙草、樟脳《しょうのう》、櫓木《ろぎ》、鰹節《かつおぶし》といった特産品のほとんどは、藩による厳しい専売制が執り行われていた。郷士はもちろんのこと、農民にいたっては常に飢えと背中合わせ、肥え太るのは藩の重臣のみ。いつ一揆《いっき》が起きてもおかしくないのではないだろうか。

「専売制度を掌握した薩摩藩そのものが、豪商といえるかもしれんの」

徳之進の言葉に、隼之助は、はっとする。

六

もしや、と思った。

――大御所様は、そのやり方を真似たのか？

薩摩藩とは、婿《むこ》と舅《しゅうと》の間柄だが、表向きは取り繕っているものの、水面下では絶えず駆け引きが行われていた。膳之五家と似たような対立が、公儀と大大名家の間にも当然のことながら、ある。

「ですが、薩摩藩には、金山があると聞いた憶えがあります。金を掘れば、かなり稼げるのではないのですか」

話に出なかった『特産品』を問いかけに変えた。

「鉱夫すれども身は武士で、仇《あだ》な言葉はかわしゃせぬ、か」

徳之進は笑いながら答える。

「亭主もつなら鉱夫さん持ちゃれ、米の飯食うて昼寝する、とも言うな。石当節《せっとぶし》よ。確かに金山はある。薩摩の三山と言われておるが、ご公儀の命により、いったん閉鎖されたのじゃ。わしもひと山、当てたかったがのう」

満更、冗談とも思えない言葉が出た。おそらく密《ひそ》かに金は掘られているだろうが、たとえそれを知っていたとしても口にはするまい。

──あまりの産金量の多さに、公儀が危機感をいだき、金山の閉鎖を命じたと言われているが。

今、真偽を確かめることはできなかった。話の流れを見る限り、徳之進は薩摩藩に対して、冷ややかな見方をしているように思える。郷士の身でありながら、江戸に出て来た理由はなんなのか。決して裕福には見えないのに、夜毎《よごと》、派手な酒宴を開いているのはなぜなのか。

「ちょうど山菜が採れたらしゅうての。お浸しや煮物には、それを頼んだ。あとはどーんと鯛《たい》を焼いてくれと言うたのじゃ。目出度いの鯛よ。鯛で思い出したが、いつでも公方《くぼう》様に鯛をお出しできるようにと、江戸にはご公儀専用の鯛船があるとか。まことかの」

「はい。生け簀《す》に鯛を飼っているそうです。それにしても、鯛とはまた豪勢ですね。なにかのお祝いですか」

「そんなところよ。あとで、わしを訪ねて来る者がおるのじゃ。江戸の鯛を味わわせてやろうと思うての。松吉《まつきち》というのじゃが、すまぬが、その男が来たら席を外して、いや、帰ってくれ」

「承知いたしました」

「今のうちに案内料を渡しておこう」

懐から出したのは、擦り切れた財布。小判が入っている様子はないが、ここの支払いは大丈夫なのだろうか。志保は気前よく前払いで宿賃を払ったと言っていた。贅沢《ぜいたく》な酒宴と眼前の男が、どうしても結びつかない。

「また頼む」

そう言って、徳之進は一分、差し出した。四分の一両である。

「こんなにいただいては」

「かまわん。色々なことを教えてもろうた。それも含めた礼金よ、と、おお、先に鯛が来たか」

運ばれてきた膳を見て、隼之助は声を失った。焼きあがった鯛の下に、敷かれているのは間違いない、笹の葉の改敷《かいしき》だ。

「ここに置いてくれ」

徳之進は満足げに眺めている。

「見事な鯛ではないか、ええ、これだけ大きな鯛はめったにないぞ。どうじゃ、目の保養になるであろう、なに、見るだけでは腹の足しにならぬとな、顔に書いてあるぞ、隼之助さん。正直者じゃの」

「え、あ、はい。笹の葉の改敷が、鯛の色合いをいっそう美しく引き立てております。ですが、石川様」

と言いかけて、呑みこんだ。改敷とは、食べ物を器に盛るとき下に敷くもののことだが、笹には特別な意味がある。その意味を知らないのだろうか。武左衛門めが大尽のふりをしおって、と、見世の者が嘲《あざけ》るためにわざと使ったのか。あるいは……。

——意味を知っているからこそ、頼んだのだとしたら？

見つめる隼之助に、徳之進は怪訝《けげん》な眼差しを返した。

「いかがしたのじゃ」

「いえ、なんでもありません」

答えて、暇《いとま》を告げる。

「わたしはそろそろ失礼いたします」

「待て、そう急ぐでない。鯛をひと口、味おうていけ」

「石川様の食べ歩きに、お付き合いさせていただきましたので、腹が悲鳴をあげております。これ以上は無理です」

「なんじゃ、女子のようにやわな腹よの」

「また次の機会に御相伴させていただきたいと思います」

静かにさがり、頭をさげたまま、廊下に出た。仲居が次の膳を抱えて、こちらに歩いて来る。隼之助は素早く走り寄った。

「鯛の膳ですが、笹の葉の改敷は、客から頼まれたのですか」

幾ばくかの銭を握らせるのも忘れない。

「ええ、そうですよ。彩りがいいから、是非にと言われまして」

「そうですか」

つまり、徳之進は、わざわざ頼んだわけである。もしや千住くんだりまで来たのも、なにか理由があってのことか。特にどうということもなく、悠々とぶらぶら歩きを楽しんでいるように見えたが……。

「隼之助」

料理屋を出たところで、雪也に声を掛けられた。

「才蔵さんが待っている」

と、向かいの旅籠を示した。徳之進を見張るつもりなのだろうか。真向かいの旅籠の二階に陣取ったのが、たまたまとは思えない。

雪也と一緒に二階の座敷に行くと、才蔵が開口一番、言った。

「石川徳之進が、敵か味方かは、まだわかりません」

窓を開けて、ちらちらと向かいの料理屋を見やっている。冷えきった夜気が流れこみ、座敷は外と同じぐらいに寒い。

「父上は、ひと言も石川様のことは言うておられなんだ」

「ただの『外れ公事』かもしれないと考えておられたのです。隼之助様が蕎麦打ちをなさっておられるとき、わたしが見張り役をしておりました。訪れた客は、商人や下級武士といった風情の者たちです。もしや、という疑いが湧きまして」

「それで尾行《つ》けて来たのか。才蔵さんがいない間に……」

「わたしが話した」

雪也が遮る。

「はい、伺いました。三郷のことでは、隼之助様と殿岡様には、ご迷惑をおかけいたしました。母親に知らせましたので、今頃は付き添っていると思います」

「そうか。それを聞いて安堵した」

「石川徳之進のことですが、なにか気づいたことはありますか」

才蔵は緊張を解かず、向かいの料理屋から気を逸《そ》らさない。隼之助は『笹の葉の改敷』について告げた。雪也も才蔵もその意味をよく知っている。

「よほどの覚悟があるということか」

伊達男の眸がくもった。

「また客が来るらしい。大きな鯛を焼いた膳まで頼んでいた。その膳に使われていたのだ、改敷が」

「気になるかもしれませんが、木藤様より、あらたな奉公先に潜入せよという、ご命令でございます。また幼名の壱太の名で、すでに届けを済ませました。明後日から〈相生堂《あいおいどう》〉に通いの下働きとして、ご奉公いただきたく思います」

「築地西本願寺近くの饅頭屋か」

相手が才蔵となれば、いつもの口調が出る。

「ものが饅頭だけに、すぐ潰れそうだ。潜入する必要が、はたして、あるのかどうか」

潰し屋はご免だ、そうであるならば潜入したくない。隼之助らしい皮肉だったが、才蔵は鈍い男ではない。

「此度《こたび》は、潰し屋ではありません」

真っ直ぐ目を見て、言い切る。

「お店と主夫婦を守るのが、隼之助様の御役目です」

「だれから守るんだ、そもそも、なぜ、狙われているんだ。主夫婦は、侍と商人の戦に関わりがあるのか」

「守るのは、敵の手からです。最後の問いかけにつきましては、関わりがあるとだけ申しあげておきます」

「だが、〈相生堂〉は商人ではないか」

「商人の間にも戦いがあるのです」

その答えで話は終わる。潜入するのは明後日から、雪也と将右衛門も用心棒役として務めることが決まっているようだ。『外れ公事』の石川徳之進は、才蔵の仲間が見張るようだが、蕎麦屋の手伝いは明日までしかできない。

――〈信夫屋〉は見世仕舞いか。

おとくひとりで商いを続けるのは、とうてい無理な話だ。見世を引き払い、裏店に移って、飴を売るしかないだろう。なんとか明日への道筋をつけられただけで、よしとするしかなかった。

「石川徳之進になにか動きがあったときには」

念のために発した言葉を、才蔵は早口で継いだ。

「すぐにお知らせいたします」

笹の葉の改敷に秘められているのは……明日を切り開く覚悟だろうか。向かいの料理屋の小窓に、人影が映っている。

隼之助が帰るときも、明かりは消えていなかった。

第四章　覚悟

一

南小田原町の饅頭屋《まんじゅうや》〈相生堂《あいおいどう》〉は、築地西本願寺の門前に、立派な見世《みせ》を構える老舗《しにせ》で、家族は主《あるじ》夫婦と十五歳の息子、十二歳の娘という四人家族。奉公人は台所衆を含めて、総勢、三十五人の中店《ちゅうみせ》だった。

築地は明暦《めいれき》の大火の折、横山町二丁目にあって焼失した西本願寺を、木挽《こびき》町の干潟を埋め立てたところへ遷《うつ》されたのが同年四年、すなわち万治《まんじ》元年で、これが築地の草創だと言われている。

西本願寺は築地のほぼ中心に位置しており、四隣には、諸大名の藩邸や幕臣の居宅が立ち並び、東側の大名屋敷の海辺に町屋が設けられた。これらの一郭を囲繞《いにょう》して数条の堀川が分岐して流れ、海と川による水運の便を得て、町域は狭いが、南小田原町、一、二丁目、上柳原町、南本郷町、南飯田町が殷賑《いんしん》している。料理屋や蕎麦《そば》屋、草鞋《わらじ》売りも兼ねた下駄屋、花屋、扇屋といった雑多な見世が軒を連ねる区域だった。

「昨日も話したと思うが、この松の盆栽は、見世に代々伝わる大切な品ですからね。傷つけないように気をつけるんですよ」

奉公して二日目の早朝、番頭の言葉を聞きながら、隼之助は手代とともに、庭から『相生の松』を見世先の土間に運んだ。屋号の由来にもなっている松は、黒松と赤松がひとつの根から生えた松で、非常に珍しいのは言うまでもない。夫婦が深い契りで結ばれて、ともに長生きをすることの象徴でもあるため、この盆栽を見物がてら、寺《てら》詣《まい》りに訪れる夫婦も少なくないようだ。

「そっと置くんですよ、松を驚かせないように」

番頭は真顔で言い、何度も盆栽の位置を直させる。どうやらその日によって松の機嫌が違うらしく、西向きがいい、やれ東にしてみろ、と、さんざん言われて、ようやく南東の方角に落ち着いた。

「比翼連理《ひよくれんり》、天に在《あ》らば比翼の鳥、地にあらば連理の枝とは、まさにこの盆栽のことですよ。ひとつの根から生えているだけじゃない、ほら、よくご覧。枝もひとつに連なっていろだろう、連理の枝ですよ」

これまた昨日と同じ台詞《せりふ》を繰り返した後、今度は『相生の松』の後ろに掛けられた紋入りの看板をしみじみ見やった。

「この五七の桐《きり》という御紋は、後土御門《ごつちみかど》天皇より〈相生堂〉の創始者が賜《たまわ》ったありがたい御紋。うちは京では禁裏御用ですからね。江戸にもこうして出店を持ちましたが、本店は京の見世です」

早く台所に戻りたかったが、番頭は話をやめようとしない。

「京で白砂糖が使用できるという特権を持つ見世は『菓子司《かしつかさ》』と呼ばれます。二百軒以上、あるようですが、当然、幾つかの階級に分かれるのですよ」

上菓子屋は、言うまでもなく上等な菓子を扱う見世、下級の菓子を扱う見世として、中菓子屋、餅菓子屋という呼称があるのだが、金銭と引き換えに官名を与えて格付けをすると同時に、商号の保護、つまり、商標権のようなものを与えた。

「〈相生堂〉は上菓子屋の中でも、上位の五七の桐。そのあたりの見世とは、格が違いますよ、格が。いつ頃からかはわかりませんが、安価な饅頭が出まわるようになりましてね。巷《ちまた》にあふれているのは、偽物の饅頭です。饅頭の形はしていますが、あれは饅頭ではありません。本物の味がわからない者が増えているんですよ」

「享保の頃だと聞いたことがあります」

隼之助はつい答えていた。早く話を終わらせようとしただけなのだが、意味がわからなかったに違いない。

「え？」

番頭が問いかけの眼差しを向ける。

「安い饅頭が出まわるようになった時期です。象の渡来が関わっているとか。象の食べ物が餡《あん》無しの饅頭だったため、皮づくりの技が巷《ちまた》にも広まり、それで安い饅頭が作られるようになったと」

「またそんな出鱈目《でたらめ》を」

嘲笑まじりの言葉に、帳場で声があがった。

「本当の話ですよ」

奥座敷に続く廊下から主の鉄太郎《てつたろう》が現れる。年は四十前後、番頭よりも若いが、穏やかな人柄そのままの福顔で、台所衆の間でも、声を荒らげたのを聞いたことがないという話だった。ちらりと隼之助を見やり、告げる。

「享保の頃、八代将軍吉宗《よしむね》公が、象を江戸に連れて来させたのですよ。餌《えさ》として使われたのが饅頭の皮。それまでは門外不出で菓子職人にでもならなければ、饅頭の皮など作れませんでしたがね。象が来たお陰で、菓子職人以外にも、皮作りを憶《おぼ》えなければならない者が現れたわけです。そして、おそらくはその者たちが安い饅頭を作り始めた」

鉄太郎は座って、隼之助の目に自分の目を合わせた。上から居丈高な物言いをするのがいやなのだろう。こういった気配りにも、謙虚《けんきょ》な姿勢が表れている。

「昨日から台所衆になった壱太だったね」

「はい」

「饅頭の由来は、知っているかい。なぜ、菓子の饅頭が作られるようになったか、だれかに聞いたことはありますか」

「唐で肉などを詰めて食べる『饅頭《まんとう》』がもとになっていると聞きました。肉食が許されない僧侶のために、小豆《あずき》を煮詰め、甘葛煎《あまずらせん》の甘味と塩味を加えて餡を作り、これを皮に包んで蒸し上げたのがはじめだとか」

「ほう、すごいじゃないか、よく知っているね。だが、甘葛煎がどういう甘味であるのかまではわからないだろう。今ではほとんど使われなくなっているから」

「いえ、知っています。蔦草《つたくさ》を煮詰めた汁です。切った蔦をくわえて液汁を噴き出して、わずかな汁を集めたことがあります。口の中が腫《は》れあがってしまい、十日ほど、食べるときに苦労しました」

多聞に命じられて、なかば強引にやらされたことが甦《よみがえ》っている。甘葛煎は上品な味わいの甘味だが、いつの間にか消えたその意味を、隼之助は自分の舌で確かめたのだった。口中が腫れあがるあの痛みは、味わった者にしかわからない。

「そうか。甘葛煎を味わったことがあるのか」

しみじみ見つめ、鉄太郎は試すような言葉を投げる。

「饅頭を作る職人になりたいのかい」

「いいえ、不器用なので、とても職人にはなれないと思います」

即座に答えた。職人の見習いとして、仕事場に押しこめられては、見世の様子を探れないと判断したからである。今のままの台所衆か、商《あきな》いの見習いとして見世にいる方がいい。遠慮がちに言い添える。

「食べ物のことを知るのが好きなのです。先程の話も祖父にねだって教えてもらいました。小さな菓子屋を営んでいたことがあるのです。亡くなりましたが、食べることがとても好きでした」

虚実ないまぜの話に、興味を引かれたのか。

「なるほど、お祖父《じい》さんという生き字引がいたからこその知識だったわけですか。台所衆にしておくのはもったいないね。壱太が望むのであれば、見世の見習いとして、奉公させてやってもいい。二、三日、考えてみなさい」

鷹揚《おうよう》に言った。

「はい。ありがとうございます」

頭をさげて、隼之助は台所に走る。よけいなことを言い過ぎただろうか。今回は才蔵がいないので、いささか心許《こころもと》なく思っている。多聞からはこれといった言伝《ことづて》はなかったが、それは臨機応変《りんきおうへん》にやれという意味だろうと考えていた。

「壱太、朝餉《あさげ》の膳《ぜん》を先生たちの座敷にお運びしろ」

台所に戻ったとたん、賄頭《まかないがしら》から声がとんだ。先生というのは、用心棒たちのことで、雪也と将右衛門の他に、二人の浪人が雇われている。なにか間違いがあってはいけないと考えているのかもしれない。賄頭は女衆を用心棒の座敷に近づけないようにしていた。

「わかりました」

重ねられた人数分の箱膳を、隼之助は、見世に近い座敷に運んで行く。流石《さすが》に『相生の松』を売りにする見世だけあり、手入れの行き届いた庭には盆栽棚がもうけられて、値の張りそうな盆栽が並べられていた。それらを横目で見ながら、用心棒たちの座敷の前で声を掛ける。

「失礼いたします」

二

「おう、やっと飯か」

将右衛門が待ちかねた様子で障子を開けた。

「それは、わしが中に運ぶゆえ、早う飯櫃《めしびつ》を持って来い。わしひとりで飯櫃ひとつ分、軽く平らげてしまうからの。女将《おかみ》には言うておいたが、その旨、伝わっておるか」

「聞いております。今、お持ちいたしますので」

あくまでも他人行儀に答えて、踵《きびす》を返した隼之助を、雪也が追いかけて来る。

「わたしも手伝おうではないか。二つも三つも飯櫃を運ぶとなれば人手がいるであろうからな」

「すみません」

歩きながら小声で訊《き》いた。

「狙《ねら》われているのは、お店か、主夫婦か」

昨夜は、雪也が他の用心棒と一緒に、夜の見まわり役に就《つ》いている。盟友同士で組んでは話を聞き出せない。そのため、組み合わせを変えるよう、隼之助が助言していた。

「まだわからぬ。あの二人が雇われたのも、二月になってからのようだ。日が浅いゆえ、さほど事情を知っているようには思えぬ。ただ昼間、主や女将《おかみ》が出かけるときなども、供をすると言うていた」

「昼も夜も休みなしか。将右衛門は不満かもしれないな」

夜はともかくも、昼間はのんびり昼寝できると、将右衛門は甘く考えていたふしがある。四人いれば交代で休みを取れるだろうが、潜入役は昼夜を分かたず目を光らせていなければならない。

「そうでもあるまい。女中のひとりが気に入ったらしゅうてな。なんとかしてお近づきになれぬかと、ない智恵《ちえ》を振り絞っておるわ」

「またか。恋女房がいるというのに懲りぬ男だ」

「その目を盗んで遊ぶのが、面白いのさ」

色男ならではの台詞《せりふ》を吐き、目で前方を指した。女将の光世《みつよ》が、こちらに歩いて来る。二つの目は真っ直ぐ雪也に向いていた。

「飯櫃は三つ、用意させました。昨夜は飯が足りぬと、溝口様からお叱《しか》りをいただきまして、申しわけなく思っております」

丁重に詫《わ》びるその横を、隼之助は会釈して、通り過ぎた。年は三十前後だろうか。息子の年から考えると、三十二、三かもしれない。優しい笑顔を見せる女で、雰囲気がどこか波留に似ていた。幸せに年を重ねると、こんな感じになるのではないか。そんなことを思いつつ、ふたたび台所に戻った。

「飯は山ほど炊いておいた。いくらでも飯櫃でお代わりできるからな。大食らいの用心棒に言っておけ」

無愛想な賄頭に頷《うなず》き返して、三つの飯櫃を廊下に持って行った。板場では見世の奉公人たちが、ほとんど口をきかずに飯を食べている。ひとりが終わると、待っていたひとりがその膳に着くという忙しさだった。

——主と女将を見る限り、特別、変わりはないように見えるが。

飯櫃を座敷に運び、隼之助は給仕役を務める。用心棒がおよそ似合わないお店に見えた。だれかに脅されているのか、主夫婦の昔に関わりがあるのだろうか。だれにあたれば、早く話が得られるだろう。給仕をしながらも、油断なく目を走らせている。

光世がまた姿を見せた。

「どなたかに主人の供をお願いできますか」

座敷の用心棒たちに声を掛ける。

「それがしがお供つかまつります」

雪也が立ちあがり、出て行った。女将がいなくなったのを見て、将右衛門が二人の用心棒に問いかける。

「こんな朝早くにどこへ行くのであろうな」

「西本願寺よ」

若い方が茶を啜《すす》りあげて、答えた。

「出来たての饅頭を、毎朝、主殿が寺に届けるのじゃ。湯気が立っているような出来たての饅頭よ。習わしらしゅうてな。欠かしたことがない」

「和尚と親しいようでの。本堂で話しこむこともある」

もうひとりが言葉を継いだ。年は三十前後、青々とした剃《そ》り跡が、髭《ひげ》の濃いたちであることを示している。隼之助は今朝、髪結いまがいに髭の手入れを頼まれて、髭を剃っていた。なんでもできなければ駄目だと実感していたが、用心棒役の将右衛門は、気楽な口調で告げる。

「それは、それは信心深いことよ。わしは『急来、仏の脚を抱く』という不信心者ゆえ、困ったときにしか寺には行かぬ」

やりとりを聞きながら、隼之助は思った。

——もしや、主夫婦は一向宗《いっこう》か？

一向宗は今でいう浄土真宗のことで、浄土門の一派であり、浄土三部経を所依《しょい》としている。阿弥陀仏の他力本願を信じることによって、往生成仏できるとし、称名念《しょうみょう》仏は仏恩報謝の行《ぎょう》であるとされていた。親鸞《しんらん》聖人を開祖としているが、浄土宗より出て一派をなしている。この一向宗や日蓮《にちれん》宗を禁じている藩は少なくない。

——宗教がらみの迫害だとしたら厄介かもしれぬ。

隼之助の考えを、将右衛門が率直な問いかけに変えた。

「主夫婦は一向宗なのか」

「さあて、そこまではわからぬ」

若い用心棒は、もうひとりに答えをゆだねる。

「おぬしはどう思うた」

「どうであろうか。夫婦で西本願寺に出向くこともあるようだが、なんというても門前じゃ。寺詣りしておるから、それがすなわち門徒であるとは言えまい」

「なにか、さよう、襲われそうになったことなどはあるか」

ふたたび将右衛門が代弁するように訊いた。さほどあてにしていなかったのだが、賃金分の働きはしなければと思っているのかもしれない。隼之助は心の中で礼を言い、二人の用心棒の答えに気持ちを向ける。

「襲われたことはないが、おかしな気配は何度も感じた」

即答したのは、若い方だった。

「だれかに見張られているような感じ、常に『目』が背後に在《あ》るのじゃ。朝の寺詣りはもちろんのこと、供をして出かける折にも、尾行《つ》けられているような気がしての。あまりいい気分ではない」

箸《はし》を置いた仲間の様子に、不安が増したのか。

「そういえば、両国の西広小路で仏が見つかったとか」

もうひとりが過日の騒ぎを口にする。

「おお、見つけたのは、わしじゃ」

将右衛門がどこか誇らしげに答えた。

「見事と言うか、凄《すさ》まじいというか。手練《てだ》れであるのは間違いない。肩口からばっさりと臍《へそ》あたりまで斬り、そこから下に真っ直ぐ刃をおろしての。身体は二つに分かれておったわ。動く人間をあそこまで無慈悲に斬り捨てられるとは……流石に肝が冷えた」

その動く人間が、お庭番だったことを知れば、用心棒たちの怖《おそ》れはさらに増したかもしれない。しかも才蔵の友である。身軽で腕の立つ男だったであろうことは間違いなかった。

「くわばら、くわばら、われらの前には現れてほしゅうないの」

拝む真似《まね》をした若い用心棒の言葉を、もうひとりが早口で遮る。

「下手人はまだ捕まっておらぬのか」

向けられた目は真剣そのもの。もしかしたら、その手練れが主夫婦の命を狙っているのではないか。両眼には恐怖に近い不安が浮かびあがっている。

「まだのようじゃ」

将右衛門は答えた。二人を安心させようとしたのだろう、声をひそめて続ける。

「ここだけの話だが、殺《あや》められたのは、公儀お庭番であったらしい。饅頭屋には関わりなかろううさ」

「お庭番か」

「なんじゃ、では、公儀がらみの騒ぎか」

そうとは限らないと隼之助は思ったが、二人はあきらかに安堵《あんど》していた。一度、箸を置いたのに、また食べ始める。お代わりの飯を盛りつけているとき、光世が障子を開けた。

「壱太。使いを頼みたいのです」

「あ、はい」

「これを」

屈《かが》み込んで膝《ひざ》を突き、光世は、懐から文《ふみ》を出した。

「日本橋西河岸《にしかし》町の〈井筒屋《いづつや》〉さんに届けてください。主や女将さん宛《あて》ではありません。番頭の伝五郎《でんごろう》さんに渡してください」

〈井筒屋〉は公儀の御用商人を務める薬種問屋だが、商うのは砂糖や薬だけではない。さまざまな砂糖漬も扱っている。主や女将ではなく、番頭宛という点が気になったが、むろん口にはしなかった。

「畏《かしこ》まりました」

おぬしの用心棒はどうする？

将右衛門のそんな視線に、大丈夫だと小さく頷き返した。八丁堀に出るまでは、武家屋敷ばかりで閑散としているが、寺詣りの者や行商人が少なからずいる。刺客が仕掛けて来る危険は薄い、と信じたかった。

それでも用心しながら、隼之助は見世を出る。

三

しかし、見世を出てすぐに、隼之助はひたひたと後ろを歩く気配に気づいた。間違いない、尾行《つ》けられている。

——将右衛門に頼むべきだったか。

後悔したが、見世の用心棒役を放り出して、下働きの護衛役を務めるのは無理だ。いったい、だれだろう。お庭番殺しの下手人か。隼之助がお庭番ではないのかと疑い、こういう機会を待っていたのではないか。

——来た。

覚悟を決めて、懐の短刀を握りしめたとき、

「わたしです」

才蔵の声に、思わず身体の力を抜いた。

「なんだ、才蔵さんか」

「申し訳ありません、驚かせてしまいましたか。見世から少し離れないことには、だ

れかに見られかねませんので」

「わかっている。使いを頼まれて、日本橋の〈井筒屋〉に行くところだ」

「歩きながら話しましょう」

才蔵に促されて、堺橋を渡った。左側が堀、右手に武家屋敷が連なる道である。夏は涼やかな風が吹く道だが、晴れわたった空の下、頬に容赦なく吹きつける風は、身が縮こまるほどに冷たい。

「ずっと、見世の前にいたのか」

早足になりながら訊いた。

「見世の前にいたのは、わたしではありませんが、万が一にそなえて、別のお庭番がおりました。木藤様は隼之助様の身をなにより案じておられますので」

案じているのは、おれの舌ではないのか。隼之助の舌が『鬼の舌』かもしれぬと思い、大御所に取り入る大事な道具のひとつとして、目を光らせているのではないのか。

腹の中で悪態をつき、短く先を促した。

「では、なにをしに来た」

「石川徳之進が、西本願寺に来たらしいのです。あの夜は〈切目屋〉に戻ったのを確かめて、わたしはいったん〈達磨店《だるまだな》〉に戻りましたが、西本願寺を見張っている者より、知らせが来たので参りました。石川徳之進は、あのとき、会った男を連れて、西本願寺を訪れたそうです」

「なに？」

止まりかけた身体を、才蔵はそっと押した。歩きながら、さまざまなことが駆けめぐる。石川徳之進は、薩摩藩《さつま》の郷士《ごうし》。〈切目屋〉の『外れ公事《はずくじ》』かもしれない男のもとに、頻々《ひんぴん》と客が訪れている。夜毎《よごと》、開かれる酒宴に招かれた客たちは、はたして、何者なのか。徳之進とは、どういう関わりがあるのか。

そして……鯛《たい》の膳に用いられた笹の葉の改敷《かいしき》。覚悟を決めたうえの行動だとしたら、西本願寺で大きな騒ぎが起きるのではないか。

「今、寺には〈相生堂〉の主も訪れている。毎朝、欠かさぬ習わしのようだが、もしや、石川徳之進に会うているのか？」

自問のような呟《つぶや》きに、才蔵は答えた。

「主の鉄太郎が寺詣りをしているのは聞きました。ですが、中で石川と会っているかどうかはわかりません。ただの寺詣りかもしれませんが、どうも気になります」

「〈相生堂〉は、薩摩藩と関わりが、そうか、砂糖を仕入れているな」

饅頭屋に砂糖は必要不可欠。少なからず、関わりがあるのではないか。だが、そういった繋《つな》がりを持っているのは、〈相生堂〉だけではない。菓子屋はみな砂糖を買い求めている。要はそれだけの付き合いなのかもしれなかった。問いかけの眼差しを感じ取ったのだろう、

「だからこそ、調べているのです」

才蔵が言った。

「隼之助様におかれましては、ご存じのことと思いますが、薩摩藩は砂糖の厳しい専売制をしいております。奄美《あまみ》三島の砂糖を惣買《そうか》い入れして、三島方《さんとうほう》という役所を設け、係を置いて、砂糖すべてを取り仕切っております」

天保《てんぽう》元年（一八三〇）、薩摩藩は、砂糖の抜け荷をなくすため、金銭の流通をいっさい禁止するという策を取った。手形を発行して、砂糖の斤量を示し、取り引きさせたのである。

「石川徳之進からも話を聞いたが、そこまで厳しい取り締まりを行っているとは知らなかった。ただよく一揆《いっき》が起こらぬものだと、不思議には思うていたが」

はっとして、隼之助は言葉を切る。ふたたび足を止めたが、今度は、才蔵も立ち止まった。しばし無言で見つめ合った後、

「まさか、敵の黒幕とは」

薩摩藩なのか？

隼之助は、答えを探るように才蔵の眸《め》を覗《のぞ》きこんだ。砂糖をはじめとして、サツマイモ、桜島の蜜柑《みかん》、国分《こくぶ》煙草といった数々の特産品がある。それだけではない。公儀がその算出量の多さゆえに閉鎖させたのではないかという、まさに小判を生む金山があるではないか。今も密《ひそ》かに掘らせていたとしたら、相当量の金が蔵で唸《うな》っているはずだ。

「そのお話は、木藤様がなさると思います。今宵《こよい》、〈達磨店〉の家にいるようにという、お言伝《ことづて》がございました」

才蔵は言いにくそうに告げる。それが答えのように思えたが焦ることはない。夜になれば、わかることだ。

「ひとつ、調べてほしいことがある」

ふたたび歩きながら、切り出した。

「なんなりと」

「薩摩藩は一向宗を領地でどのように扱っているのか。砂糖同様、厳しく取り締まっているのか否か。そのあたりのことが知りたい」

「すぐに調べます」

「頼む」

隼之助は足を速めた。石川徳之進が、なんのために築地の西本願寺を訪れたのか、気になっている。使いに出したのは、〈相生堂〉の主人たちが自分の正体に気づいたからではないのか。鬼役の手下かもしれないと懸念《けねん》するがゆえの手配りではないのか。

「隼之助様」

才蔵は影のごとく後ろに付いている。足音も気配もほとんどない。呼吸音すらほとんど聞こえないのは、流石というしかなかった。

「わたしも、ひとつ、お訊《たず》ねしても宜《よろ》しいですか」

躊躇《ためら》いがちの問いかけに、隠しきれない気持ちが表れている。少なくとも才蔵は、隼之助に対して可能な限り、正直であろうと常に努めている。雰囲気で内容が察せられた。

「答えたくない」

さらに足を速め、八丁堀に出た。中ノ橋を渡って、左に曲がり、八丁堀の河岸沿いに西の方へ小走りに進む。が、どんなに急ごうとも、才蔵はぴたりと後ろに付いていた。

「心に決めた方がおられるのですね」

その囁《ささや》きには、沈黙を返した。

「三郷は必ずや隼之助様の助けになります。われらお庭番がまわりを固めることにより、敵は隼之助様がお庭番だと思うでしょう。それこそが、木藤様の狙い。お庭番という壁でお守りするのが、われらの務めなのです」

才蔵にしては珍しく熱い語り口だったが、素直に聞けるはずもない。よけいなお世話だと、怒鳴りつけたくなるのをこらえた。

「どなたなのですか」

これまた執拗《しつよう》に訊ねる。

「わたしがお力になります。よいお相手であれば、木藤様も……」

「父上はお許しにならぬ」

つい口走っていた。喉《のど》まで波留の名が出そうになっている。思いきって告白してしまおうか。相手は水嶋家の二女だと、水面下の争いを続けている家の女《むすめ》だと……何度も口にしかけては、言葉を呑みこんだ。

「膳之五家《ぜんのごけ》の女ですか」

才蔵のそれは問いかけではなく、ほとんど確信に近いものだった。今は否定した方がいいと頭では思うのだが、言葉にならない。ただ無言で楓川《かえでがわ》に架かる橋を渡り、本材木町の通りを北に向かった。

四

「お待ちください」

不意に才蔵が腕を摑《つか》んだ。

「もうひとつ、怒鳴りつけられるのを覚悟で、お願いいたします。懐に入っている文を読ませてください」

「な……」

無意識のうちに懐を押さえていた。行き交う人々が、睨《にら》み合うようにして立つ二人に、奇異な眼差しを投げていく。

——文を盗み見るのも、鬼役の手下の役目か。

声にはしなかったが、才蔵は読み取る。

「一刻も早くなにが起きているのか、探らなければなりません。〈井筒屋〉は薬種問屋、もしかすると、その文に手がかりが記されているかもしれないのです。主夫婦は、なぜ、用心棒を雇っているのか。石川徳之進となにか関わりがあるのか。薩摩藩に狙われているのか、狙われているとすれば、なぜなのか」

「もういい」

隼之助は告げ、走り始めた。

〝愚か者めが、御役目のためではないか。主夫婦を救う手だてになるやもしれぬものを、そんなこともわからぬのか〞

多聞の怒声が聞こえている。愚かなのか、人の道を守ることによって、主夫婦が危険に曝《さら》されるとでもいうのか。

「手遅れになるかもしれません」

後押しするようなひと言で、隼之助は心を決めた。なにがあっても読むまい。この文は番頭の伝五郎に開けないまま手渡すのだ。才蔵が何度も名を呼んだが、無視して風のように突っ走る。本気になれば早飛脚も負けかねない俊足の持ち主。張りついていた才蔵の気配がわずかに遠離《とおざか》る。

日本橋西河岸の見世に着き、ほっと吐息をついた。

「申し訳ありませんが」

隼之助は出入り口にいた若い男に来意を告げる。

「〈相生堂〉の使いなのですが、番頭さんはおいでになりますか。伝五郎さんです。

女将さんから文を預かって参りました」

「番頭さんに文、ですか」

なぜか不審げに眉《まゆ》を寄せ、男は帳場に行った。御用砂糖を扱う見世だけに、店頭に砂糖が並んでいるようなことはない。『御漬物《みつづけ》』と書かれた看板が、誇らしげに飾られている。この見世で売る御漬物とは蜜漬のことで、ザボン、桃、金柑《きんかん》、柿、林檎《りんご》、棗《なつめ》、蔬菜《そさい》の類と、かなりの種類にのぼっている。

長崎の御菓子蜜漬屋敷から運ばれた砂糖漬を食せるのは、ごく限られた者のみ。隼之助は何度か金柑や柿の蜜漬を味わわせてもらったことがある。舌がとろけそうになったことが甦り、思わず生唾《なまつば》を呑みこんでいた。

「〈相生堂〉さん」

女に呼ばれて、隼之助も帳場に行った。若女将だろうか。年は二十二、三、まだ振り袖《そで》が似合いそうな初々しさを持っている。

「伝五郎に文ですか」

と、可愛らしい声で確認した。

「はい。女将から預かって参りました。伝五郎さんに、直接、お渡しするようにと申しつかりました」

「ですが、伝五郎は、戻っていないのですよ。昨夜、出かけるところを見世の者が見たのですが、帰って来ませんでした」

「集金にでも行かれたのですか」

「いいえ、昨夜は私用だと思います。今までこんなことはありませんでしたので、立ち寄りそうな見世に人をやって、行方《ゆくえ》を探しているところなのです。〈相生堂〉さんにも使いを出そうと思っていたのですが」

今までとは異なる行動、それは不吉な予感をもたらした。無惨に切り裂かれたお庭番の亡骸《なきがら》が、いやでも頭に浮かんでいる。まさか、と思いつつも、もしや、という疑いがちらついていた。

——殺《あや》められたのか？

そうだとしたら、なぜだろう。公儀の御用商人を務める見世の番頭が、命を狙われる理由とは……。

「わたしはこれで失礼いたします」

暇《いとま》を告げた隼之助に、若女将は慌てて言った。

「もし、伝五郎がそちらに伺いましたときには、知らせてください」

「畏まりました」

懐の文が重い。見世を走り出た隼之助の後を、才蔵は即《つ》かず離れずの距離を取って、付いて来る。

〝さっさと文を見るがよい〟

再度、多聞の怒りに満ちた声が聞こえた。

〝さすれば、番頭の行方がわかるやもしれぬ。急がねば、主夫婦にまで危難《きなん》が及ぶやもしれぬぞ。よいのか〟

隼之助は足を止め、振り向いた。

「番頭は昨夜から戻っていない」

「歩きながら話しましょう」

江戸橋の広小路は日本橋に隣接しているため、あまりにも人が多すぎる。促されるまま右に曲がって、来た道を戻り始めた。薬種問屋の番頭、饅頭屋の主夫婦、繋《つな》がりは砂糖のように思えるが、そんな簡単な話ではあるまい。

「宗教がらみ」

閃《ひらめ》きが声になった。

「もしや、番頭も一向宗か」

門徒としての繋がりであれば、複雑に絡み合う糸が見えなくもない。才蔵は小さく首を振り、沈黙を示した。新肴場《しんさかなば》の軽子《かるこ》が忙しげに走り抜ける中、二人は周囲を見まわした後、楓川沿いの蕎麦《そば》屋に入る。

「読むしかない」

隼之助は座るのももどかしげに懐から文を出した。

「だから言ったじゃありませんか、と、才蔵さんは言いたいかもしれぬが」

「言いません」

才蔵は文を受け取って、ゆっくり、慎重に開ける。奇妙な折り跡がつかぬよう、細心の注意を払っていた。隼之助は優れた職人の技を見るように、才蔵の一挙手一投足に集中する。

——伝承技の名は、文を盗み見る術とでもするか。

皮肉めいた考えによって、ふだんの己を取り戻していた。苦しいことや辛《つら》いことも、この自嘲《じちょう》気味の皮肉な笑いで乗り越えてきた。さあ、玉手箱の中身やいかにと、才蔵から渡された文に目を向ける。

蜜漬を二壺《つぼ》、いつものようにお願いします

砂糖漬を扱う見世に、蜜漬の注文。あたりまえすぎて、逆に怪しく思える。

「黄金の蜜漬だろうな。二千両か」

推測を言葉にした。

「それをどこにお願いします、なのでしょうか」

「そこまではわからぬが、〈井筒屋〉は長崎とも緊密な繋がりがある」

「薩摩もです。松前から長崎に向かう俵物を買いあげ、清《しん》国に売る抜け荷で多額の利益をあげております」

「ご公儀の罠《わな》ではないのか」

と、隼之助は深読みする。わざと抜け荷がしやすい状況を作り、その気配を察したとたん、薩摩藩を捕らえるつもりなのではないか。罠と罠、隙《すき》を見せた方が敗ける。騙《だま》し合いの世界だ。

「どうでしょうか。ただ動きが活発になっているのは事実です。もっとも気になるのは、〈相生堂〉の主夫婦と石川徳之進。築地西本願寺で密かに会い、なにか重要な話をしているかもしれません」

「おそらくは薩摩藩に関わりのある話、か。さいぜん、ちらりと浮かんだのだが、才蔵さんの盟友を殺めた男が、伝五郎さんを殺めたということは考えられぬか」

「わかりません。ですが、騒ぎが起きた夜、両国広小路近くの裏店《うらだな》の井戸で、血を洗い流している男を見たという話を、仲間が聞きこんで参りました」

「広小路近くの裏店」

隼之助はそれが引っかかった。

「なぜ、見られる危険を犯してまで、血を洗い流したのであろうな。さっさと逃げればよいものを」

「返り血がひどすぎたのかもしれません」

「そうかもしれぬが」

考えながら口にする。

「もしかすると、あのあたりに住んでいる者なのではあるまいか。返り血を浴びた姿を家の者に見られてはならぬと思い、寒風が吹き荒《すさ》ぶ中、急いで血を流したということは考えられぬか」

「なるほど、面白い読みをなさいますね」

才蔵の言葉には、素直な感嘆が漂っていた。自分は隼之助の味方なのだと、過日、真剣な眸をして告げている。鵜《う》呑《の》みにはできないが、多聞よりは信頼のおける男だと思っていた。

「隼之助様の鋭い読みは、頭の隅に留めておきますが、刺客は怪我をしたということも考えられます。急ぎ血を洗い流して、簡単な手当てをしたうえで逃げたのかもしれません。手練れではありますが、一撃ぐらいはやり返したのではないかと」

友の名誉のためにも、そう思いたいのかもしれない。才蔵は、一語、一語、嚙《か》みしめるように言った。

「あの騒ぎは、やはり、見せしめと鬼役への挑戦状であると思います」

「血か」

隼之助は、別の場面を思い浮かべている。

「三郷さんが襲われる前、一石橋《いっこくばし》の近くで別れた後のことだ。かすかな血の臭いと殺気を感じてな。思わず飛びすさったのだが……あれは、もしや、おれを始末しようとしたんだろうか」

目の端にとらえられたのは、浪人ふうの男。人波にまぎれた男こそが、お庭番を始末した刺客だったのではないか。不安を感じ取ったのだろう、

「そうとは限りません。隼之助様と同じように、例の贋《にせ》隠居、金吾という男を追いかけて行ったのかもしれませんよ」

才蔵は別の考えを口にする。

「実は両国西広小路の騒ぎがあった前後、神田川の柳原土手にも、男の亡骸《なきがら》が転がっていたとか。肩口から臍のあたりまで、見事に断ち切られていた由。太刀筋が似ているように思えなくもありませんが」

盟友殺しと、はたして、繋がりがあるのかどうか。言葉にはしなかったが、隼之助は表情を読む。

「殺められていたのは、贋隠居の手下だと？」

「定かではありませんが、匕首《あいくち》を懐に忍ばせていたようでして、素人《しろうと》ではなさそうに感じました」

「贋隠居は、何者なんだ」

「これはあくまでも、わたしの考えですが、金吾は闇師の頭《かしら》かもしれませんね」

裏の仕事、人を殺める汚い仕事を請け合う者が、江戸には潜んでおり、彼《か》の者たちこそが闇師なのだと、雪也に聞いたことがある。しかし、まず浮かんだのは否定だった。

「まさか」

いくらなんでもあの年寄りが、と思った後で、怪我をした三郷の白い貌《かお》が浮かんだ。やったのは金吾の手下、手下を見れば、おのずと主の裏も見える。

「ありえぬことではないか」

「見世に戻りましょう」

立ちあがった才蔵に、隼之助も続いた。蕎麦を食わずに、飯台に銭だけ置いて立ち去る客を、見世の主がぽかんと口を開けて見送っている。

あまり美味《うま》そうには見えない掛け蕎麦の丼を抱えていた。

五

殺されたお庭番、行方知れずになった〈井筒屋〉の番頭、井戸で血を洗っていたのは刺客《しかく》なのか。『外れ公事《くじ》』になりそうな石川徳之進は、なんのために築地西本願寺を訪れているのか。一緒に連れて来たのは何者なのか。

隼之助は主の鉄太郎が戻って来るのを、それとなく待っていたが、夜になっても戻って来なかった。

「では、あがらせていただきます」

一日の仕事を終えて、台所を出ようとしたとき、

「壱太」

女将の光世が、板場に現れた。託された文はすでに返している。番頭の伝五郎が行方知れずになったことも、隼之助の口から伝えていた。

「明日からは見世に出るようにと、旦那様が仰《おっ》しゃっていました。おまえの考えはどうですか。いやならば、今のまま台所衆として奉公してもらいますが」

「仰しゃるとおりにいたします、お心遣い、ありがとうございます。お姿がお見えにならないようですが、戻っていらしたのですか」

差し出口を承知の問いかけを発した。言われることだけをやっていては、鬼役の手下は務まらない。

「おまえが使いに出た後、一度、戻って来たのです。またすぐに寺へ行ってしまいましたけれどね」

「なにか集まりがあるのですか」

二度目の問いかけは、流石に立ち入りすぎたのか。光世は曖昧《あいまい》な笑みだけを残して、立ち去った。隼之助は他の台所衆に挨拶した後、勝手口から裏庭に出る。雪也が井戸で手を洗うふりをしていた。

「一度、主が戻って来た折に、将右衛門と交代した。石川徳之進だったか。彼の者が来た話は」

「才蔵さんから聞いた」

「そうか。将右衛門は、他の用心棒と一緒に本願寺で見張り役だが、暇なんでな。わたしも門前に立って、見るとはなしに眺めていた。夕方頃から頻々と人が訪れているようだが、なんの集まりだろうな」

話しながら、顎《あご》で裏口を指した。才蔵が顔を覗《のぞ》かせている。隼之助の後ろに、さりげなく雪也が付く形で裏口から外に出た。

「法座が開かれるようです」

と、才蔵が言った。法座とは、仏法を聞く集会のことである。しかし、〈井筒屋〉の番頭宛の文には、法座については記されていなかった。あるいは今宵の集まりを知っていたからこそ、意味ありげな内容になったのだろうか。

〝蜜漬を二壺、いつものようにお願いします〟

それを番頭は集まりに持ってくるつもりだったということも考えられる。寺へのお布施として、二千両。少ない額ではない。

――金を狙われたのかもしれぬ。

闇の中を歩きながら、隼之助は考え続けている。才蔵が前に立ち、雪也が注意深く背後に目を配りつつ、本願寺橋を渡って行った。

西本願寺は、築地のほぼ中心に位置している。真宗京都西本願寺の別院であり、築地御坊または築地の門跡とも呼ばれていた。宗祖は見真大師《けんしんだいし》——親鸞聖人で、元和《げんな》三年（一六一七）に十二世の准如《じゅんにょ》上人によって江戸に一宇《いちう》が創建され、明暦の大火後、日本橋横山町よりここへ寺墓が遷《うつ》されている。

本尊は聖徳太子彫像の阿弥陀如来であり、毎年七月七日が立花会、十一月二十八日が開山忌で、七昼夜の法会修行がある。これを報恩講といい、広さ一万二千七百坪余りの境内に、末寺五十八カ寺を置いていた。

「忍びこむか」

隼之助は小声で才蔵に訊いた。堀沿いの道をぐるりとまわって、三人は西本願寺門前に来ている。周囲に立ち並ぶのは、大名屋敷や旗本屋敷といった武家屋敷のみ。不気味なほど静まり返っていた。

「中に見張り役がおります。溝口様も〈相生堂〉の主に付いておりますので、わたしたちはここに控えていた方がいいのではないかと」

月明かりが、闇に沈んだ寺の門を淡く照らし出している。多くの場合、門前には料理屋や遊女屋が連なり、夜でも賑《にぎ》わうものだが、この一角はいたって愛想のない武家屋敷に囲まれている。夜鷹《よたか》も寄りつかないであろう寂寞《せきばく》だけが広がっていた。

「だれか出て来たぞ」

雪也の声で、隼之助は緊張する。門から出て来たのは、侍と町人ふうの二人連れだった。真っ直ぐ備前橋の方に向かっている。一瞬ではあるが、隼之助は侍の顔を見た。

「石川様だ」

呟くと同時に、決めている。

「あとを尾行《つ》ける」

「〈切目屋〉に戻るだけであろう」

雪也は言ったが、かまわず追いかけた。うまく声をかけて馬喰《ばくろう》町まで一緒に帰れば、道すがら法座のことを聞き出せるかもしれない。徳之進たちが備前橋を渡り、左に曲がって堺橋に足を向けたところで、呼びかけた。

「そこを行かれるのは、もしや、石川様ではありませんか」

「む」

徳之進は立ち止まり、不審げに振り返る。隼之助は無理に笑みを押しあげて、近づいて行った。

「やはり、そうでしたか。隼之助です。橋をお渡りになられている姿を見て、似ておられるなと思ったのです」

「おお、隼之助か」

そう答えた後、徳之進は、怪訝《けげん》そうに見やった。

「このような時刻に、このような場所で会うとは奇遇よの。西本願寺になにか用があったのか」

「いいえ、使いを頼まれまして、この近くに参りました。案内役だけでは、とうてい食べていけません。町の便《たよ》り屋、荷担ぎ、ときには蕎麦屋の手伝いと、声がかかればなんでもやらせていただきます。家があるのは、馬喰町近くの橘《たちばな》町。ご同道させていただけますと、心強いのですが」

〈相生堂〉のことは言わない方がいいと判断した。壱太の名前で奉公しているため、あとで見世を訪ねて来られたりしたら却《かえ》って厄介なことになる。多少、疑わしげな顔をしていたが、同道を断る理由が見つからなかったに違いない。

「男がなさけないことを言うでない、と、叱りつけたいところだが、近頃はなにかと物騒じゃ。一緒に帰るか」

徳之進は答えた。

「はい」

隼之助は振り返らずに、徳之進たちの後ろに付いた。雪也と才蔵は気づかれぬよう、うまく距離を置いて、護衛役の務めをはたしてくれるはず。なるべく背後に気持ちを向けないようにした。

「この男は、廻船問屋の小頭《こがしら》を務めておる男での。名は松吉《まつきち》じゃ。国許から出て来たばかりでの。此度《こたび》はわしが案内役よ。色々とまわっているうちに、思うていたより遅うなってしもうたわ。寺詣りをする時刻ではなかったが、せっかく来たのだからと、まあ、形だけ参拝した次第じゃ」

訊いてもいないのに、徳之進は話し始める。

「なにか集まりがあったらしゅうての。老舗の饅頭をもろうた。腹が空いておるであろう、そら、隼之助も食うがよい」

懐から竹包みを出して、饅頭をひとつ取り、隼之助の手に載せた。特に食べたいとは思わなかったが、断るのも悪いと思い、頭をさげる。

「いただきます」

と、饅頭を口に入れたとたん、砂を食べたような不味《まず》さが舌を刺した。ぱさついている小豆、紙のような味わいの皮、風味のない甘さだけの砂糖。極上の小豆や砂糖を使った上品な味ではない。舌が敏感な隼之助は、飲みこむのも辛いほどだった。道端で売られている安価な饅頭であるのは間違いない。

——さしずめ『象の饅頭』か。

いつもの皮肉な考えで、安価な饅頭に独特の呼び名を与えた。顔には出さないようにしたつもりだが、つい表れてしまったのか、

「いかがしたのじゃ？」

徳之進が顔を覗きこむ。

「あ、いえ、老舗の饅頭はこういう味なのかと思いまして」

「こういう味。はて、〈相生堂〉の饅頭を渡したつもりだったが、お、すまぬ。間違えてしもうたようじゃ。今のそれは、道端で売っていた安い饅頭よ。余ってしもうたのだが、もったいないと思うての。網で焼けば、安い饅頭もそこそこの味になるゆえ」

ははは、と、豪快に笑い、歩き出したが、いつもどおりに酒臭かった。後ろを歩くと吹きつける風が、強い酒の臭気と、汗じみた体臭を運んでくる。楽しい道行きとは言えないが、とにかくなにか話を得なければならない。

「お連れさまは、江戸見物でございますか」

廻船問屋の小頭という男に目を向ける。年は三十前後、痩《や》せた小柄な男で、目だけがぎょろりとしていた。

「そんなところじゃ」

徳之進は答えて、話を続ける。

「それにしても、おぬしは、よう饅頭の違いがわかったの。流石に食事師《くじし》と言うだけのことはある。わしはどうも饅頭屋には向いておらぬようじゃ。老舗の饅頭も、道端で売られる屋台の饅頭も、同じ味にしか思えぬ」

「落ち着いて味わえば、絶対にわかります。小豆だけでなく、砂糖が違いますので」

堺橋を渡って北に進んでいたが、左手には堀、右手には武家屋敷が続き、道を照らすのは月明かりだけという心細さだった。雪也と才蔵が後ろにいるはずだが、二人とも気配を消すのが巧《うま》いため、ときおり不安に襲われる。が、振り向くのをこらえて、徳之進たちと歩いて行った。

「石川様」

隼之助は、いち早くその人影に気づいた。軽子橋のたもとの、ゆらゆらと揺れる柳の木に凭《もた》れかかっていた侍が、前を塞《ふさ》ぐように歩み出る。かすかな血の臭いが、風に乗って流れてきた。

六

もしや、一石橋の近くで擦れ違った侍か？

隼之助は思ったが、それを問いかけられるような雰囲気ではない。若い侍の目は、獣のように光っている。履《は》いていた下駄を脱ぎ捨てるや、腰を深く沈めた。

と思った刹那《せつな》、眼前に迫っている。

「よせ、やめぬか」

徳之進は松吉を庇《かば》おうとしたが、突き飛ばすのが精一杯。身体ごと突進した刺客は、一瞬のうちに左手で刀の鞘《さや》をくるっとひっくり返し、下刃になった状態で切りあげる。

間一髪、徳之進はさがって、かわした。

「助けてくださいっ、辻斬りです！」

ひ弱な町人のふりをして、隼之助は叫び声をあげる。

「辻斬りで……」

その声を止めたのは、一瞬、刺客が奇妙な構えを見せたからだ。右耳の横に両腕を付けるようにして、まっすぐ刀を天に向けている。目は隼之助に据えられており、ぎらつく殺意を放っていた。

「さがれっ」

徳之進の警告が響く前に、隼之助は飛びさがっていた。刺客は腰を落とすと同時に振りおろしたが、空振りに終わったと知るや、今度は左耳の横に両腕を付け、天を突くような構えを取る。目はいっときも隼之助から離れない。隼之助もまた刺客の鋭い目を見据えている。

──右の首だ。

と思った瞬間には、振りおろされていた。が、二度目もかろうじて、かわした。避けた方向に三度、振りおろされる。身軽さが武器の隼之助も、追いつけないほどの速さだった。右の首筋に刃の冷たさを感じた刹那、

「ちっ」

刺客は舌打ちして、なにかを払いのけた。鈍い音とともに、脇差《わきざし》が勢いよく飛ぶ。雪也が投じたものだろう、才蔵と小走りに駆け寄って来た。

「助太刀いたす」

友の他人行儀な物言いは、徳之進を意識するがゆえのこと。分が悪いと見て取ったのか、刺客はくるりと背を向け、裸足《はだし》のまま北へ走った。すぐさま闇に融けて、姿が

見えなくなる。

「血が」

才蔵が慌て気味に、隼之助の右肩を手拭いで押さえた。切られた感じはなかったが、浅く切れている。ひやりとした刃を思い出して、身震いした。

「隼之助、大丈夫か」

徳之進が乾いた声で確かめる。

「はい。今のお侍は、石川様のお知り合いですか」

刺客が真っ先に狙ったのは、徳之進だ。名乗るわけでもない、言葉をかわしたわけでもない。にもかかわらず、徳之進は「さがれっ」と叫んだ。相手の太刀筋を知らなければ、発せられない警告といえる。

「知り合いというほどではない、が」

曖昧に言葉を濁した後、

「名は香坂《こうさか》伊三郎《いさぶろう》、年は二十一。もしかすると、あやつが、両国西広小路の下手人やもしれぬ。〈切目屋〉の女将に聞いたが、無惨な亡骸であった由。伊三郎であれば、一瞬のうちに人間を真っ二つに叩っ斬れる」

舌で唇を湿らせては、何度も生唾を呑みこんでいる。亡骸を見た隼之助と雪也も、他人事《ひとごと》ではない。伊達男の顔は青ざめていた。

――それで、『笹の葉の改敷』だったのかもしれぬ。

隼之助は心の中で呟いた。笹の葉は、切腹に赴く者が用いる改敷。徳之進は刺客に襲われるのを覚悟していたからこそ、死出の旅路の作法を用いたのではないか。

「これを見ろ」

雪也が、刺客の下駄を持ってくる。前歯が異様なほど前向きに擦り切れていた。下駄を残して消えた刺客の怖ろしさが、まだ闇の中に漂っている。もしかすると、この先で待ちかまえているのではないか。

隼之助たちはしばらくの間、その場に立ちつくしていた。

第五章　野太刀示現流《のだちじげんりゅう》

一

「刺客《しかく》が用いた剣術は、おそらく野太刀示現流であろう」

多聞は言った。

「薩摩の秘剣よ」

西本願寺騒ぎの後、〈達磨店《だるまだな》〉の家で密談のときを持っている。座しているのは隼之助と雪也、多聞、そして、才蔵の四人だった。将右衛門も呼びたかったのだが、用心棒役として、〈相生堂《あいおいどう》〉に残っている。

「あれが野太刀示現流」

隼之助は無意識のうちに、右肩の傷痕にふれていた。煎《せん》じた薬草を湿布したお陰で、すでに血は止まっている。素早さに自信のある隼之助でさえ、三度目の攻撃にはあわやという事態になった。目にも止まらぬ速さどころか、またたきする間に命を落としかねない凄《すさ》まじい破壊力を秘めている。

示現流は、薬丸《やくまる》示現流、または野太刀示現流と呼ばれており、薬丸流の始祖、薬丸大炊左衛門兼陳《おおいさえもんけんちん》入道如水が、祖父の創始した野太刀の技を学び、奥義をきわめ、のちに東郷重位《とうごうしげたか》に示現流を学んで野太刀示現流を開いたことに始まる。古くは自顕流と称していたが、薩摩藩の御留《おとめりゅう》流として、藩主、島津家久の命により、『示現流』と改名した。

「話には聞いておりましたが、あの独特な構えを見たのは初めてです」

隼之助の呟《つぶや》きを、多聞は静かに受ける。

「『蜻蛉《とんぼ》』じゃ。右耳の横に構えれば、右蜻蛉、左耳の横に構えれば、左蜻蛉と呼ぶ由。昔から『地軸《ちじく》の底まで叩《たた》き斬れ』と言い継がれているとか。おそろしい秘剣であるのは間違いない」

淡々と語っていたが、心なしか表情が硬いように見えた。父がこういう顔をすることはめったにない。決して誇張ではないことが、引き結ばれた唇にも浮かびあがっている。

「両国西広小路の騒ぎは、やはり、あの香坂伊三郎という男の仕業《しわざ》なのでしょうか」

隼之助にとっては叔父にあたる男、無惨な亡骸《なきがら》云々は、できるだけ口にしたくない。

隼之助の気遣いを感じたのか、才蔵が会釈して、答えた。

「断定はできませんが、ありうることではないかと」

「腰を低く落として、身体ごと突進するのが大きな特徴だ。手首だけで斬るのではなく、腕と身体を充分に使い、相手を一太刀で仕留める。敵が刀で止めたら刀ごと斬る。敵が避《よ》けたら避けた方向へ刀ごと斬り倒す。敵の息の根を完全に止めるまで、動きを止めぬのだが……よう助かったものよ」

目を細めて、多聞は隼之助をしみじみ見た。安堵《あんど》のようなものがちらついているように思えたが、はたして、なにを安堵しているのか。隼之助ではなく、隼之助の『舌』が無事だったことに胸を撫《な》でおろしているのではないか。複雑な気持ちを察したわけではないだろうが、

「刺客が脱ぎ捨てていった下駄でござる」

雪也が下駄の片方を前に掲げた。前歯が前向きに磨《す》り減るという、独特の形状を示している。多聞が下駄を手に取った。

「示現流の運歩《うんぽ》の習性が、歩き方にも表れるのであろう。つま先で身体を支え、突っ

込むようにして足先を前に運ぶがゆえの減り方よ」

「抜くのも居合いのように、いえ、普通の居合いよりも速いやもしれませぬ。一瞬のうちに左手で刀の鞘《さや》をくるっとひっくり返すや、同時に下刃になった状態で切りあげるのを、この目で見た次第。肝《きも》が冷えましてございます」

ふたたび右肩の傷にふれた隼之助に、多聞が告げる。

「水滴が軒先から一滴、落ちる間に、三度、抜き放つことができる由。むろん示現流を学んでいる者の中でも、手練《てだ》れにしかできぬ技であろうがな。二十一と聞いたが、その香坂という男。正真正銘の遣い手じゃ」

「水滴が一滴、落ちる間に三度。一滴三度でございますか」

隼之助は思わず繰り返していた。頭の中に一滴、落ちる瞬間を思い浮かべ、どうすればかわせるか考えている。剣術はそこそこの腕前しかないため、仕留められるとは思えないが、逃げることはできるかもしれない。次に出会ったとき、どのように動けばいいか。あれこれと思いをめぐらせている。

「一向宗についてだが」

多聞の言葉で、気持ちを戻した。

「承ります」

「薩摩では砂糖の取り締まり同様、日蓮宗、切支丹《キリシタン》、一向宗に対しては、相当、きつい取り締まりが行われておる」

藩では、取り締まりの役所である宗体座《しゅうたいざ》を設置、宗門手札改《てふだあらため》——すべての人に木製の手札を配り、非切支丹、非門徒であることを確認するべく徹底していた。公儀も切支丹などには、ある程度、目を光らせているが、薩摩藩ほどではないだろう。

「なぜ、そこまで厳しい取り締まりをするのでしょうか」

隼之助は訊《たず》ねる。

「士族の人数を減らすため、と言われておる。郷士《ごうし》層の門徒を摘発しては、農民に身分を移しているようじゃ。さらにもうひとつ、真宗信仰を中心として、農民と郷士が結託するのを防ぐためというのが通説よ。一揆《いっき》を未然に防ぐための策ではあるまいか」

「それだけでしょうか」

どうもなにかが引っかかる。思いつくまま口にした。

「行方知れずになった〈井筒屋〉の番頭への文《ふみ》には、意味ありげな事柄が記されておりました」

〝蜜漬《みつづけ》を二壺《つぼ》、いつものようにお願いします〟

「あれは、おそらく寺への上納金ではないかと思います次第。石川徳之進のもとを訪ねた男、松吉という男ですが、廻船問屋の小頭《こがしら》と聞きました。番頭や小頭といった頭役の者が、奇妙な動きを見せておりますのは、なぜでございましょうか」

「ふん」

多聞が鼻を鳴らす癖を出した。あきらかに見下しているときもあるが、今の癖には少なからず称賛が含まれているように思えた。

「それについての調べを、さらに進めるのが、この後の役目だが」

急に口が重くなる。

「話に出た〈井筒屋〉の番頭だがな。湯島聖堂の近くで殺《あや》められているのが発見された。太刀筋から見て、香坂やもしれぬ」

どのような亡骸だったのかを、太刀筋という表現で伝えた。真っ二つに斬り裂かれた無惨な姿を、わざわざ口にすることはない。無意味に怯《おび》えさせたくないという、多聞らしからぬ気配りにも、刺客の並外れた腕前が表れている。

「香坂伊三郎は、この近くの裏店《うらだな》にでも隠れ住んでいるのではありますまいか」

なにげなく出た言葉に、多聞は問いかけを返した。

「なにゆえ、そう思うのじゃ」

「両国西広小路の騒ぎの折、この近くの裏店で、血を洗い流している男を見た者がいるとか。わたしは、なぜ、と思いました。だれかに見られるかもしれない危険を犯してまで、井戸を使ったのはなぜなのか。さっさと逃げればよいものを」

「要点だけを話せ」

鋭く遮る。

「は。申し訳ありませぬ」

畏《かしこ》まって、続けた。

「刺客は血まみれの姿を、家の者に見られるのを懸念したがゆえ、寒風が吹き荒《すさ》ぶ中、返り血を洗い流したのではないかと」

「その可能性もあると答えたうえで、わたしは別の意見を述べました」

才蔵が継いだ。

「もしかすると、刺客は怪我をしたのではないか、と」

「ふむ、洗い流して、急ぎ手当てをしたか。どちらも考えられるな。才蔵。このあたりの裏店をもう一度、よく調べさせろ」

「畏まりました」

「殺められた〈井筒屋〉の番頭は、大金を扱っていたのかもしれませぬ。西本願寺への上納金をいつものように納めるつもりだったのだとすれば、だれかに、あるいはどこかにその金を隠していたかもしれませぬ。〈相生堂〉の主夫婦は、仔細《しさい》を知っているのではないかと思いますが」

隼之助の脳裏には、毎朝、見世《みせ》に飾られる『相生の松』が浮かんでいた。刺客は野太刀示現流で、あの松を冷酷に断ち切ってしまうのではないか。そんな不安が言わせた言葉だったが、またもや焦《じ》れったさを覚えたのかもしれない。

「調べろ」

ひと言で終わらせた。

「は」

「引き続き、〈相生堂〉に奉公するがよい。主夫婦を守りぬくのが、そなたたちの役目じゃ。過日も言うたように、此度《こたび》は見世を乗っ取るわけではない。〈相生堂〉を救い、できれば刺客を無傷で捕らえたいが、それはおそらく無理であろう。始末できれば上々よ」

「石川徳之進は、どういう役割なのでございましょうか。江戸に出て来た者の世話役を務めているように見えなくもありませぬ」

帰る道すがら、だれに雇われて動いているのか、それとなく問いかけたが、徳之進はいっさい答えず、無言のまま別れている。

「そなたの言うように、世話役あたりが妥当なところであろうな。雇い主は〈相生堂〉か、もしくは商人たちが金を出し合《お》うて雇ったか」

「金を出し合うて雇った」

隼之助は最後の部分を繰り返した。多聞は商人の間にも戦いがあると言っていた。敵味方に別れて、一方は刺客を送り、一方は世話役を雇ったのかもしれない。商《あきな》いだけやっていればいいというわけにはいかないのが、辛《つら》いところだ。

「狙《ねら》いは石川徳之進と、その連れであろう。ついでに寺への上納金を奪い取るつもりだったのやもしれぬ。いずれにしても、勝負はこれからじゃ。なにがなんでも〈相生堂〉を守りぬく。それぞれ肝に銘じるがよい」

立ちあがりかけて、多聞は座り直した。

「日時を知らせておかなんだが、弥一郎の祝言は明後日じゃ。その旨、届けを出して、一日、暇《いとま》を取るがよい」

「一日でございますか」

つい不審げな声が出た。祝言は夕方から始まるのが習い、丸一日、暇を取れというその真意をはかりかねている。

「着替えるためと髪を結い直すために、まずは小石川の屋敷に来るがよい。まだ姿を見せてくれぬと、花江が嘆いていた。自分の家がどこにあるのか、わからぬようでは困るであろう。顔を出せ」

「申し訳ありませぬ。蕎麦《そば》屋の手伝いに時を取られてしまい、義母上《ははうえ》のお手伝いをするのもままなりませんでした。忙しさに託《かこつ》けて、不調法《ぶちょうほう》をしでかしました次第。お叱りは覚悟のうえでございますが、まことにもって面目《めんもく》ありませぬ」

「挨拶《あいさつ》がてら、早めに来るがよい。殿岡の三男坊も一緒にな」

と、多聞は雪也に目を向ける。

「は」

「隼之助の用心棒役を頼む。将右衛門にも、くれぐれも頼むと伝えよ。隼之助と主夫婦を守れとな」

「畏まりました」

緊張した面持《おもも》ちで、頭をさげたそれが、密談の終わる合図。そろそろ夜明けが近いかもしれない。多聞と才蔵が出て行ったのを見て、どちらからともなく吐息をついた。

二

「いつもながら、木藤様の前に出ると、肩が凝るな」

　雪也はしきりに首をまわしている。

「無意味に威嚇《いかく》するのが、好きなのであろうさ。上からがっちり押さえつけておかぬと不安なのやもしれぬ」

「わたしには、大切な倅殿《せがれ》が逃げ出すのではあるまいかと、案じておるようにも見えるがな。心細さを覚えておられるのではあるまいか。おぬしは天《あま》の邪鬼《じゃく》ゆえ、従わせるのは楽ではない」

「褒め言葉と受け取っておこう」

　隼之助は寝転び、両国西詰の広小路、神田川の柳原土手、湯島聖堂と、仏が倒れていた場所を口の中で呟いた。

「刺客がお庭番を殺めたのは、鬼役に対する見せしめと挑戦状ではないかと、才蔵さんは言うていた。されど、柳原土手の仏と湯島聖堂の仏は、お庭番とどういう関わりがあるのか。どうもしっくりこない。本当に同じ刺客、香坂が三人を始末したのだろうか」

「柳原土手の仏は、匕首《あいくち》を懐に忍ばせていたと言っていたな」

雪也は壁に寄りかかり、推測の手伝い役となる。騒ぎの経緯はこの家に戻る道すがら、手短に話していた。

「ああ、才蔵さんは素人ではないかもしれぬ、もしかすると、闇師《やみし》の手下かもしれぬ、とも言うていた。仮に金吾という隠居が、闇師の頭《かしら》だったとした場合、その手下を斬った刺客は、われらの味方のように思えてならぬが」

「つまり、おぬしは、闇師の頭は敵の傘下にあると考えているわけか」

「うむ」

隼之助はむくりと起きあがる。

「父上は明言されなんだが、鬼役の敵というのはおそらく薩摩藩であろう。野太刀示現流の話がすなわち薩摩ということだ。鬼役に逆らう者は、敵——薩摩と考えた場合、金吾という爺さんは、鬼役に逆らって、逃げた。ゆえに、鬼役の敵。その手下を斬った刺客はとなるわけさ」

「おぬしの考えでいくと、〈井筒屋〉の番頭は、〈相生堂〉の仲間。鬼役側とすれば、それを斬った刺客は敵となるな」

「なんとなく妙な感じがするのだ。お庭番と番頭を殺めた者は、同じ刺客に思えるが、神田川の柳原土手に転がっていた仏は、いささか引っかからなくもない。もし、闇師の手下だったとしたら」

「その男を斬った刺客は、鬼役の味方かもしれぬ、か」

「そうだ」

「隼《はや》さん、いるかね」

おとらの声が響き、たてつけの悪い戸が開いた。隼之助がいてもいなくても、一日に何度かはこの家に来ている。一緒に入って来たお宇良の目が、伊達《だて》男に留まった。

「おはようございます、殿岡様」

薄化粧をして、綺麗《きれい》に髪を結いあげている。昔は吉原で遊女をしていたらしいが、哀しいかな、その面影を見るのはむずかしいかもしれない。

——朝から紅をひいて、化粧か。

隼之助は冷ややかに見たが、

「おはよう。いつも若いな、お宇良さんは」

雪也はにこやかに応じた。

「まあ、いやですよ、年寄りをからかっては」

「からかってなどいないさ、わたしは噓《うそ》が苦手なのだ。お宇良さんには、さよう、華《はな》がある。年を重ねてもなお色香《いろか》を失わぬその姿には、思わず見惚《みと》れるほどよ。女子《おなご》はいくつになっても、お宇良さんのように美しく装うてほしいものだ」

「殿岡様ったら」

お宇良の媚《こ》びを売る目を、隼之助はわざと身体で遮る。

「なんだ、隼之助。いいところなのに邪魔をするでない。やきもちか」

揶揄《やゆ》するような友に、小声で訊《き》いた。

「おぬし、まさかとは思うが」

「なんだ？」

雪也があまりにも平然としていたため、逆に妄想がふくらんだ。下は十五、六から上は際限なし、なのではなかろうか。女子と見れば口説き、機会があれば褥《しとね》に潜りこむ。そこまで考えて隼之助は、背筋が冷たくなるのを覚えた。

「ありうる、やもしれぬな、おぬしなら」

「だから、なんのことだと訊いておるではないか」

「もういい」

隼之助は頭に浮かんだ場面を無理に打ち消した。おとらに目を向ける。

「おとらさん。訊きたいことがあるんだが、この近くの裏店で、血を洗い流している男を見た者がいるとか。噂話《うわさばなし》を聞いているか」

鬼役となって、情報収集に努《つと》める。

「ああ、聞いただ。五、六日前だったか。そこの、そら、〈四郎兵衛店《しろべえだな》〉よ。明け方、血まみれの男が、手や顔を洗っとったらしいぞ。幽霊かと思って、外に出た者も慌てて家に戻ったそうじゃ」

「年格好は聞いていないか。どんな人相だったかは」

「知らね」

短く答えて、おとらは、お宇良を叱りつける。

「なまだらこいてねえで、さっさと青菜を洗ってこねえか。忙しいんだ。いい年こいて、おだってばりいて、気持ちの悪い」

調子に乗ってふざけているんじゃないと、訛《なま》りたっぷりの方言だったが、はたして、お宇良に通じたかどうか。

「おとらさんったら、そんなふうに言わなくたって」

しなを作った二度目の媚びに、隼之助は凍りついたが、

「朝から言い争うことはない。どれ、お宇良さん。わたしも手伝おうではないか。一

緒に井戸へ行こう」

　雪也は笑みをくずさず立ちあがる。

「…………」

　唖然《あぜん》として見つめた。やはり……そうなのか。妄想は妄想ではなく、現実のことなのか。二人仲良く出て行った後、

「おとらさん」

　ごくりと唾《つば》を呑《の》み、問いかけた。

「もしや、あの二人は」

「ああ、心配するこたぁねえ。お宇良はとうの昔に終わっているからよ」

「終わっている、とは？」

「おや、隼さんにしては鈍いのう。月のものじゃ。乳繰《ちちく》り合っても、子ができる心配はねえから大丈夫だ」

「い、いや、そういう話ではなくて、いや、そういう話も含めてだが、いや、しかし、節操のないやつだとは思っていたが、ここまでとは流石《さすが》に……」

「そうそう、昨夜、おとくさんが来たぞ」

　何事もなかったかのように、おとらは米を研ぎ、竈《かまど》の火を熾《おこ》している。まだ衝撃は

去っていない。話がすぐには繋《つな》がらなかった。

「え？」

「南本所の蕎麦屋〈信夫屋〉の女将《おかみ》さ。蕎麦屋は閉めることにしたと、隼さんに伝えてくれってことだ。見世の近くの裏店に、引っ越すと言っていたが、亭主は相変わらず戻って来ねえらしいからよ。仕方ねえだろうなあ」

「おとくさんが、そうか、見世仕舞《みせじま》いすることにしたのか」

せっかく波留が〈だるまや〉という屋号を考えてくれたのに、初仕事は不調に終わり、隼之助もせつなくなる。

「近いうちに、おとくさんの家に行ってみる。すまなかったな、おとらさん。せっかく紹介してもらったのに、なんの手助けもできなくて」

「いや、おとくさんは礼を言っていたぞ。隼さんには本当によくしてもらったってな。飴《あめ》の作り方を教えてやったらしいじゃねえか。裏店で飴を作り、それを売り歩いて生計《たつき》をたてるとさ」

おとらは、やけによそよそしかった。必要な話はするのだが、笑みもなく、目も合わせようとしない。そういえば、朝の挨拶をしなかったと、生真面目《きまじめ》に考えて、遅ればせながら挨拶する。

「おはよう、おとらさん。いつもすまないな」

「礼を言うのは、おらじゃなくて、めんごい女子にじゃねえのけ。ちょくちょくここに顔を出しては、団子や饅頭《まんじゅう》を置いていくぞ。知り合いらしいじゃねえか」

「まあ、顔見知りではある」

「置いていった菓子は、全部、おらたちの腹におさまっちまったがよ。隼さんも雪《ゆき》さんのことは言えねえよなあ。確か前にもお武家の女子が、訪ねて来たように思うがの。同じ裏店に別の女子を住まわせるとは、呆《あき》れて口がきけねえだ」

しっかりきいているじゃないか、と、反論すれば、気まずくなる。

「別におれが呼び寄せて、ここに住む手筈《てはず》を整えたわけじゃない。たまたま知り合いだっただけだ。念のために言っておくがな。ここに波留殿が来たことは、三郷《みさと》さんには話さないでくれ」

「どっちだ？」

ちらりと、冷ややかな目をくれた。波留と三郷、どちらに惚れているのかという問いかけであるのはあきらか。

「決まっている、先日、ここに案内した波留殿だ。三郷さんは……」

言い訳しようとしたとき、戸が開いた。

「隼之助様」

噂の主、三郷が顔を覗《のぞ》かせる。

「お戻りだったのですね。申し訳ありません。気がつかなくて」

「おや、お邪魔かね。そんなら帰るがよ」

「皮肉を言うな、だれも邪魔になんかしていない。おとらさんはそこにいてくれ。いつものように、飯の支度を頼む」

早口で言い、三郷を押すようにして、外に出た。

「傷の具合は大丈夫なのか。まだ寝ていた方がいいのではないのか」

家でおとなしく寝ていろ、と、暗にほのめかしたつもりだったのだが、三郷は素直に眸《め》を輝かせる。

「わたくしの身体を案じてくださるのですね。嬉《うれ》しい」

「とにかく、家で寝ていろ。おれの家には、あまり顔を出すな。朝餉《あさげ》はおとらさんたちが作ってくれるから、手助けは要らぬ」

侍言葉とないまぜになったあたりに、隠しようのない狼狽《ろうばい》が表れていた。対する三郷はじっと見あげている。

「隼之助様も、お怪我をなさったとか」

「たいしたことはない」

「ちとお話があるのです」

返事を聞く前に、三郷はくるりと背を向けた。路地の奥では雪也とお宇良が、笑い合いながら、青菜を洗っている。隼之助は友に目顔で「一緒に来い」と、必死に訴えたが届かない。

――雪也め。

子ができぬゆえ安心だからといって、古稀《こき》になろうかという婆さんを相手にするとは、我が友ながらなさけない。が、女子の家にひとりで行くのを躊躇《ためら》う我が身も、やはり、なさけないかもしれなかった。

「どうぞ」

開けられた戸に、仕方なく入る。

「母上。こちらが隼之助様です」

待ちかまえていたのは、三郷の母だった。しもうた、と、後悔したが後の祭り、母親は満面の笑みで頭をさげる。

「娘が色々とお世話になっております。此度《こたび》は隼之助様のお手伝いができますことを、主人ともども大変、喜んでおります。行き届かないところもあると思いますが、何卒《なにとぞ》、娘を宜《よろ》しくお願いいたします」

娘は母親似らしく、母子《おやこ》というよりは、姉妹のように見えた。上がり框《かまち》に額をつけて、丁寧な挨拶をされれば無視するわけにもいかない。今度は三郷に押されるようにして、家の土間に入った。

「ご丁寧なご挨拶、いたみいります」

いちおう頭をさげたが、長居するつもりはない。

「奉公に出る刻限でございますゆえ、それがしは、これにて失礼つかまつる」

「お待ちください」

後ろにいた三郷が止めた。狭い土間に二人で立てば、いやおうなく身体が密着する。必要以上に近づいているように感じたが、できるだけ無愛想に応じた。

「なんだ?」

「この近くの裏店で、血を洗い流していた男の話です」

「ああ、その話なら聞いた。才蔵さんの盟友を殺めた男かもしれぬ」

早く家に戻りたくて、ちらちらと戸に目を走らせた。三郷は戸の前に立ち、母親は上がり框に畏まりと、母子に挟まれてしまい、気が急《せ》いている。脳裏に浮かぶのは、波留の哀しげな面影、このまま座敷にあがったらどうなるか。焦る隼之助に、三郷は落ち着いた声で囁《ささや》いた。

「その男は、どうやら印籠《いんろう》を落としていった由。母上」

呼びかけると、後ろで母親が応える。

「これでございます」

差し出された印籠を、隼之助は受け取って、蓋《ふた》を開けた。無紋の印籠の中には小袋がひとつ、入っている。

「才蔵殿が、隼之助様に確かめていただくようにと」

三郷は不安げに言った。

「毒でしょうか」

「わからぬ」

小袋を開け、まずは匂いを嗅《か》いでみる。常人にはほとんどわからなかっただろうが、隼之助は即座に甘い薫りをとらえていた。毒ではないように思いつつ、指でほんのひとつまみ取って、舌にそっと載せてみる。

刹那《せつな》、とろけるような甘みが舌ばかりか、身体までをも痺《しび》れさせた。軽やかな心地よい甘さと、上品な後味がじんわりと広がっている。

「砂糖だ。それも極上の台湾の品。我が国の砂糖ではない」

刺客と思《おぼ》しき男の落とし物は、なにを教えてくれるのか。隼之助は小袋を印籠に戻して、蓋を閉めた。

三

「砂糖は、すべて台湾のものを極上とす」

〈相生堂〉の番頭は、つい先刻、隼之助が三郷母子にした話を得々と告げた。

「交趾《ベトナム》の砂糖は之《これ》に継ぐとされています。南京・福建・寧波《ニンポー》などは又その次なり。ジャガタラ、阿蘭陀《オランダ》の砂糖は下等品ですよ。氷砂糖も台湾の品が最上とされています」

今日からは若衆として見世に出ることになったため、さして聞きたくもない蘊蓄《うんちく》に耳を傾けるはめになっていた。番頭と二人、帳場の片隅に座っている。

——だが、今、もてはやされているのは渡来品より、国産品だ。

素朴な疑問が湧《わ》いている。なぜ、不審な男が落としていった印籠に、台湾製の砂糖が入っていたのか。抜け荷の見本ではないのか。味見や品質を確認させたうえで、品物を運ぶつもりではないだろうか。

「そもそも砂糖はなにから作られるか。これは甘蔗《かんしょ》や甜菜《てんさい》です。精製する方法としては、二種類あります」

番頭の話は続いている。ひとつは、いったん粗糖にしたうえで精製する法。もうひとつは、直接、耕地《こうち》白糖《はくとう》に加工する法。もっともむずかしかったのは、後者の粗糖を白糖に精製することだ。

「元文《げんぶん》五年（一七四〇）。阿蘭陀の技術を導入した紀州の安田長兵衛が、讃岐《さぬき》において独自のやり方を編み出しました。このやり方で三盆白《さんぼんじろ》という、この世で最高級の白糖を作ることに成功したのです」

三盆白は、和三盆のことである。この世で最高級という表現は決して誇張ではない。砂糖は輸入に頼るしかなかった日本であるが、三盆白の登場によって、菓子の世界にも大きな改革の波を引き起こした。

「砂糖の産地としては、讃岐・阿波・和泉《いずみ》・紀伊・駿河《するが》・遠江《とおとうみ》・日向《ひゅうが》といった場所があげられますが、とりわけ讃岐の砂糖は、雪白《ゆきしろ》のごとく、輸入品にいささかも劣らないと言われております。いえ、劣らないどころか、勝《まさ》っておりますよ。近頃、薬種問屋では輸入品に三盆白を混ぜて商っていると聞きました。さもありなんですね」

砂糖は薬としても売られているが、わかりきっていることを長々と続けられるのはたまらない。

「では、台湾産や琉球産の黒糖などは、もう使われていないのですか」

確認の意味をこめて問いかける。印籠の中身はおそらく抜け荷をするための見本だろうが、自分なりの考えを確かなものにしたかった。

「とんでもない、使われております。黒糖は羽州や奥州といった僻地《へきち》を需要地として伸びていますよ。それに対して白糖は、京や大坂、江戸などの都に運ばれて、〈相生堂〉の饅頭の餡《あん》などに使われているわけです」

答えを聞いて、やはり、そうかもしれないと思った。羽州や奥州の大名家に出入りしている御用商人に味わわせる見本なのではないか。それを持ち歩いているとなれば、不審な男は薩摩に飼われている刺客なのか。

思いをめぐらせる隼之助に、番頭はさして関わりのない話を口にする。

「饅頭とは、真行草《しんぎょうそう》の『真』に位置するものとされております。真行草とは漢字の書体です。真書、行書、草書のことですね。転じて、華道や茶道といった広義に用いられておりますが、『真』はもっとも正統で整った形、『草』は真を崩した形、そして、その中間が『行』とされております。さて」

と、皿に載せた三つの饅頭を持って来た。見世の看板である『相生の松』の焼き印が押された小判型の饅頭だ。

「見た目はまったく同じですが、微妙に『割り』を変えています。皮の米粉にはいくらかの砂糖を入れておりますが、その米粉と砂糖の割合のことを『割り』と言うんですよ。また中に入れる餡の割合のことも指しております。『材料を落とすな、割り守れ』というのが、この見世の家訓です」

にやにやしながら、番頭は皿の饅頭を目で指した。

「ひとつずつ、食べてごらん」

「宜しいのですか」

「かまいませんよ。ただし、それぞれ味が異なります。三つのうちのひとつは見世で売っている『相生の松』ですが、残る二つのうちのひとつは、皮の『割り』を変えた饅頭。さらにもうひとつの饅頭は、餡の『割り』を変えてあります。さあ、どれが見世で売られている饅頭でしょうね」

新参者のおまえになど、わかるわけがない。口もとに浮かんだ笑みには、そんな気持ちが浮かびあがっていた。おそらく新参者に対する古参流のもてなしなのだろう。

隼之助はひとつ目の饅頭をひと口、食べてみる。

――皮の甘みが足りない。

舌にふれた瞬間、察していた。が、なにも言わずに、二つ目の饅頭を食べる。

――これだ。

心地よい甘みと、それを引き立てる上質の小豆《あずき》。皮は違和感なく、すっと舌に溶け、中の餡が品のよい甘みを運んでくる。食べたとき、まず舌がおかしな感じを覚えるか否か。隼之助の場合、一瞬でそれがわかる。

「どうですか」

好奇の眼差しを向ける番頭に、首を傾《かし》げてみせた。

「いえ、まだわかりません」

それとなく、帳場にいる者も様子を窺《うかが》っているのが感じられた。奉公初日の象に関わる饅頭の皮の話が、みな頭に残っているのかもしれない。少し目立ちすぎたかもしれぬ、と、ここは常人のふりをすることにした。三つ目の饅頭を食べてから、隼之助は、最初の饅頭をおずおずと指で示した。

「これが『相生の松』ではないかと」

「違いますよ」

番頭は、してやったりの表情で応じる。

「二番目に食べたのが見世で商っている饅頭です。旦那様は、見込みがあると仰《おっ》しゃっていましたが、舌はさほどではありませんね」

先日のお返しとばかりに、得意満面、胸を反らした。この舌はある程度、うまく利用するが、怪しまれてはならない。見世の者たちの嘲笑は甘んじて受け、なにも知らない新参者のふりをして訊ねる。

「西本願寺には、毎朝、『相生の松』を納めておられるようですが、旦那様の菩提寺《ぼだいじ》がおありになるのですか」

今朝も隼之助は、大量の饅頭を手代とともに西本願寺へ奉納する手伝いをしていた。その際、かなりの数の門徒らしき者が、本堂から出て来たのを見ている。昨夜は一晩中、法座だったのだろうか。あまりにも長い時間に思えたため、立ち入りすぎかもしれないと思いつつの問いかけが出た。

「おまえさんには関わりのないことでしょう。黙って、お寺に運べばいいんです。よけいな詮索《せんさく》をしてはなりません」

とたんに番頭は警戒するような素振りをみせる。

「わかっていると思いますが、念のために言っておきますよ。奉公し始めてから八年目までは『木綿格』で羽織は無用。九年目からは羽織も許されますが、当分は売場役の木綿格として奉公してください」

「承知いたしました」

答えた隼之助は、侍の姿を目の端にとらえた。石川徳之進が廻船問屋の小頭《こがしら》――松吉を連れて、見世に入って来る。慌てて顔をそむけた。

「主殿《あるじ》はご在宅か」

徳之進は幸いにも気づかない。

「はい。今少しお待ちくださいし」

呼びに行こうとした番頭より先に、奥座敷に続く暖簾《のれん》が揺れる。女将の光世がにこやかに姿を現した。

「これは、石川様。昨夜はいかがなされましたか。急にお姿が見えなくなりましたので、主人と案じておりましたが」

「ちと野暮用を思い出しての。急ぎ、旅籠《はたご》に戻った次第。たちの悪い西風が吹いたわ。鎌鼬《かまいたち》よ。危うく首を」

徳之進は、ちょんと首を切る仕草をした。

「え」

光世は青ざめたが、

「とにかくおあがりくださいませ」

そう告げて、奥座敷に案内する。

四

西風は、刺客を指す言葉に違いない。すでに〈井筒屋〉の番頭が殺められている。徳之進たちまで狙われたとなれば、主夫婦の顔色も悪くなろうというものだ。

――なにを話しているのか。

隼之助は気になっていたが、仕事を放り出して、奥座敷の様子を探りには行けない。それに徳之進には顔を知られている。どうしたものかと思いあぐねていたとき、見世の外に才蔵が現れた。

〝おまかせください〟

というように頷《うなず》き返して、さりげなく人波にまぎれこむ。鬼役の手下が縁の下にでも潜りこんでいるのだろうか。まかせておけば大丈夫だと思うのに、話が聞きたくてたまらなくなっている。

「だれか手を貸してくれないか。砂糖が届いたんだ。庭の蔵まで運んでほしいんだが、手が足りない」

他の若衆の呼びかけに、すぐさま答えた。

「お手伝いいたします」

蔵と奥座敷は、さほど離れていない。話を盗み聞くのは無理だろうが、とにかく奥座敷の近くに行きたかった。

「新入りか。よし、頼む」

若衆とともに、荷車から俵を降ろし始める。麻袋に詰めた砂糖を、さらに俵で包んでいるようだが、ずしりと肩に食いこむほど重かった。裏口から庭を通って、蔵に運んでは、また荷車のところに戻る。

——香坂伊三郎。

心ノ臓が、大きく脈打った。懐手《ふところで》の伊三郎が、堀沿いの河岸《かし》に、なにをするでもなく佇《たたず》んでいる。顔を隠すための編笠《あみがさ》は被《かぶ》らず、堂々と素顔を曝《さら》していた。隼之助をじっと目で追いかけている。

〝水滴が軒先から一滴、落ちる間に、三度、抜き放つことができる由〟

多聞の言葉が甦《よみがえ》り、冷や汗が滲《にじ》んだ。将右衛門がなにかを感じたのか、裏口から出て来て、見張るように見世の戸口に立った。道場では時々師範代を務めるほどの腕前だが、はたして、伊三郎の魔物のような早業《はやわざ》に太刀打ちできるかどうか。

「溝口様。中へお戻りください」

友を気遣い、隼之助は声をかける。ほとんど同時に伊三郎が動いた。隼之助は前に出ようとしたが、将右衛門や才蔵がそれを許さない。荷を運んでいた若衆は、ただならぬ気配を察して、見世に逃げこんだ。

「ほう」

伊三郎はにやりと唇をゆがめる。

「その男と話がしたいだけじゃ。別に取って食おうというわけではない。すぐに帰るゆえ、そこを退《ど》け」

「退かぬ」

将右衛門は答えて、鯉口《こいぐち》を切った。他にも何人かいたのだろう、お庭番らしき三人が、隼之助を守るように取り囲んだ。ますます興味を引かれたに違いない。伊三郎は低く含み笑った。

「くくく、やはり、ただの鼠《ねずみ》ではないようだな。おれの『蜻蛉』を二度もかわしたのは、おぬしが初めてじゃ。疾風《はやて》のような素早さに敬意を表して、訊ねたきことがある。今一度だけ言うぞ。おぬしらは退け」

まだ伊三郎は構えてさえいない。懐手にしていた手を出して、右手を軽く柄《つか》に置くような格好をしただけだ。しかし、将右衛門がおかしな動きを見せれば、一瞬のうちに『一滴三度』の抜き打ちを放つは必至。

「どいてくれ」

隼之助は掠《かす》れた声で言った。

「おれも話したい」

「ですが」

振り向いた才蔵を、再度、目で促した。仕方なさそうに少しだけ身体をずらした才蔵に、将右衛門も倣《なら》い、脇に退いた。にやにやしながら、伊三郎が数歩、近づいた。

「若いゆえ、下役かと思うたが、違《ちご》うたようだな」

囁き声で訊ねる。

「鬼役か？」

「…………」

隼之助はすぐには答えられない。二十一とは思えない凄まじい迫力に気圧《けお》されていた。いったい、何人、殺したことがあるのだろう。かすかな血の臭気が、伊三郎の全身から立ちのぼっている。やはり、一石橋の近くで会ったのは、この男だったのかもしれない。鬼役だと答えたら斬るつもりなのか、それとも……。

「印籠を」

　どうにか声を発した。

「落としましたか？」

　思いついた事柄を問いかけに変えたのだが、当然、相手は意味がわからない。訝《いぶか》しげに眉を寄せ、真意を探るように目をあてる。

　怖かった。

　これで終わりかと閉じたくなる目を、死に物狂いで開け続けた。目を逸《そ》らした次の瞬間には、首と胴体が離ればなれになっているかもしれない。身体が真っ二つに裂けているかもしれない。将右衛門や才蔵たちに囲まれているのになお、優位なのは伊三郎だと本能で悟っていた。

　冷や汗が滲む沈黙の後、

「いや」

　いたって簡潔な答えが返る。流石に短すぎたと思ったのか、

「おれは煙草は喫《や》らんのでな。印籠など持っておらぬ」

　桁外《けたはず》れの剣技を持つ男の返答にしては、いささかまともすぎるように思えなくもない。だが、その不似合いなまともさが、隼之助に確信をもたらした。

　――お庭番殺しは、この男ではない。

警戒心がゆるんだのを察したのだろう、

「それで？」

と、伊三郎は促した。隼之助は懐に携えている短刀の柄をわずかに覗《のぞ》かせる。龍《りゅう》の紋様が入っているのを見て、伊三郎はまたもや唇をゆがめた。

「ほう」

二度目の感嘆には、軽い驚きが含まれている。

「なるほど、そうか」

これまた短く言い、告げた。

「では、斬らぬ」

くるりと背を向けたとたん、将右衛門や才蔵たちが身構える。伊三郎はまったく意に介さない。両手を懐に戻して、悠然《ゆうぜん》とその場をあとにした。遠巻きにしていた野次馬からも、吐息のような空気の動きを感じたとき、

「佳乃《よしの》様！」

憶《おぼ》えのある叫び声が耳に飛びこんできた。野次馬の中にいた水嶋波留が、うずくまった雪也の妹——佳乃を抱えこんでいる。

「大丈夫か」

裏口の前に控えていた雪也が駆け寄って来る。奉公人から知らせを受けたに違いない。

「大事ない。冷や汗ものだったが」

「わしとしたことが、呑まれてしもうたわ」

将右衛門は忌々しげに舌打ちした。伊三郎が立ち去ると同時に、危険な空気はすみやかに消え去り、見世の前にはふだんどおりの風景が戻っている。波留と佳乃だけが、往来に取り残された。

「雪也」

「わかっている」

雪也は見世の番頭に、自分の妹であることを告げ、中で少し休ませてほしいと申し出た。ともすれば波留に向きかける目と心を、隼之助は懸命に抑える。才蔵は鋭い男だ。わずかな所作も見のがさない。

──思いきって、事実を知らせるか。

いい機会かもしれないが、まだ迷いがある。かつまた才蔵に怪しまれてはならないと思い、かなり無理をして、桁外《けたはず》れの刺客に話を戻した。

「香坂は敵ではないと思うが」

断定するような言葉に、将右衛門が反論する。

「まだわからぬ。多勢に無勢では、流石に分が悪いと思い、偽りを告げて逃げたのやもしれぬ。さも余裕があるように見せかけていたが、内心、縮みあがっていたに相違ない。青ざめていたではないか」

青ざめていたのは他ならぬ将右衛門であり、負け惜しみであるのは確かだったが、隼之助は素直に礼を言った。

「おぬしらのお陰で、どうにか首が繋《つな》がった。すまぬ」

右手でつい首にふれている。本当に繋がっているだろうか。話している途中でいきなり血が噴き出し、地面に沈みこむのではないか。ありえない想像であるのに、何度も確かめていた。

「立ち去りましたか」

主の鉄太郎が、見世から出て来る。用心棒がいるにもかかわらず、注意深く周囲に目を走らせていた。

「ご案じめさるな、われらが追い払い申した」

将右衛門が大見得《おおみえ》を切る。礼金を少しでも釣りあげるため、青ざめた顔になんとか笑みを押しあげた。

「主殿や見世の奉公人には、指一本、ふれさせぬが、お客人は今少し様子をご覧になられた方が宜しかろうと存ずる。そのあたりに潜んでおるやもしれませぬゆえ」

「仰せのとおりにいたします。昼日中、よもや姿を見せるとは、思ってもおりませんでした。物騒なことでございますな」

狙いは石川徳之進と廻船問屋の小頭という男だろうか。伊三郎は鬼役であるならば斬らぬと明言した。では、だれの味方なのか。〈相生堂〉を守るのが鬼役の務め、その見世に出入りする徳之進もまた鬼役側の人間、その徳之進を狙うのは……敵ではないのか？

——わけがわからぬ。

それにしても、と思った。

——本当に凄い男だ。

隼之助は、首から手を離せない。今にも切れて血が噴き出すのではないかと、何度も、何度も確かめていた。

五

奉公を終えた隼之助は、雪也とともに、おとくの裏店に向かっている。両国橋を渡って北に進み、大川沿いの道を歩いていた。左手には大川、右手には武家屋敷という場所であるため、日が落ちると人通りは途絶える。前にお庭番がひとり、そして、後ろには才蔵が付き、怠《おこた》りなく周囲を窺っていた。将右衛門は〈相生堂〉の用心棒役として不寝番《ふしんばん》をするため、同道していない。

「勝手な真似《まね》をしてすまぬ」

雪也は小声で謝った。

「波留殿に、どうしても、おぬしに逢いたいと言われてな。顔を見るだけと言うていたので〈相生堂〉を教えたのだ」

後ろを見ながらの会話になっている。あの後、佳乃が落ち着くまで、見世の奥座敷を借りたのだが、そこに隼之助が行けるわけもない。二人が帰るときに、波留と目を合わせるのが精一杯だった。

「それにしても、まさか、佳乃が気を失うとは思わなんだわ。香坂伊三郎の、あまりにも凄まじい気にあてられたのやもしれぬが」

雪也は、妹であるため、堂々と奥座敷に同席している。用心棒を務めているゆえ、寺詣《てらまい》りをするついでに立ち寄れ。そう言っておいたのだと、雪也は主夫婦に話していた。

「なにか話をしたか」

波留と、の部分をわざと省いたが、友は察しのいい男。

「おぬしを案じていた。肩の怪我は大丈夫か、とな。わたしがよけいなことを言ったからだろう、どうしても、という話になった。すまぬ」

「いや、顔を見ることができただけでもありがたかった。佳乃殿は大丈夫だったか」

「大事ない。されど、香坂伊三郎を怖れていた。なまじ侍の家などに生まれたがゆえであろうさ。力量を察知したに違いない。立ち合うのはよせと真剣な表情で言うていた。わたしの腕前を信じておらぬのだ、あれは」

「案じているのだ、信じておらぬわけではない」

「そうかもしれぬが、ああ、そうだ。波留殿の話によると、金井家に盗っ人《と》が忍びこんだとか。才蔵さんから聞いておるか」

金井家は膳之五家《ぜんのごけ》のひとつで、番町に家を構えている。雪也の家も同じ番町にあるが、隼之助同様、噂話を耳にするほど実家に出入りしていない。盆暮れに帰るのがせいぜいだ。

「いや、まだ聞いておらぬ。なにか盗《と》られたのか」

「そこまではわからぬ。あとで確かめてみろ」

雪也は、影のように従う才蔵を目で指した後、

「お庭番から聞いた話によるとだな」

話を変えた。

「京の西本願寺では、騒ぎが起きているとか。表には出ておらぬようだが、どうも上納帳を奪い取られたらしいのだ。築地西本願寺における此度の集まりは、その騒ぎに関わりがあるのやもしれぬ」

お庭番から聞いた話というのはすなわち、床下、あるいは天井裏に忍びこんだお庭番が盗み聞いた話という意味である。接する暇がなかった隼之助の代わりに、雪也がその役目を担っていた。

「上納帳か。なにが記されていたんだろうな」

「内容まではわからぬようだが、莫大《ばくだい》な金品が国の外に流れ出ていたことを、敵に知られたふしがある云々《うんぬん》という話をしていたようじゃ」

敵が薩摩を指しているのは言うまでもない。

「なるほど。薩摩は、国の外に流れ出る金品を、ふんだくろうという腹づもりか」

「おそらくはそうであろう。ここにきて、いっそう取り締まりが厳しくなったのは、上納帳騒ぎが原因ではあるまいか。それゆえ、見せしめのために〈井筒屋〉の番頭を刺客に殺《あや》めさせた」

「先程も言うたが、あれは香坂の仕業ではあるまい」

仏の数は、合計三人。両国西詰広小路にはお庭番の仏、神田川の柳原土手に転がっていたのは、やくざふうの男、そして、湯島聖堂の近くで殺められたのは、〈井筒屋〉の番頭、伝五郎だ。

「将右衛門ではないが、偽りやもしれぬ。われらを攪乱《かくらん》するために、鬼役の敵ではないと思いこませたいのやもしれぬ」

「だが……おれのことを知っているような口ぶりだった」

龍の紋様は木藤家の裏紋。それが入った短刀は、鬼役であることを示すもの。鬼役は御膳奉行《ごぜんぶぎょう》の頭役を意味している。伊三郎はすぐさま得心して、引きあげた。あの姿に偽りはなかったように思える。

「そうだとしたらだ。香坂伊三郎はだれに命じられて動いているのか」

雪也が代弁するように呟いた。隼之助もそれがよくわからない。野太刀示現流は確かに薩摩藩の御留流だが、だからといって伊三郎が薩摩の藩士であるとは限らなかった。考えながら、隼之助は頭を整理しようとする。

「話が少し戻るが、〈井筒屋〉の番頭は、上納金を築地西本願寺に運ぶ役割を担っていたのかもしれないいな」

盗み見た〈相生堂〉の女将からの文。

〝蜜漬を二壺、いつものようにお願いします〟

あれが上納金と考えればしっくりくる。

「つまり、番頭の場合は金目当てか？」

雪也が訊いた。二人は御蔵橋を渡って、大川沿いの道を歩き続けていた。右手に広がるのは相変わらず武家屋敷ばかりで、あたりに人影はほとんどない。月は出ているものの、前を歩くお庭番の陰影が、かろうじてとらえられる程度だった。

「いや、見せしめの意味もこめているだろうが、どうせなら金も盗《と》るだろう。薩摩藩に渡すかどうかはわからんが」

「ははあ、なるほど。横取りして、自分の懐に入れたか。金の在処《ありか》は聞き出せなかったと言えば、二千両は丸々そやつのものになる。くそっ、腹立たしいことよ」

「真顔で怒るな」

「怒りたくもなろう。五両や十両で命を懸けねばならぬ身にとっては夢のような話よ。将右衛門とて同じことを言うだろうさ。万が一、香坂伊三郎と立ち合わなければならなくなったときはなんとする。幼い子のもとに、身体を真っ二つにされた父親の亡骸《なきがら》が届く場面を考えてみろ。せめて、金だけでも残してやりたかったと思うに違いない」

「そのような話はよせ。おぬしも将右衛門も強い。真っ二つになるのは向こうだ」

自分に言い聞かせるような口調になっていた。隼之助は遣い手が二人いるような印象を受けている。お庭番殺しと番頭殺しは同じ下手人のように思えるが、やくざふうの男は違うのではないか。

「香坂は印籠のことを本当に知らぬようであった。短いやりとりだったゆえ、気質まで正確には読み取れなんだが、印籠の中身は台湾産の砂糖だ。あれを持ち歩いて、抜け荷の片棒を担ぐ男には見えなんだが」

「つまり、下手人は二人いると言いたいわけか」

「断定はできぬが、下手人が二人いればいたで、それはまた別の怖ろしさがあるな」

思わず本音が出た。

「同感じゃ。すべて同じ下手人の仕業だと思いたいものよ。香坂伊三郎のような手練れが、他にもいるやもしれぬと考えるだけで気が萎《な》える」

「なさけないことを言うな、これは天の声やもしれぬぞ。近頃は、おぬしも将右衛門も稽古《けいこ》にあまり身が入らぬ様子。お宇良さんの閨《ねや》に潜りこむ暇があれば、道場に通えという天の声ではあるまいか」

「あ、いや、それは違う、違うぞ、隼之助。おぬしはなにか勘違いをしておる。いくら、わたしでも古稀の年寄りの閨に潜りこむわけがない。単なる親切心よ。知っておるであろう、わたしは女子には優しいのだ」

「そういうことにしておこう」

隼之助は足を速めて、石原橋を渡った。東に延びた道沿いに、細長く町屋がもうけられている。堀に面した南本所石原町の裏店が、おとくの新しい住まいだった。時刻は六つ半頃（午後七時）だろう。ほとんどの家にはまだ明かりが灯《とも》っているものの、すでに寝ているのか、明かりが消えた家もある。

六

「家はどこだろうな」

　隼之助の言葉に、すかさず才蔵が動いた。

「確かめて参ります」

　常にぬかりのない使える男は、波留のことに気づいたかどうか。いつもと変わらぬ表情から、それを読み取ることはできない。路地奥の井戸に走って、野菜を洗っていた女に話を聞いてきた。

「その家のようです」

「すまぬ」

「わたしたちは、木戸のところにおりますので」

「わかった」

　仰々しいことだと、皮肉が出そうになったがこらえた。正直なところ、隼之助も野太刀示現流は心底、おそろしい。行き過ぎのように思えなくもない護衛役も致し方ないことかもしれなかった。

「おとくさん、隼之助です」

隼之助は戸口で呼びかける。

「あら、まあ、ちょっと待ってくださいよ」

憶えのある声が、やけに懐かしく感じられた。〈信夫屋〉で蕎麦を打ち、おとくと一緒に立ち働いていたのは、ほんの数日前の話なのに、遠い昔のように思える。異様な恐怖を味わわされたせいだろうか。平安きわまりない裏店の風景に、なんとなく違和感を覚えていた。

「まあ、本当に隼之助さんだわ。わざわざ来てくれたんですか」

おとくは満面の笑みで出迎えた。

「こんな遅くに申し訳ありません。おとらさんから言伝《ことづて》を聞きまして、飴売りがうまくいっているかどうか、一度、様子を見てみようと」

「今、作っているところなんですよ。こんなところで立ち話もなんだから、あがってくださいな」

「失礼します」

土間に足を踏み入れただけで、ふわりとした暖かさに包まれる。竈にくべられた薪《まき》が、静かに燃えていた。土間に六畳間という造りの家は、にわか飴屋と化している。

水飴を温め、何度も引き伸ばして切り、それを笊《ざる》に入れるというのが、『おふく飴』を作る手順だが、切った飴が笊にかなり溜まっている。

「わたしもお手伝いします」

「及ばずながら、それがしも」

二人は井戸で手を洗って、いっとき飴職人となる。隼之助は引き伸ばす役、雪也は飴を切り、飴を包む紙に『福』の字を書く役、おとくは飴を包む役と、自然に役割分担ができていた。

「昨日から売り出したんですよ。そうしたら、八つ（午後二時）には売り切れちまってね。慌てて夕方にまた作りましたよ。十個で十六文は、少し高いかと思ったんだけど、案外、売れるもんだね」

おとくは嬉しそうだった。こういう顔を見ると、無料《ただ》働きの苦労が吹き飛ぶ。

「見世を立て直す商いの屋号を〈だるまや〉にしたんですが、初仕事の首尾は、上々ということでしょうか」

「七転び八起きの〈だるまや〉ですか。いい屋号だこと。すみませんね、隼之助さんにはお世話になりっぱなしで」

「とんでもない。わたしもほんの少しですが、自信がつきました。次からはもっとうまくできるようになるんじゃないかと思っています」

「隼之助さんは器用だから大丈夫、なんでもできますよ。もうこのあたりには、『おふく飴』の名が広まっているんです。明日になれば、もっと広まるでしょうね。あ、そうだ。看板を出したいんだけど」

縋《すが》るような目で見られれば、頷くしかない。

「見世開きの祝いに、わたしが書きます」

「すみませんねえ。小さいのでいいんですよ。見てのとおりの貧乏長屋ですから。でも、看板を掲げれば、それらしくなるかもしれないと思って」

「旦那さんは、ここに引っ越したことを知っているのですか」

隼之助は、飴を引き伸ばしながら訊いた。

「大屋さんに『おふく飴』を渡して、引っ越し先を伝えておいたから、その気があれば、来るでしょうよ。まあ、あたしはもうどっちでもいいけどね。他人の見世を立て直すために、労を惜しまず働く隼之助さんを見て、思いましたよ。逃げてばかりいられないって」

おとくの顔は晴れやかだった。逃げていたのは小金次だけではなかったのかもしれない。ともすれば、娘を喪《うしな》った哀しみに呑みこまれそうになることがあったのかもしれない。

れない。多少なりとも役に立てたのが、素直に嬉しかった。

「ありがとうございます。おとくさんにそう言ってもらえただけでも、〈信夫屋〉さんの手伝いをした甲斐《かい》が……」

「隼之助さん」

遠慮がちな才蔵の呼びかけが響いた。おとくのことを考えて、『様』ではなく、わざと『さん』付けにしていた。隼之助が戸を開けると、木戸の方をちらりと示した。

「先程から、このあたりをうろうろしている男がいるのです。酔っているようで要領を得ませんが、どうも、おとくさんのご亭主ではないかと」

「ご亭主が」

戸口から隼之助は、おとくを振り返る。狭い裏店では話も筒抜け、説明する必要はない。

「酔っぱらいとは話をしたくないよ」

おとくはそっぽを向いた。

「冷たいことを言うな。縁あって所帯を持ったのではないか。とりあえず話をしてだな、これからのことを決めた方がよい」

雪也が男妾《おとこめかけ》にしては、まともな助言を与えた。おとくはいかにも渋々という顔で、答える。

「まあ、それはそうですけれど」

「連れて来てください」

隼之助もわざと丁寧に告げた。その時々の空気を素早く読み、言葉づかいを変えることを、才蔵の姿から自然に学んでいた。よろめくようにして、小金次がこちらに歩いて来る。それにつれて、酒の匂いが強くなってきた。

「わたしたちは、このあたりで」

暇《いとま》を口にしたが、おとくは慌て気味に止める。

「いてくださいな。うちの亭主は酔うとなにするかわからないんですよ。殴られて、口がこーんなに腫《は》れあがったこともあるんだ。あと少しだけ、ね？」

拝まれて、仕方なく立会人となる。隼之助は座敷にあがり、おとくの右隣に腰をおろした。雪也も左隣に座る。戸口にいた小金次は、土間に入って来たが、なにも喋《しゃべ》らない。酒浸りの日々を表すように、青白い顔をして、げっそりとやつれていた。

「なに突っ立ってんだよ」

おとくは喧嘩腰だった。

「酒をやめると約束すれば、もう一度、やり直してもいいけどね。どうせ、無理に決まってるんだ。あたしも覚悟を決めたよ。綺麗さっぱりと別れて、出直すのがいいと思ってさ。飴屋を始めることにしたんだ。大屋さんにその飴を一袋、渡しておいたけど、あんたのことだもの。どこかに置き忘れて……」

「おふく」

小金次はぽつりと言い、右手をゆっくりと開いた。固く握りしめていたのだろう、飴が袋ごと固まって、小石のようになっている。掌《てのひら》の温かさで溶けてしまい、包んでいた袋ともどもくっついていた。が、不思議なことに袋に書いてあった朱い『福』の字だけは、はっきりと読み取れる。

「そうだよ、『おふく飴』だよ。隼之助さんに作り方を教えてもらったのさ。おふくもきっと喜んでいるよ。あたしは『おふく飴』をたくさん売って、おふくの名を江戸中に広めてやるんだ。買いに来る子供たちは、みんな『おふく飴、ください』って来るんだよ。その度に、おふくが笑ってくれる。あたしの頭に浮かぶんだ、おふくの笑顔が。可哀想に、酒で頭をやられちまっているあんたには見えないだろうけどね」

「見えた、見えた、見えたんだ、おれにも」

上がり框に膝《ひざ》で乗り、掌を突き出した。

「この飴を受け取ったとたん、おふくの笑顔が……見えた、本当だ。『おっとう、あたいだよ』と声まで」

不意に小金次は声を詰まらせる。みるまに涙があふれ出した。夫婦は見つめ合い、言葉が出ない。

隼之助は促して、雪也と外に出た。

「おふく、おふくよう、おふくよう」

小金次が泣いている。

天に在《あ》らば比翼の鳥、地にあらば連理の枝

離れかけていた夫婦の手が、今はこの世にいない幼子によって、ふたたび結ばれたのを隼之助は感じている。

爽《さわ》やかな風が吹いていた。

第六章　一滴三度

一

正体のわからない刺客。

お庭番殺しと〈相生堂《あいおいどう》〉の番頭殺しは、同じ者の仕業《しわざ》に思える。だが、神田柳原土手の仏は、違う者の仕業ではないのか。闇師《やみし》の頭《かしら》と思われる金吾、柳原土手の仏が、金吾の手下だったとすれば、それを始末した者は鬼役の味方。野太刀示現流《のだちじげんりゅう》の遣い手は、二人いるように思えるが、はたして――。

二日後の早朝。

「遅い、遅すぎるぞ、将右衛門」

隼之助は、武道場で二人の盟友と朝稽古《あさげいこ》をしていた。

「香坂伊三郎の動きには、とうてい及ばぬ。そんな動きでは、一滴一度も叶《かな》わぬぞ。もっと速くだ、構えを蜻蛉《とんぼ》に戻せ」

「くらえっ」

将右衛門が振り降ろした木刀を、隼之助は難なくかわして、後ろにまわりこむ。今日は番町の屋敷において、弥一郎の婚儀が執り行われるため、三人は〈相生堂〉の奉公を一日だけ休んでいた。昨夜のうちに小石川の新しい屋敷に来て、隼之助は髪を結い直している。稽古着姿になるのも久しぶりのことだった。

「もう一度だ、来い、将右衛門」

「ま、待て、息が」

将右衛門は肩で激しく喘《あえ》いでいる。未明から始めた稽古が、相当、身体にこたえているようだ。噴き出した汗がしたたり、武道場の床はところどころ濡《ぬ》れている。素振りをしていた雪也が身構えた。

「次はわたしの番だ」

「よかろう」

隼之助は身体の力を抜き、目と耳に神経を集中する。雪也が右耳に両腕を付ける右蜻蛉の姿勢を取った。蜻蛉が羽を広げたような、天を突く独特の構えである。

「えいっ」

裂帛《れっぱく》の気合いとともに、雪也は腰を深く落とした。刹那《せつな》、蜻蛉がはばたくように木刀ごと突進して来る。隼之助は余裕をもって避《よ》けたが、すぐさま第二打が放たれる。が、これも軽くかわした。

「遅い」

「違う、おぬしが速いのだ」

「言い訳にしか聞こえぬ。よいか、こうだ」

隼之助は雪也の木刀を取り、右蜻蛉の姿勢を取る。

「気合いとともに腰を沈め、腕の力だけでなく、身体ごと叩きつける。膝《ひざ》を柔らかくし、踵《かかと》を浮かすのがコツだ。足の親指、人差し指、中指の三本だけで、猫足のようにそそっと走る。雪也はまだましだが、将右衛門のは猫足ならぬ、象足よ。どたどたと音がして、とても軽やかとは言えぬ」

「象を見たことがあるのか」

相変わらず喘ぎながら、将右衛門が訊《き》いた。

「あるわけがない。絵で見たことはあるがな」

「それにしても、凄《すご》いな、隼之助は。一度、立ち合うただけで、ようも蜻蛉の動きが、それだけ正確にわかるものよ」

雪也は手拭《てぬぐ》いで汗を拭《ふ》き、懸命に呼吸を整えている。休むことを許さない隼之助に付き合い、二人はかなり真剣に励んでいたが、伊三郎の技はこんなものではない。

「世辞《せじ》を言う間、多少なりとも休めたであろう。さあ、今一度だ。来い」

自然体になって促したが、

「わしはもう駄目じゃ。ちと休ませてくれ」

将右衛門が音《ね》をあげた。その場に座りこみ、汗を拭い始める。右蜻蛉と左蜻蛉を繰り返す雪也を、恨めしげに見あげた。

「おぬしもひと休みしろ。生真面目《きまじめ》に稽古をされては落ち着かぬ」

「だらしのない、酒の飲みすぎだ。一刀流の免許皆伝が泣くぞ。あれだけの相手に出会えたことを喜びと思い、励め」

隼之助は叱責《しっせき》したが、雪也も苦笑いする。

「わたしもちと休む」

「おぬしまでそのような……なさけないことだ」

ひとり、隼之助は幻像の伊三郎を作り上げ、『一滴三度』の技と対峙《たいじ》した。身体ごと襲いかかって来る、避ければ、避けた方角にまた刃が襲いかかる。二度目まではかわせた。三度目をかわすには、もっと速く動かなければならない。

「しかし、驚いたな」

将右衛門はすっかり寛《くつろ》いでいる。

「小石川の屋敷が、武道場まで設けられた旗本屋敷とは思わなんだ。ここは、あれだぞ、三千石級の大身《たいしん》の旗本屋敷ぞ。いやはや、たまげたものよ。母屋も立派だが、武道場は新しく建てたとしか思えぬ。木の香りが実によいではないか」

と、鼻をうごめかして、深呼吸を繰り返した。

敷地面積は約千三百坪、母屋建坪数は約三百坪、建屋坪数は約六百坪。小石川の中でもかなりの広さを有しているのは間違いない。堂々たる風格の旗本屋敷だった。

小石川は、御城の西北にあり、東南方が狭く、西北に広い。丘陵の多いところで、小日向《こびなた》台地、白山台地の崖下《がけした》などには、礫層が露出していたため、伝通院《でんずういん》の後ろと御菜園の間を流れる川を、礫川《こいしがわ》と言い、これが地名になったとされる。

元禄《げんろく》の末頃から、台地の上が整地されて武家地、寺地となり、低い窪地《くぼち》の街道に沿って町屋が拓《ひら》かれた。東は本郷駒込に接し、西は小日向、南は小石川御門外の御堀に限り、北が巣鴨《すがも》まで、乾《いぬい》の方に飛地の雑司《ぞうし》ヶ谷《や》がある。堀に面した木藤家の後ろには、御書院番や御持組の組屋敷が連なっていた。

「木藤様は、隼之助を跡継ぎにと考えておられるのやもしれぬ」

雪也が甘い推測を口にする。

「弥一郎殿には、番町の屋敷、そして、隼之助には……」

「雪也」

隼之助は遮り、鋭く言った。

「相手をしろ」

「わかった、わかった。なにをそんなに苛立《いらだ》っておるのじゃ。にわか仕込みの野太刀示現流では、香坂伊三郎には勝てぬぞ。我が流派の稽古をしようではないか」

「いや、蜻蛉だ。あの動きに目を馴《な》らしておきたい」

「馴らすほど速く打ちこめぬ」

「いいからやれ、と、そうだ。将右衛門も来い。二人一緒であれば、どうにかこうにか香坂伊三郎の速さに並ぶやもしれぬ」

「なんじゃと?」

流石《さすが》に将右衛門の顔色が変わった。

「わしと雪也、二人でようやく一人前と言うか」

のそりと立ちあがって、雪也の隣に立つ。まんまと挑発に乗ってくれたが、本気になったところで、伊三郎の速さに及ぶかどうか。

「まず最初に雪也が右蜻蛉で打ちこんでくれ。打ちこむ動きを見せた瞬間に、将右衛門が左蜻蛉で動け。そして、また雪也が右蜻蛉で打ちこむ。いいな。ほんのわずかずらすだけだ。おれが雪也の打ちこみを避けた先に、将右衛門は遠慮なく突進して来い。三度目は雪也だ。手加減はいらぬ」

「はなから一打目を避けられると決めつけておるな。たいそうな自信ではないか」

色白の雪也の頰《ほお》が朱に染まる。将右衛門は手に唾《つば》を吐きかけ、いっそう気合いを入れた。

「その小憎らしい面に、一撃、浴びせかけてやるわい」

「来い」

軽く両足を広げ、隼之助は、ふたたび目と耳に意識を集めた。三度、避けられれば、かろうじて命を繋《つな》ぐことができるかもしれない。その間に、雪也か将右衛門が反撃の刃を打ちこめるからだ。二度では仏の仲間入りとなるのは必至。いやでも真剣にならざるをえなかった。

「えいっ」

右蜻蛉に構えた雪也の一撃を、隼之助は素早く避ける。そこに将右衛門の左蜻蛉が襲いかかった。右の首筋めがけて振り降ろされた木刀を、いち早くかわしたそこに、三度、雪也の右蜻蛉が振り降ろされた。

——見えた！

間一髪、隼之助は後ろに飛んだ。と、将右衛門が四度目の攻撃を仕掛ける。左蜻蛉ではなく右蜻蛉で突進して来た。

「う」

左肩に振り降ろされる直前で木刀が止まる。隼之助は硬直した。右蜻蛉と左蜻蛉、わかっていれば避けられるが、今のように不意を衝かれると避けられない。

「どうじゃ、参ったか」

将右衛門は得意げに胸を張る。

「まあまあだな。だが、伊三郎の蜻蛉はもっと速いうえ、自在に左右を使い分ける。あれは頭で考えて使《つこ》うているのではない、身体が自然に動くのだ。抜き打ちもまさに一瞬よ。なにげなく擦れ違い、ひと呼吸、いや、半呼吸する間に、相手は地面に沈んでいる。よほど目のいい者でなければ、動きをとらえることはできぬだろう」

「もう一度、やるか」

雪也も本気になってきた。

「頼む」

なんとかして三度目までは、と、真剣になったとき、

「やっておるな」

多聞が姿を見せた。

二

「これは、父上」

隼之助と盟友は、畏《かしこ》まって、朝の挨拶《あいさつ》を告げた。戸口には才蔵が控えている。隼之助は内心、冷やひやしていた。

――波留殿のことを話したのではないか。

一昨日、〈相生堂〉に来た波留と佳乃。才蔵はなにも訊かなかったが、たまたま来たとは思うまい。佳乃は雪也の妹ゆえ、兄の様子を見に来たと思ってくれるかもしれないが、波留は水嶋家の二女だ。雪也の相手と勘違いしてくれればいいが、それはむずかしいのではないだろうか。

挨拶の後、

「この屋敷はどうじゃ」

多聞は言った。不気味なほど機嫌がいい。

「は。真新しい木の香りに、身の引き締まる思いでございます」

「ここは急ぎ、手直しさせたが、新しく建てたような出来であろう。奉公人の数も増やした。むろん、そなたの部屋もあるぞ」

「え?」

一瞬、胸に浮かんだ淡い期待を、多聞はこともなげに打ち砕いた。

「お庭番の長屋にの」

皮肉な笑いに、己の甘さを思い知らされたが、いつものことなので深く考えないようにする。淡々と多聞は、雪也と将右衛門の御役目についても口にした。

「殿岡の三男坊と、将右衛門の部屋も用意した。御役目のないときは、用心棒として、ここに詰めるがよい」

「二人もこの屋敷に」

当惑して、隼之助は、盟友たちと顔を見合わせる。破格の扱いといえた。盟友たちはこれで明日の糧《かて》を案じなくても済む。しかし、なぜなのだろう。機嫌を損ねたくはないが、訊かずにいられない。

「なぜ、小石川にも屋敷を賜《たまわ》ったのですか」

「守るためよ」

あっさりと答えて、誇らしげに続けた。

「屋敷の前には堀、後ろには組屋敷が連なり、呼び掛ければ、いつでも助っ人が飛んで来る。大御所様のご命令でな。ありがたいことじゃ」

「では、番町の屋敷は、どうなるのですか。弥一郎殿もここに引っ越して来られるのではないのですか」

「弥一郎には、あの屋敷じゃ。所帯を構えるゆえ、あそこを与えた。表立った寄合などは、番町の屋敷で行うが、鬼役の密議を執り行うのはこの屋敷よ。お庭番たちの長屋と詰所も設けられておる。これで色々と、やりやすうなるわ」

「…………」

隼之助と盟友は、もう一度、視線を交わし合った。この事実を弥一郎が知ったとき、どうなることか。三千石級の広さを有した旗本屋敷、お庭番の長屋と雖《いえど》も、妾腹《めかけばら》の子がそこに部屋を与えられて、盟友たちも一緒に住む。ただでは済むまい。

「弥一郎殿はご存じなのですか」

返答は想像できたが、これまた訊かずにいられない。多聞は想像以上に冷ややかな答えを返した。

「当主のご機嫌伺いをしろと？」

いちいち言うことではないわ、鬼役はこのわしじゃ、文句は言わせぬ。口にしたわけではないが、多聞に引き取られたときから、隼之助は人の心を読むことに長《た》けている。

「金井家に盗っ人が入ったと聞きましたが、なにか盗られたのでございますか」

露骨に話を変えたが、多聞はむしろ嬉《うれ》しげだった。

「二十両ばかり盗まれたとか。金井殿が気づき、家僕とともに斬りつけた由。何人か怪我をしたようじゃ」

「怪我人が出たのですか」

「うむ。刺客《しかく》と思《おぼ》しき者が、落としていった印籠《いんろう》のことだが」

今度は多聞が話を変えた。思いつくまま口にして、話が飛ぶのはいつものこと。井戸で血を洗い流していた男が、落としていったという印籠に心を向ける。三郷母子《おやこ》に伝えた事柄が、そのまま多聞に伝えられたに違いない。

「中に入っていたのは、台湾産の砂糖だと、そなたは言うたとか」

多聞の確認に、頷《うなず》き返した。

「はい。抜け荷の見本として、持ち歩いていたのではないかと思います次第。羽州や奥州の大名家に、売るつもりなのやもしれませぬ」

「薩摩《さつま》の砂糖も、かなり流れておるであろう。近頃は、讃岐《さぬき》の三盆白《さんぼんじろ》に押され気味じゃ。せめて羽州や奥州にと、躍起になっておるのやもしれぬ」

「殺《あや》められた三人につきましては、いかがでございまするか。なにか手がかりがつかめましたか」

「まだじゃ」

「どうも気になっております。番町の屋敷に行く途中、仏が見つかった場所に、行ってみたいのですが宜《よろ》しいでしょうか」

「なんのために？」

「わかりませぬ。なにかが見つかるやもしれぬと」

「よかろう」

答えて、多聞は、ぽんとなにかを投げてよこした。宴《うたげ》の膳《ぜん》を記した品書きだったが、意味をはかりかねて困惑する。

「これは」

「本日、薩摩藩の下屋敷において行われる花見の宴じゃ。気づいたことがあれば言うてみよ」

いつもの技試しだと思った。どの程度、力量がついているか、日本各地を旅させたことが多少なりとも身についているのか。多聞は無言で答えを待っている。

「花見の宴にしては、ちとおかしいように思います」

隼之助は慎重に答えを選んだ。

「なにがおかしいのじゃ」

「膳に出るのは一汁と記されておりますが、これは膳が食事だけのときに用いられる表現。酒が出るときには、吸物と称するのが常でございます。酒の出ない花見の宴席などはありませぬ。従って、密談の疑いがあるのではないかと」

「ふん」

満足げに鼻を鳴らした。

「悪くない答えだが、先に『密談の疑いあり』と告げればなおよかったやもしれぬ。結論を先に告げ、聞き手の気持ちを鷲掴《わしづか》みにするのが肝要よ。密談の二文字が出れば、人は興味を持ち、おのずと真剣に聞くようになる」

「ご助言、ありがたく頂戴《ちょうだい》いたします」

「そういうことのようじゃ。才蔵、手筈《てはず》を整えよ」

「は」

「仏が転がっていた場所巡り、止めはせぬが、刺客は野太刀示現流。あまりうろうろせぬ方がよい。それから、〈相生堂〉には二人の代わりの用心棒を送っておいた。将右衛門の盟友ということにしてある。口裏を合わせよ」

「畏まりました」

「飯を食うたら、表の中庭に来い。三人ともじゃ」

「ははっ」

三人が頭をさげると、多聞は外に出て行った。だれからともなく吐息が洩《も》れる。将右衛門が口火を切った。

「緊張するのう」

「右に同じじゃ。品書きの謎《なぞ》かけには、思わず冷や汗が滲《にじ》んだぞ。答えられてよかったではないか」

盟友たちの言葉には、苦笑いを返すしかない。

「今の裏店《うらだな》に住むまでは、あれが常よ。慣れるというよりは、無理やり慣らされたという感じだな。ゆえに、おれは父上のもとに来たときから肩凝りがひどい」

「然《しか》り」

将右衛門の豪快な笑いに、遠慮がちな呼びかけが割って入る。

「隼之助殿」

花江が戸口で微笑を向けていた。

「朝餉《あさげ》の支度が調いましたよ。汗を拭き、顔を洗うて、着替えなされ」

「はい」

「飯じゃ、飯じゃ。いくらお代わりしてもいいというのは極楽よ。隼之助様々じゃ。ほんにありがたいことよ」

満更、世辞とも思えない将右衛門の言葉を聞きながら、隼之助たちは武道場の外に出た。風は少し強いが、空は晴れわたっている。この分なら夜も雨に降られる心配はなさそうだ。

「広くて、迷いそうです」

隼之助たちは井戸に向かったが、まだ屋敷の図が頭に入っていない。花江が先に立って案内してくれる。

「井戸はこちらですよ。わたしも引っ越して来たときは吃驚《びっくり》しました。まさか、これほど広い屋敷だとは思いませんでしたから」

武道場の近くには、御裏門棟、御馬屋棟などが、屋敷を囲う塀沿いに建てられていた。お庭番の長屋なども母屋や奥御殿を守るように、ぐるりと屋敷を取り巻いている。贅《ぜい》を尽くした造りではないが、表の間には、使者の間や客の間、詰所、書院などが配されて、屋敷の規模に恥じない威容を見せている。

「義母上《ははうえ》もご存じなかったのですか」

「ええ。旦那様は小石川ということだけしか、仰《おっ》しゃいませんでしたからね。急に奉公人が増えたので、目がまわりそうな忙しさですよ。でも、奉公人のほとんどはお庭番なので、却《かえ》って動きやすいぐらいです」

もとはお庭番の女ゆえ、仲間がまわりにいてくれれば、心強いのは確かだろう。井戸に案内した花江は、軽く袖《そで》を引き、隼之助を呼んだ。

「なにか？」

「お父上は、なにも仰しゃいませんでしたか」

それだけで話の内容はおおよそ見当がついた。が、自分の口から語る勇気はまだない。隼之助は曖昧《あいまい》に答えた。

「幾つか御役目の話をしましたが」

「隼之助殿」

とたんに、花江の表情が真剣になる。

「心に決めた女子《おなご》がいるのではありませんか。それならば、お相手を教えてください。わたしの口から旦那様に、お話ししてみます」

探るように眸《め》が動いた。それでもまだ迷っている。愛《いと》おしい波留、〈相生堂〉に来たのも、隼之助を案じるがゆえだ。おそらく三郷のことも雪也から聞いているだろう。不安で不安でたまらず、佳乃とともに様子を見に来てくれた。波留の想いが痛いほどわかる。中途半端な態度を取れば、苦しむのは波留だけではない、三郷もだ。

「妻にしたいと考えている女子がおります」

意を決して言った。

「どなたですか」

「水嶋波留殿です」

名を口にしただけで、かっと身体が熱くなる。噴き出しそうになる情熱を、迸《ほとばし》りそうになる想いを、懸命に抑えた。微妙に空いた間に、驚きと困惑が表れている。膳《ぜん》之五家《のごけ》のひとつであることは、当然、花江も知っている。

「そう、でしたか。水嶋家の」

「波留殿も承知です。どんな苦労もいとわぬと言うてくれております。父上のお許しをいただけぬのであれば、家を出て、波留殿と所帯を持つ覚悟です」

早口で言い添えた。薄々話の内容を察しているのだろう、井戸にいる盟友たちが、ちらちらと視線を向けている。見守っている様子があった。

「義母上」

「わかりました」

花江は顎《あご》をあげ、きっぱりと言い切る。

「わたしにまかせてください。旦那様にお話ししてみます。隼之助殿はなにも言うてはなりませぬ。宜しいですね」

「はい」

これで、とにかく一歩、踏み出した。隼之助は安堵《あんど》の吐息をつく。雪也と将右衛門も笑っていた。

三

「よかったではないか。これで、おぬしの祝言も近々ということになるであろう。やれやれ、独《ひと》り寝の寂しさを味わい続けるのは、わたしひとりとなるか」

雪也の祝福を、将右衛門は愚痴まじりの言葉で継いだ。

「独り身けっこう、わしは戻りたいほどじゃ。所帯を持つと気苦労が絶えぬ。『おまえさま、もう米がありませぬ。そろそろ子供に手習いをさせなければなりませぬ』とまあ、金がかかること、かかること。稼ぐそばから消えていくものを、わざわざその地獄に足を踏み入れるとは」

「地獄は言いすぎであろう。礼金をもろうた日などは、いそいそと帰るではないか」

隼之助の揶揄《やゆ》に、意味ありげな笑みで答える。

「それは、そうじゃ」

その夜だけは、いつも素っ気ない妻も、夫の要求に応えてくれるに違いない。笑いながら三人は朝餉を終えた。

「隼之助様。お支度は調いましたか」

才蔵が様子を見に来る。お支度の部分で、三人同時に苦笑いしていた。どうにか明日の糧を得られる身になったようだが、多聞が花江から波留の話を聞けばどうなることか。

「支度は調いました」

「では案内いたしますが、その前にひとつだけ、お知らせがございます。長屋のおとら婆さんによると、石川徳之進の使いが訪ねて来たとか。また案内してほしい場所があるとのことですが、刺客の狙《ねら》いは彼《か》の者であるかもしれません。うまく断りの返事を出しておいた方がいいのではないかと」

「石川様か」

狙われているのが本当に徳之進であるならば、わざと行動をともにして、刺客をおびき寄せるという策もある。

「明日の夜にでも伺うと伝えてくれぬか。仔細《しさい》はあとで話すゆえ」

「立派な受け答えじゃの、隼之助。まるでこの屋敷の主のようではないか。ははーっと、われらもかしずかねばならぬな」

将右衛門の皮肉に、すかさず答えた。

「才蔵さんの『お支度』に合わせただけのことよ。それに、この姿がな、言わせているように思えなくもない。袴《はかま》を着けたとたん、言葉づかいや立ち居振る舞いが変わるのは、未熟者の証《あかし》であろうさ」

「なるほど。では、いざ、参ろうぞ」

将右衛門の掛け声に、ははーっと笑いながら畏まる。多聞は表の中庭に来いと言ったが、隼之助はさして深く考えていなかった。膳所を出て長い廊下を進み、御殿様御殿として使われている棟に出る。

御玄関棟、御殿様御殿、奥様御殿というふうに、表門から順番に建てられており、御玄関棟と御殿様御殿の間に手入れの行き届いた中庭が設けられているのだった。

「おい」

と、まず将右衛門が声をあげた。

中庭に何十人ものお庭番が勢揃《せいぞろ》いしている。平伏したまま顔をあげる者はいない。軽く五十人はいるだろう。一糸乱れず畏まり、主の言葉を待っている。

――父上は、なにを考えておられるのか。

いつもは冷静な隼之助も流石に狼狽《うろた》えた。鬼役の後継者にと本気で考えているのだろうか。いや、そういうふうに見せかけておいて、弥一郎をその座に据えるつもりに違いない。鬼役の影武者、いざとなれば、命を捨てて、当主を助けるのが隼之助の役目。そこまで考えたとき、

「父上」

多聞が現れたため、廊下に跪《ひざまず》いた。中庭は水を打ったように静まり返っている。五十人以上、いるはずなのに、人がいないかのごとき、静寂に包まれていた。

「みなも知ってのとおり、刺客は、野太刀示現流の遣い手じゃ」

多聞の挨拶は、簡潔、かつ厳しかった。

「すでに、ひとり、仲間の命が奪われておる。番町の金井家に入った盗っ人も、物盗りのように見せかけておるが、あるいは敵が放った賊やもしれぬ。まだまだ犠牲者が出よう。敵の狙いはただひとつ」

ひと呼吸、置いて、告げる。

「『鬼の舌』じゃ」

「…………」

隼之助は慄《ふる》えた。これは事実上の後継者宣言ではないか。平伏しているお庭番は、むろん隼之助を見ていないが、全員の『目』が注がれているのを感じた。弥一郎の婚儀が執り行われる日を選んだとしか思えない。

――弥一郎殿の婚儀の日にちを、父上がぎりぎりまで伝えなかったのは、襲撃を警戒してのことやもしれぬな。

そう考えた後、

――波留殿のことを話しておいたのは、よかったやもしれぬ。

とも思っていた。あれを聞けば多聞も考えが変わるのではないか。事前になんの話もなく、この場に同席させたことに、内心、激しい憤りを覚えている。いつも、いつも、これだ。勝手に決め、逆らうことを許さず命じる。しかし、波留との祝言を許してくれない限り、二度と従うつもりはない。

——おれは父上の人形ではない。

隼之助は下唇を噛《か》みしめる。

「これは戦《いくさ》じゃ」

多聞はさらに言った。

「血で血を洗う戦いになるは必定《ひつじょう》。命を懸けよ。我が身をもって『鬼の舌』を守りぬけ。拷問されようとも口を割ってはならぬ、ひと言も話してはならぬ。裏切り者には死あるのみ、親類縁者にいたるまで、拷問にかけたうえ、斬り捨てる。覚悟せよ。よいな」

ははっと、見事に声が揃った。ひとりが立ちあがって、隼之助に会釈し、その場をあとにする。次にまたひとりというふうに、全員が同じ所作で礼と忠誠を示した。これで隼之助は自由を奪われたも同然だ。今まで以上の見張りが付くのは間違いない。

「隼之助、来い」

多聞に呼ばれて、立ちあがる。現れるのが少し遅れたのは、花江に話を聞いたからだろうか。駄目だと言われるのはわかっていたが、これだけは譲れない。波留の想いに応えるため、己の想いをつらぬくため、なにがなんでも認めさせる。

——これは戦だ。

と、多聞の言葉を、心の中で繰り返した。背中に雪也と将右衛門の、不安げな視線を感じている。ようやく奉公先が決まったと、安堵する間もなく、この騒ぎだ。想いをつらぬくのはすなわち、二人から職を奪うことでもある。迷惑をかけてしまうのが辛《つら》かった。

「閉めろ」

書院に座した多聞は、障子を閉めるよう命じた。閉める寸前、廊下の向こうに立つ盟友たちが目に入る。

〝われらのことは案ずるな〟

とでも言うように、二人は大きく頷《うなず》き返した。それに対して隼之助も会釈を返し、障子を閉める。あまりにも話が早く進みすぎることに戸惑いを覚えていた。鬼役の後継者宣言の後は、妻になる女子の話と、驚きの連続だったが、多聞はいつもと変わらない。

「花江に話は聞いた」

単刀直入に切り出した。

「三郷ではだめか」

「はい」

隼之助もよけいなことは言わない。ただ眸にありったけの想いをこめた。多聞はひとつ、吐息をつき、訊《たず》ねる。

「水嶋殿の家は確か」

「女子ばかりです、娘が三人おります。長女の奈津《なつ》殿が、近々、御目付様の家と縁組みなさる由。婿を取ることになっております」

気が急《せ》いてしまい、舌を嚙みそうになる。何度も唾を呑み、次の言葉を待った。厳しい叱責を浴びせかけられるかと思ったが、

「どこに惚《ほ》れた」

意外な問いかけを発した。

「ひと言では申せませぬ」

「されど、危険な御役目じゃ。それはそなたもわかっておろう。妻子とて安穏《あんのん》としておられぬ。ゆえに、わしはお庭番の女《むすめ》と娶《めあわ》せようと思うたのよ。お庭番の女であれば、我が身ぐらいは守れるゆえ」

「わたしが守ります」

隼之助は、平伏する。

「波留殿と所帯を持つことが叶いますれば、この身は終生、公方様《くぼう》に捧《ささ》げる覚悟。どのようなご命令にも従います。危険な御役目にも自ら進んで参ります。どうか、どうか、お聞き届けいただけますようお願い申しあげます」

返事はない。顔をあげるのが怖くて、平伏し続けている。やはり、だめか。鬼役の後継者宣言が行われたその日に、木藤家と縁を切ることになるとは……。

「わかった」

多聞は答えた。

「え？」

隼之助は驚いて顔をあげる。今、父上はなんと申されたのか、おれの聞き間違いではないのか。問いかけの眼差しに、多聞は一語、一語、区切るようにはっきりと言った。

「聞こえなんだか、わかったと言うたのじゃ。水嶋殿に話してみよう。あれこれと条件を出されるであろうが、致し方あるまい」

「ま、まことでございますか、父上、まことに波留殿と」

迸りそうになった激情を、多聞はひと言で止める。

「くどい」

「は」

「急ぎ、水嶋殿とそういう場を持つが、確かな話になるまでは他言無用。三郷も連絡《つなぎ》役として、今のまま〈達磨店《だるまだな》〉に住まわせる。わかったか」

「承知いたしました」

そう答えたが、まだ実感が湧《わ》いてこない。ここにいる多聞は、狐《きつね》か狸《たぬき》が化けているのではなかろうか。

——波留殿と所帯が持てる。

隼之助は心の中で、繰り返していた。

自分に言い聞かせるように、そして、波留に呼びかけるように……まさにその名どおりの、春の訪れかもしれなかった。

比翼連理《ひよくれんり》。

脳裏に、『相生の松』が浮かんでいる。あの松の枝のように、波留と固く手を結び、助け合う日々が訪れるのもそう遠くない。

湧きあがる喜びを嚙みしめていた。

四

「天にも昇る心地とは、まさに、このこと。信じられぬ。足もとがふわふわして、雲の上を歩いているようだ」

隼之助は喜びを抑えきれない。

「頬をつねってみてくれ、雪也。足を踏んでみてくれ、将右衛門」

「どうしようもないな」

「まあ、しばらく言わせておけ。おっと、本当に踏んでしもうたわ」

「いたたた、将右衛門。痛いではないか」

「踏めと言うたゆえ、踏んだまでのことじゃ。気持ちはわからぬでもないが、まだ所帯を持てたわけではない。浮かれすぎると、あとでとんでもないしっぺ返しをくらうやもしれぬぞ。なにしろ、相手はあの木藤様じゃ。なにを企んでおられるのやら、よ」

将右衛門の呟《つぶや》きに、冷や水を浴びせかけられたような気持ちになる。

「たまには、まともなことを言うな」

「わしはいつでもまともじゃ。波留殿と祝言をあげさせてやると、餌《えさ》をぶらさげつつ、思うままに操る。ありそうではないか」

「うむ」

「よさぬか、将右衛門。せっかくの目出度《めでた》い話に、水を差すでない。そら、見ろ。落ちこんでしもうたではないか。暗い気質の隼之助が、こんなに興奮するのは、一生のうちに一度あるかないかぞ。少しの間、いい気分にさせておいてやれ」

「おれは暗い気質ではない」

「では、明るいと思うておるのか」

「明るいとまでは言えぬやもしれぬが、決して暗いわけでは、いや、そんなことはどうでもいい。とにかく、波留殿を嫁女にできる、祝言をあげられる。おれは嬉しい、嬉しくてたまらぬ。たとえ企みが裏に隠れていようとも、所帯を持てれば言うことはない。父上のご命令どおりにご奉公する覚悟よ」

話しながら、笑いながら、三人は湯島聖堂の近くに来ていた。むろん後ろには才蔵、前にはお庭番が歩いている。他にも何人かいるようだが、今の隼之助には、それらの疎ましささえ、歓迎すべきものとして映っていた。

聖堂は、昌平《しょうへい》橋の外、神田川沿いに建てられている。元禄三年（一六九〇）、五代将軍綱吉《つなよし》公が、上野忍ヶ丘にあった孔子堂《こうしどう》を、湯島に遷《うつ》したのが始まりとされる。同四年に大成殿が落成して、聖像をここに遷したが、その後、数度の火災に遭《あ》いながらも再建拡張され、昌平坂学問所として、代々林家が大学頭《だいがくのかみ》となっていた。

湯島一丁目から六丁目は、板橋街道であり、将軍日光御社参の御成道《おなりどう》でもあるため、人通りは少なくない。神田明神の周辺ほどではないが、行商人や旅姿の男女が忙しげに行き交っている。

「〈井筒屋〉の番頭が、殺《あや》められていたのは、どのあたりなんだろうな」

隼之助がちらりと後ろを見ただけで、才蔵が意を読み取った。

「ご案内いたします」

すみやかに前に出ると、先を歩いていたお庭番が、さりげなく後ろに移る。こういった行動にも、鬼役である多聞の強い支配力が表れていた。その場にいなくても、思うまま操れる力。隼之助自身も少なからず、影響を受けているという自覚がある。

「わたしと将右衛門は、用心棒役の首が繋《つな》がってありがたいが、隼之助はわれらほど気楽に考えられまい。木藤様の跡を継ぐのは、並大抵の苦労ではないぞ」

雪也の口から代弁するような言葉が出た。お庭番の動きを見て、似たようなことを感じたのはあきらか。隼之助は即答する。

「木藤家と鬼役の跡継ぎは、おれではない、弥一郎殿だ」

「されど、あれは事実上の跡継ぎ宣言ではないか。お庭番が、ひとり、ひとり、立ちあがって、おぬしに挨拶をした。他人事《ひとごと》ながら、わたしは鳥肌が立ったぞ」

「わしもじゃ。みな真剣な眸をしておった。後継者への敬意と忠誠が、両の眸に浮かんでおったわ。広い屋敷に、忠実な手下、おまけに想い続けた女子を嫁女にとなれば、もう言うことなしではないか。いいのう、隼之助は」

「なにを言うておるのだ、よく考えてみろ。隼之助が出世すれば、われらも御役目にありつけるやもしれぬ。夢は幕府の中枢よ」

「そうきたか。ふむ、なるほど。ありえぬとは言い切れぬな。せいぜい用心棒役を真面目に務めるとするか」

　盟友たちの会話を、複雑な思いで聞いている。しょせんは妾腹の子、鬼役にはなれぬと思いつつ、もしかしたら、という気持ちも捨てきれない。お庭番を使いこなせなければ、鬼役としての務めははたせない。才蔵を付け、三郷と娶《めあわ》せようとしたそこに、多聞の真意が表れているのではないか。しかし……と、終わりなき迷路にはまりこんでいる。

「こちらです」

才蔵に呼びかけられて、現実に気持ちを戻した。左右に武家屋敷が連なる道を抜け、少し広い通りに出る。左角は湯島一丁目で、わずかばかりの町屋が立ち並んでいた。

「このあたりか」

隼之助の問いかけに、才蔵は首を振る。

「いえ、亡骸《なきがら》が見つかったのは、この通りではありません。聖堂の西にある桜の馬場です。人目につくのをきらったのでしょう」

才蔵を先を歩かせて、三人は後に続いた。桜の馬場もまた元禄三年に、聖堂が遷される際、上野から遷された馬場である。たまたま湯島にも馬場があったことから、これを桜の馬場と名付けて、桜、楓《かえで》、柳などを植え込んだのだった。

かつては花の咲く頃に、見物人も多かったが、おいおいと立ち枯れてしまい、風折れして今は一株の桜樹もなく、ただ名のみが昔を偲《しの》ぶだけの馬場——的場になっている。

「このあたりのようです」

と、才蔵は、立ち枯れた一本の桜の根元を指さした。眩《まばゆ》い陽射しが振り注ぐ今も、どこか寒々とした薄気味悪さを覚える場所だ。呼び出されたとしても、まず警戒する場所であるように思える。

「〈井筒屋〉の番頭、伝五郎だったか。相当、親しい者に呼び出されたか、あるいはだれかの名を騙《かた》り、伝五郎を呼び出したか。常日頃、ここで密談をしていたのやもしれぬな。そうでなければ来ないだろう」

隼之助の考えを、才蔵が継いだ。

「つまり、連絡《つなぎ》のやり方などを知っている者ということになりますね。伝五郎と親しかったのでしょうか」

「うむ、親しかったやもしれぬ」

自然に、香坂伊三郎を思い浮かべていた。伝五郎を呼び出して、いつもどおり連絡を取るふりをして、斬る。

「金は持っていなかったのか、それとも盗《と》られたのか。もしかすると、伝五郎は西本願寺に上納金を納める役目を担っていたのではないのやもしれぬ。それを納める相手に、上納金を渡す役目だったのやもしれぬ」

「こうは考えられませんか。ここで落ち合い、呼び出した者と一緒に、上納金を西本願寺に運ぶつもりだった」

「そうか。となれば、用心棒という名目で刺客も同道するな。〈相生堂〉の女将《おかみ》の贋《にせ》文《ぶみ》で手筈《てはず》を調《ととの》えさせておき、千両箱が二箱、揃ったところで」

隼之助は斬る真似《まね》をした。雪也は馬場の入り口付近で、怠りなく見張り役を務めているが、将右衛門の姿が見えない。

「たいした手がかりはなし、か」

「次は柳原土手ですね。両国西広小路にも、おいでになりますか」

「いや、西広小路はやめておこう。砂糖入りの印籠を、手に入れられただけで充分だ。それにしても、おそらく伝五郎が預かっていたであろう二千両を懐に入れ、さらに抜け荷のおこぼれに与《あずか》ろうとは、此度《こたび》の刺客、相当に欲深いやつと見える」

馬場の入り口に歩きながら、ふたたび伊三郎が浮かんだ。剣一筋の薩摩男という印象を受けた。印籠のことを訊ねたとき、

〝おれは煙草は喫《や》らんのでな。印籠など持っておらぬ〟

生真面目に伊三郎はそう答えた。印籠には薬を入れたりもするが、煙草入れに用いることが多い。盟友たちを恐れ戦《おのの》かせた野太刀示現流の遣い手の、飾りけのない返答が引っかかっていた。

「香坂伊三郎は、金のために人を斬るような男には見えなんだが」

隼之助の言葉に、才蔵が答えた。

「それはわたしも感じました。剣を究《きわ》めることだけに、命を懸けているような気がし

ます。もっとも、すでに究めているように思えなくもありません。そして、どうせなら金がほしいと思ったのかもしれません」

「うむ」

「終わったか」

姿を消していた将右衛門が戻って来た。手には竹の包みを持ち、美味《うま》そうに饅頭《まんじゅう》を頬張っている。隼之助は呆《あき》れ顔で見やった。

「それを買いに行っていたのか。ここに来る道すがら、団子、稲荷寿司、おでんと、目につくものは、片っ端から食うていたではないか。よくまだ入るものよ」

「ちと小腹が空いてしもうてな。それに甘いものは別腹じゃ。要らぬか、そら、おぬしらも食え」

将右衛門の旺盛な食欲を見て、ごく自然に石川徳之進の姿を思い浮かべていた。これでもかというほどに、甘味を食べていた男もまた饅頭を勧めてくれたが……。

「象の饅頭など要らぬ」

隼之助は言い、歩き出したが、ふと気になって振り返る。

「やはり、ひとつ、くれぬか」

「要らぬと言うたではないか。それに象の饅頭とはなんじゃ。象の糞《ふん》のような饅頭という意味ではあるまいな」

「違う。饅頭の皮を作る技が広まったのは、象が渡来したことに関わっているという話よ。饅頭の皮を象の餌に用いていたとか。その結果、一部の職人しか作れなかった皮を作る技が、江戸中に広まり、安価な饅頭が売られるようになったわけだ」

「ほう、安い饅頭の裏にそのような話が、あっ、こら、隼之助。勝手に取りおって。おれの金で買《こ》うた饅頭ぞ」

「饅頭ひとつで、がたがた言うな。図体に似合わぬ吝《しわ》ん坊め」

取り戻そうとした将右衛門の手をかわして、隼之助は饅頭を頬張る。刹那、憶《おぼ》えのある味が舌を刺した。徳之進が〈相生堂〉の高価な饅頭と間違えて渡した饅頭。ぱさついている小豆《あずき》、紙のような味わいの皮、そして、風味のない砂糖と、舌にあのときと同じ不味《まず》さを覚えている。

徳之進は薩摩の郷士《ごうし》、毎夜のように旅籠《はたご》で開かれていた酒宴、鯛《たい》の膳に用いられた笹の葉の改敷《かいしき》、切腹に赴《おもむ》く武士の膳に用いられる改敷。それは徳之進の覚悟を示すものだとばかり思っていたが、酒宴の相手に引導を渡すものだったのだろうか――。

なにかを察したのか、

「いかがなさいましたか」

才蔵が訊いた。

「この饅頭は……企《たくら》みの味がする」

隼之助は言った。もし、思っているとおりだとすれば、次に狙われるのは、徳之進と一緒にいる男、廻船問屋の小頭、松吉かもしれない。

内通者、裏切り者。

徳之進は世話役という仮面を被《かぶ》った刺客なのだろうか。不味い象の饅頭が、なおさら苦く感じられた。

五

野太刀示現流の遣い手、香坂伊三郎は、徳之進を狙っていた。

裏切り者を始末するためだろうか。徳之進は江戸に出て来た者の世話役として、〈相生堂〉にも自由に出入りしている。流れからして〈相生堂〉は、おそらく築地西本願寺への上納金を取り纏《まと》めるための本拠地だ。薩摩からすれば、目の上の瘤《こぶ》、邪魔な存在であるのは間違いない。

——石川徳之進は、薩摩から送りこまれた刺客やもしれぬ。

門徒たちの間におかしな動きが表れているのではないか。味方のふりをして、江戸に来た門徒を殺め、寺に納めるはずだった上納金を奪い取る。内通者の存在に気づいただれかが、香坂伊三郎を密かに配したと考えれば……。

――辻褄《つじつま》が合う、ような気がする。

このうえなく怖ろしい伊三郎に、なぜ、ここまで肩入れするのか、自分でもよくわからない。が、伊三郎は木藤家に伝わる短刀と、隼之助のことを知っているような感じだった。

〝鬼役か。では、斬らぬ〟

あの言葉に偽りはないと思うのは甘すぎるだろうか。味方であってほしいという愚かな願いが、そう思わせてしまうのか。いずれにしても、気の重い話だ。見るからに人の好《よ》い男という印象を受けた石川徳之進を、斬らなければならないかもしれない。斬らなければ、こちらが殺《や》られる。

「それだけは確かだ」

つい声に出た呟きを、将右衛門が聞き留めた。

「なんじゃ、また暗い顔をしておるな。飲め、今宵《こよい》は極上の酒が飲み放題よ。飲んでこの世の憂《う》さを忘れろ」

婚礼は三三九度の杯をかわして、酒宴となっている。隼之助と二人の盟友も御相伴に与《あずか》る格好となり、膳所近くの小部屋で酒を酌み交わしていた。花江が気を利かせて、ここに膳を運んでくれたため、他の者はいない。

「また、とはなんだ、またとは。いつも暗い顔をしておるわけではないぞ」

言い返して、続けた。

「昼間のことを考えていたのだ。食い意地の張っている将右衛門のお陰で、思わぬところから手がかりが得られた。まさか象の饅頭が、石川徳之進の正体を教えてくれるとは」

「されど、わたしには今ひとつわからぬ。石川徳之進はなぜ、昼間、わざわざ桜の馬場に行ったのであろうな。おぬしが言うところの象の饅頭を売る見世は、夕方には見世を閉めてしまうと聞いた。つまり、昼間、買った饅頭をもったいないと思い、石川徳之進は取っておいたわけだが」

雪也の問いかけに、考えながら答えた。

「下見ではあるまいか。桜の馬場を常日頃より密談の場所にしていたことは、充分、考えられるが、もしかすると、敵に気づかれぬよう、その都度、場所を変えていたとも考えられる」

「なるほど。それで、昼間、下見に行ったというわけか」

「思えばあのとき」

と、隼之助は築地西本願寺から、石川徳之進と松吉が出て来たときのことを思い浮かべている。

「石川徳之進は、松吉も殺めるつもりだったのやもしれぬ」

「なにか理由をつけて、早く帰ろうと告げ、二人きりになったのを見計らって斬り捨てる、か。あのあたりは、武家屋敷ばかりで昼間も人気《ひとけ》がない。われらがいなければ、危ないところだったかもしれぬな」

「いや、香坂伊三郎が未然に防いだであろう。逆によけいな手出しをしてしもうたのやもしれぬ」

「されど、真相はわからず終《じま》いになったかもしれぬぞ。香坂伊三郎と話ができたのは、よかったのではあるまいか、と、おい、将右衛門。いいかげんにしろ。木藤様よりきつく申し渡されたではないか。用心棒の御役目を忘れてはならぬ」

雪也は大徳利を取りあげようとしたが、

「おっと、この程度の酒に呑まれるわしではないわ。それに、ここを出るのは日付が変わった頃よ。ひと寝入りすれば酔いは醒《さ》める」

抱えこんで離さない。

「香坂伊三郎には、気圧《けお》されていたではないか、完全に呑まれていたぞ。ま、わたしも人のことは言えぬがな」

苦笑いして、雪也は隼之助を見た。

「石川徳之進は、香坂のことを知っていた。かつては同じ道場で、競い合う仲だったのであろうか」

野太刀示現流をともに学び、友と呼び合う仲だったのではないか。伊三郎の名を告げたときの徳之進は、命を狙われた驚きを隠しきれない様子だった。まさかと衝撃を受けたであろうことは容易に想像できる。

「そうかもしれぬ」

「隼之助の考えどおりだったではないか」

将右衛門が口を挟んだ。

「石川徳之進も野太刀示現流の遣い手で、裏切り者だとすればだ。お庭番と〈井筒屋〉の番頭を殺したのは石川徳之進であろう。そして、神田の柳原土手に転がっていたやくざふうの男を始末したのは、香坂伊三郎ということになる」

「まだ断定はできぬ。されど、鯛の膳に笹の葉の改敷を用いたあれには、やはり、なんらかの意味があったのだろうな。これから始末する相手に対して、侍の礼を払ったのか。それとも香坂伊三郎に斬られるかもしれぬという覚悟の表れか」

「後者であろう。隼之助に斬りつけるのを見た瞬間、わたしは全身に震えが走った。木藤様ではないが、よく助かったものよ」

「おぬしが脇差を投げてくれなければ、今頃は墓の下だ。持つべきものは友よ」

「さよう。ゆえに、今宵は無礼講じゃ」

「と、調子に乗るでない、将右衛門。何度も言わせるな。せめて、此度の用心棒役が終わるまでだけでも酒は控えろ。香坂が味方だと決まったわけではない。二人がかりでも、はたして、やつを仕留められるかどうか」

雪也の率直な制止に、流石の将右衛門も、杯代わりの湯飲みを途中で止める。

「むぅ」

「固いことを言うな。九つ（午前零時）の鐘が鳴るまでは、将右衛門の言うとおり、無礼講よ。その後、少し休んで酔いを醒ましてから橘《たちばな》町の家に戻ろうではないか。ぎりぎりまで寝て、直接、〈相生堂〉に戻ってもかまわぬ。それまでは飲め、思いきりな」

隼之助が間に入って、小部屋の酒宴の再開となる。広間の方からは、賑《にぎ》やかなざわめきが流れてくる。それにしても、と、雪也が言った。

「驚いたな。まさか、膳之五家が勢揃いするとは思わなんだ。それとも、あれか。婚儀や葬儀のときには、体裁《ていさい》を取り繕って、常日頃の諍《いさか》いは腹におさめるのか」

「いや、今までは、まさにおぬしが思うていたとおりの付き合いよ。各家の当主が祝いや香典を携えて訪ね、形ばかりの杯を受けるが、すぐに暇《いとま》を告げるのが常だった。内々の酒宴にまで残る姿など、一度も見たことがない。表向きは親しげに、しかし、裏では冷ややかに他家の非難をするのが、膳之五家の心得《こころえ》だったものを」

いつもながらの皮肉には、複雑な思いが表れていた。波留の話に多聞が一も二もなく乗ったのは、ちょうどいい機会だったように思えなくもない。今まで疎遠だった五家が纏《まと》まる好機。

「よほどの大事《おおごと》やもしれぬ」

不安がつい声になっていた。

「金井家の盗っ人騒ぎにも関わりがあるのやもしれぬな。結束を固めて、戦にそなえる。内輪《うちわ》でつまらぬ争いをしている場合ではないと、当主たちも気づいたのであろうさ。そう考えると、悪いことばかりではないな」

「は。雪也はいつもながら能天気よの。たかだか知れた礼金で、命を懸けねばならぬわれらのことを考えろ。おぬしはまだいい、子がおらぬゆえ、されど」

「その話は、この間も言うたではないか」

早口で遮り、隼之助を見る。

「鬼役の後継者殿は、ようわかっておられるさ。のう、隼之助」

「父上にお願いしてみる。礼金をちとはずんでもらいたいとな。だが、稽古にも身を入れてくれぬことには、叱責を買うは必定《ひつじょう》。少し酒と女を慎み、剣術の稽古に励んでもらいたいものよ」

「はて、なにゆえ女を慎まねばならぬ」

すかさず将右衛門から反論があがる。

「精を放つは、命が抜けることとなり。多淫《たいん》を慎むことができてこそ、剣の道を究めることができると……」

隼之助の答えの途中で戸が開いた。

「おお、なんじゃ、ここは浪人部屋か」

弥一郎が顔を覗《のぞ》かせる。ほろ酔い気分で上機嫌のようだが、後ろには花江が不安げな顔で付き添っていた。おおかた哀れな異母兄弟はどこにいるのかと問い詰め、無理やり案内させたのだろう。

「弥一郎殿。本日はお招きにあずかりまして、祝着至極《しゅうちゃくしごく》。ありがたき幸せに思います次第。心よりお慶《よろこ》びを申しあげます」

隼之助の挨拶に、笑って答える。

「型どおりの挨拶など無用」

どかりと荒々しく音をたてて座った。目付の娘を嫁女に迎えて、木藤家の当主はこのおれだと、意気軒昂《けんこう》な様子が見て取れる。本当に多聞の血を引いているのかと思うほどに、わかりやすく単純な男だった。

「しかし、陰気な宴よの」

小部屋を見まわして、告げる。

「このような暗い部屋で祝杯を傾けるのも惨めであろう。今宵は晴れやかな婚礼の夜じゃ。広間に来て、飲めばよいではないか。おれは心が寛《ひろ》いのでな。隼之助殿が同席しても、いっこうにかまわぬぞ」

名前に『殿』をつけるのが、精一杯のいやがらせ。雪也と将右衛門は、いちおう平伏して、礼を払っていた。

「われらはここで充分です。すぐにお暇いたしますので」

「帰る前に、他家の当主にも挨拶をしていけ。膳之五家が勢揃いした婚礼など、おれは今まで見たことがない。いや、まことに驚いたわ。膳之五家が始まって以来よの。これがなにを意味するか、おまえにはわかるまいな」

得意の絶頂であり、明日への夢と希望が満ちあふれている。意地悪くそれに水を差すつもりはない。愚かにも小石川の屋敷に来たことがないようだが、あの屋敷を見たとき、この男はどうするのか。多聞にたいした屋敷ではない、この屋敷こそが木藤家の本家よ、とでも言われているのだろうか。

有頂天から絶望のどん底へ。

怒り狂う様子が、ありありと浮かんだが、さまざまな思いはすべて心に秘めた。

そんな様子がどう映ったのか、

「おれはな、父上より『鬼の舌』を賜った」

弥一郎は思いもかけぬ言葉を口にする。

六

「え？」

流石に隼之助も目をあげた。

「他の四家にも渡されているようだが、全部、偽物よ。おれに託されたものこそが、真実の『鬼の舌』。木藤家の主として、命を懸けて守れと父上に命じられての。身の引き締まる思いじゃ」

なにも知らされていない、いや、真実はそうなのだろうか。鏡や勾玉《まがたま》、剣といった三種の神器のようなそれが、『鬼の舌』であるというならば、それはそれでいいと思った。どう答えたらいいのか躊躇《ためら》っていると、

「弥一郎殿。今宵の主役が、いつまでも不在では、花嫁が寂しがりますよ」

花江が呼びかけた。

「ふん。張り合いのない男よ。生きているのか、死んでいるのか、ようわからぬ。おれの影として、一生、生きるがよいわ。飯ぐらいは食わせてやるゆえ、安心せい」

捨て台詞《ぜりふ》を吐いて、弥一郎は出て行った。

〝いやな思いをさせましたね〟

花江はそんな会釈をして戸を閉める。とたんに、盟友たちの怒りが爆発した。

「なにもわかっておらぬな。面と向かったのはわたしも初めてだが、あそこまでとは思わなんだ。いやはや、幼い男よ」

「あやつに鬼役は務まらぬわ。木藤様のご判断は、間違《まちご》うておらぬ。さよう、我が友、

隼之助殿こそが、次の鬼役に相応《ふさわ》しい。わしが太鼓判を押してやるゆえ、大船に乗ったつもりでおるがよいわ」

将右衛門は、弥一郎を真似て『殿』をつけ、にやりと笑った。

「二人がおれの分まで腹を立ててくれたゆえ、気分爽快《そうかい》よ。将右衛門がなにか言うのではないかと、内心、気が気ではなかったがな。ようこらえてくれた」

「わしが相手にするのは、まともな男だけじゃ。馬鹿は相手にせぬ」

「しかし、木藤様はどういうおつもりなのであろう。弥一郎殿に表向きの当主、おぬしに鬼役の役目を与えるつもりなのだろうか。わたしが見る限り、鬼役を賜った者こそが、木藤家の真の当主に思えなくもないがな」

「当主云々よりも、小石川の屋敷じゃ」

将右衛門がいつになく真面目な顔になる。

「隼之助もわかっておろうが、ただでは済まぬ。あの馬鹿殿様は、かっとなると、なにをするかわからぬところがありそうじゃ。果たし状を叩きつけるやもしれぬぞ」

「確か弥一郎殿は、直心影《じきしんかげ》流《りゅう》の免許皆伝であったな」

雪也が訊いた。

「うむ。おれも案じているのだが、父上のことだ。うまく取り計られるであろう。案じるより団子汁よ」

立ちあがって、戸を開けた。

「厠《かわや》か」

「そうだ」

「では、酒を頼む」

大徳利を差し出した将右衛門に、冷ややかな目を返しながらも、大徳利を持って小部屋を出る。広間や座敷には明かりが灯《とも》り、庭にはところどころに高張提灯《たかはりぢょうちん》が置かれて、婚礼の夜をあたたかく彩《いろど》っていた。昔であれば我が身を恨み、暗い気持ちになったかもしれないが、自分にも波留がいる。

――まさに春が来た、か。

含み笑い、廊下の先を見た瞬間、

――父上。

隼之助は思わず足を止めた。多聞が手水鉢《ちょうずばち》の前に座りこんでいる。高張提灯に照らし出された顔は、青黒い死人のようだった。腹が痛むのか、胃のあたりを押さえている。声をかけようとしたが、隼之助は動けない。

「坊ちゃま、坊ちゃまではありませんか」

座敷から出て来た年寄りに、呼びかけられて目を向けた。以前、何度か見かけたことのある年寄りが、懐かしそうに見つめている。

「坊ちゃまの乳母《うば》を務めました、きみでございます」

「ああ、おきみさんか」

「隼之助」

何事もなかったかのように、多聞が立ちあがり、来いと目で呼んだ。歩かせてはなるまいと、隼之助は急ぎ、駆け寄る。きみは、振り返りながら、座敷に戻って行った。

「そなたが言うたように、今宵、薩摩藩の下屋敷において、密談が執り行われておるようじゃ。『一汁の宴』よ。抜け荷の話やもしれぬ。あとで才蔵が知らせに来るであろうが、家に戻るときは、くれぐれも用心しろ」

「はい」

身体のことを言おうかどうしようか迷った。どれだけ案じても、返ってくるのは凍りつくほど冷たい言葉。その躊躇《ためら》いを読み取ったに違いない。

「どうしたのじゃ。言いたいことがあるなら申せ」

「いいえ」

慌てて目を逸《そ》らした。

「今宵は都合よく膳之五家が揃うた。水嶋殿に例の話をしてみるつもりじゃ。ちらりと匂わせてみたが、思うていたより手応えは悪うない。結束を固めなければならぬことは、わかっているのであろう」

「は。宜しくお願いいたしまする」

「くどいようだが、家に戻るときは、くれぐれも気をつけろ。殿岡の三男坊たちと必ず一緒に帰るようにせよ。わかったな」

「は」

俯《うつむ》いたまま頷き、通り過ぎて行く父を、肩越しにそっと見やる。常に袴を着けているのでわからなかったが、かなり痩《や》せたように思えた。

——あんなに小さかっただろうか。

なんとも言えない気持ちになっていた。幼い頃、祖母が死んだのを機に、多聞は隼之助を迎えに来た。足早に前を歩く父を、懸命に追いかけたことが甦《よみがえ》る。走っても、走っても、追いつけなかったのに、今、その後ろ姿は頼りなく、弱々しくさえ見えた。

不吉な胸騒ぎが湧いている。

やけに事を急ぐのはなぜなのか。波留のこともすんなり認めた裏には、なにかが隠れているのではないか。

——膈《かく》やもしれぬ。

膈とは、癌《がん》のことである。多聞は気づいているに違いない。それゆえ、焦っている。弥一郎の婚儀をまとめ、次に隼之助と波留、そして、水面下の戦いを続けていた膳之五家の和解、ここにきて急に色々なことが動いたのは……。

「ここにいたのですか」

花江の声で我に返る。

「はい。厠に来るついでに、酒を取りに来ました。将右衛門は無料酒《ただ》となると、底がなくなる飲んべえでございまして」

「お貸しなさい。わたしが入れて参りましょう」

「申し訳ありませぬ」

「用を足したら、隼之助殿が使《つこ》うていた座敷に行ってご覧なされ。お酒はわたしが運んでおきます」

「あ、はい」

「義母上」

座敷になにがあるのか、ということよりも、多聞の様子が気になっている。

「なんですか」

「父上のことですが」

しっと、花江が手で唇を押さえた。

「わかっております」

見つめたその眸に、夫婦の情愛が浮かびあがっている。そう、気づかぬわけがない。濃《こま》やかな気配りをするこの義母が、夫の身体の異変を察知できぬわけがなかった。

「座敷に」

もう一度、目で指してから、花江は台所の方に向かった。隼之助は恐怖に近い不安に襲われる。

——あの父が……まさか、死ぬ？

強さと畏怖《いふ》の象徴、多聞は超えようとしても、たやすく超えられない巨《おお》きな存在だ。情の薄い冷ややかな男だと思ってはいるものの、御膳奉行と鬼役を兼ねるその有能さは、密かに尊敬していた。能吏《のうり》であることにおいては、他家の当主も異論を唱えまい。だからこそ、長年にわたって、木藤家が鬼役の座を守り続けてこられたのだ。

その多聞が死ぬ。

死んだら、木藤家はどうなるのか。御膳奉行は弥一郎、鬼役は隼之助。多聞はそう考えているのかもしれないが、簡単な話ではないだろう。第一、あの弥一郎とうまくやれるはずがない。

——おれはどうすればいい。

自分でも意外なほど狼狽《うろた》えていた。実母を捨てたも同然の父に、怒りと憎しみはあっても、親子の情はないと思っていた。しかし……なにができるだろう。まだ教わらなければならないことが山のようにある。間に合うだろうか、多聞に残された時はどれぐらいあるのか。木藤家が鬼役を続けられる策が、なにかあるだろうか。

「隼之助殿」

行ったとばかり思った花江が、いつの間にか後ろにいた。

「祝いの日に、そのような顔は禁物です。さあ、あちらへ。先程から隼之助殿をお待ちになっておられる方がいるのですよ」

背中を押されるようにして、自室だった座敷に行った。静かに障子を開けて、花江が中に押しやる。

「ゆるりとなされませ」

そこで初めて、隼之助は気づいた。

「波留殿」

「隼之助様」

心細げだった波留の顔に、花がほころぶような笑みが滲んだ。侍の姿で逢うのは、何か月ぶりのことか。隼之助は歩み寄り、顔を見つめながら腰をおろした。

「なにが、どうなっているのですか。父上に同道せよと申しつけられまして、こちらに来たのです。わたくしひとりだけ、この部屋で待つように言われたのですが、もう不安で不安でたまりませんでした」

「案ずるな」

隼之助は、大きく頷き返した。

「そなたを嫁に迎えたいと、父上にお話しした」

「えっ」

波留はしばし絶句する。隼之助の言葉を疑うような女子ではない。衝撃を受け止めるべく、澄んだ眸を真っ直ぐ向けていた。それでも信じられなかったのだろう、

「まことでございますか」

確かめるように問いかけた。

「偽りなど言わぬ。水嶋殿にも内々ではあるが、お伝えくだされたとか。今日、逢えるとは思わなんだが、無礼講とでもお考えになられたのやもしれぬ。おれの口からそなたに伝えられるのは、このうえない幸いよ」

「では、まことに、まことなのですね」

眸がうるみ、声が震えていた。紅潮した顔を見るだけで、隼之助も胸が熱くなる。守らなければと思った。

――なにが起ころうとも波留殿だけは守る。

比翼連理。

天に在らば比翼の鳥、地にあらば連理の枝。

見つめ合う二人の手が、どちらからともなく伸びた。『相生の松』のように、固く結ばれて……。

「隼之助様」

廊下で才蔵の声が響いた。

〝さあ、覚悟のほどを見せてみよ〟

と多聞は告げている。波留との婚礼の前に、示さなければならない。〈相生堂〉の主を守り、敵を斃《たお》せるか。

鬼役としての手腕を試されるときが迫っていた。

第七章　試練のとき

一

翌日の未明。

見世《みせ》に戻った隼之助を待っていたのは、饅頭《まんじゅう》作りの手伝いだった。

「夜明けまでに、あと五百個です。気合いを入れてくださいよ」

番頭の呼びかけに応える者はいない。みな黙々と手を動かしていた。皮を作る職人、餡《あん》を作る職人、それを饅頭にする職人。見世の売りの『相生《あいおい》の松』を、千個、注文したのは、薩摩藩《さつまはん》島津家だった。

——罠《わな》だ。

隼之助はもちろんそう思っている。番頭の話によれば、饅頭を納める役目として主夫婦《あるじ》を名指ししていた。表向きは、後日、開かれる茶会の新作菓子について、話がしたいということだったが、鵜呑《うの》みにするほど愚かではない。

「石川様」

帳場の方で、主の声が響いた。石川徳之進がこんな早朝に何用なのか。耳にも自信はあるが、流石《さすが》に仕事場からは距離がありすぎた。なにか話しているのはわかるが、内容までは聞こえない。

――どうする？

饅頭の皮を作りながら自問した。主夫婦に打ち明けるべきではないか。鬼役の手下だと明かしたうえで助力を申し出る。木藤家の裏紋――龍の紋が入った短刀を見せれば、鬼役であることはわかるはずだ。

〝江戸ばかりでなく、上方や九州、蝦夷《えぞ》にいたるまで、大店《おおだな》の商人であれば、鬼役のことは知っておる。木藤家がその御役目を賜《たまわ》っていることもな〟

別れ際、多聞はあらたまった口調で告げた。

〝前にも言うたが、その短刀は、相手が味方であれば、最大限の効果をもたらすが、相手が敵であれば、そなたの命を危険に曝《さら》すことになる。慎重に使うがよい〟

決めるのは自分だ。現場において、いちいち多聞にお伺いをたてていたら、助かる命も助からなくなる。

──しかし、今は石川徳之進が来ている。

徳之進が刺客《しかく》だった場合、隼之助の正体がそのまま筒抜けになるのは間違いない。むろん鬼役の手下に徹するが、敵は血眼《ちまなこ》になって『鬼の舌』を捜している。鬼役の手下を捕らえたいと思っているのは間違いなかった。

「もうすぐ夜明けです。さあさあ、時がありませんよ」

急《せ》かす番頭の声が、追いうちをかける。主夫婦を守り抜けなければ、とうてい波留を守ることなどできない。

覚悟を決めた。

「申し訳ありませんが」

仕事場を出て、帳場にいた番頭に短刀を差し出した。

「これを旦那《だんな》様に渡していただけませんか。お話ししたいことがあるのです。急ぎお取り次ぎ願えないかと」

「なんだって？」

番頭は、怪訝《けげん》な目で隼之助と短刀を交互に見る。商人の間には広まっている話も、奉公人にまでは伝わっていなかったようだ。

「あとにしてくれませんか。おまえも見ればわかるだろう、今は猫の手も借りたいほどなんですよ。早く仕事に戻りなさい。あと五百個、いえ、四百個になりましたが、とにかく作らなければならないんです。話はそのあとで聞きましょう」

短刀を受け取ろうともせず、うるさげに手で追いやった。見世の土間で見張り役をしていた雪也が、帳場にあがってくる。

「わたしにまかせろ」

「頼む」

友に短刀を手渡して、隼之助はいったん仕事場に戻る。不審げな番頭の視線を感じていたが、一刻も早く手筈《てはず》を整えなければならない。この見世を出たとたん、主夫婦は刺客に襲われかねないのだ。

――はたして、短刀の効き目があるかどうか。

町役人には何度か示したことはあるものの、商人に見せるのは初めて。多聞の言葉を疑うわけではないが、鬼役という役目がどれほど知れ渡っているのか、半信半疑という部分もある。

「主殿がお呼びだ」

と、雪也が告げたときには、心底、安堵《あんど》した。

「才蔵さんを呼んできてくれ。将右衛門もだ」

「わかった」

「え、なんですか。待ってください、なんの話ですか」

慌てる番頭を尻目《しりめ》に、隼之助は前掛を外して、着物に付いた粉を払った。奥座敷に向かいながら頭を整理する。信じてもらえるだろうか。どこまで明かせばいいだろう。

大きく深呼吸して、座敷の外から呼びかけた。

「旦那様。壱太です」

「お待ちください」

主の鉄太郎が答えて、自ら障子を開ける。中には光世と徳之進が座していた。徳之進は刀と脇差を外しているが、懐に得物《えもの》を隠し持っているかもしれない。反撃できる武器は鉄太郎が握りしめている木藤家の短刀のみ。隼之助は座敷に入るのを躊躇《ためら》った。

「いかがなさいましたか」

鉄太郎が訊《き》いた。丁重な態度はすなわち短刀の意味を正確に察したという証《あかし》。徳之進にも伝わっているはずだ。

「少しお待ちください」

雪也たちが来るのを目の端にとらえた後、隼之助は座敷に足を踏み入れる。障子はわざと開けたままにしておいたが、鉄太郎は特になにも言わなかった。徳之進との距離にだけ気を配り、主夫婦の前に座る。

「お若く見えますが、あなたさまが鬼役なのでございますか」

鉄太郎は短刀を掲げて、問いかけた。廊下には音もなく、才蔵が座している。夜明けが近づいたに違いない。雪也と将右衛門の影も、手前の障子越しに見て取れた。

「いえ、配下でございます。宮地壱太と申します。木藤家の短刀は、お頭《かしら》よりお預かりして参りました。いざとなったら、それを見せろと言われまして」

とっさに才蔵の姓を名乗り、木藤隼之助という名は秘した。通り名の隼之助は『鬼の舌』を持っていたとされる祖父が名乗っていたため、もしかしたら、知られているかもしれないと考えたからである。徳之進には本名を告げたので、問いかけられるかと思ったが、なぜか黙っていた。様子を見ているのかもしれない。

「お頭とは、もちろん木藤様ですね」

光世が確認の問いかけを発した。

「さようでございます。〈相生堂〉さんの周辺で、いささか気になる動きがございましたため、われらが密《ひそ》かに配されておりました。廊下に座しておりますのが、わたしの仲間の宮地才蔵です」

紹介されて、才蔵が会釈する。

「殿岡雪也と溝口将右衛門も仲間でございます」

障子越しに二人も会釈したかもしれない。まずは相手を引きつけ、話に引きこむのがこつだという、多聞の教えを心の中で繰り返している。

「お二人はお命を狙《ねら》われております」

教えを実行した。

「すでにお気づきであろうと思いますが、刺客が放たれたのはあきらか。われらは旦那様たちのお命を守れという命を受けております」

「どこまで調べはついておりますか」

鉄太郎は落ち着いている。少なくとも鬼役の手下であることは信じてくれたのだと思い、隼之助も少し緊張が解けた。

「薩摩藩による一向宗の取り締まりが、近頃、特に厳しくなっているとか。取り締まりの役所、宗体座を設け、宗門手札改《てふだあらため》を執り行い、非切支丹《キリシタン》、非門徒であることを確認していると聞きました」

「仰《おお》せのとおりでございます。なぜ、取り締まりが厳しくなったか、その理由はおわかりでございますか」

鉄太郎の問いかけに即答する。

「士族の人口を減らすため、郷士《ごうし》層の門徒を摘発し、農民に身分を移したいというのがひとつ、さらに真宗信仰を中心として、士族と農民が結束すれば一揆《いっき》を起こす危険もあります。それを防ぐためもあるのではないかと」

「はい。ですが、それだけではございません。取り締まりが厳しくなった理由は、もうひとつ、ございます」

お分かりですね。そんな感じの視線に、力強く頷《うなず》いた。

「京の西本願寺において、上納帳を奪い取られたとか。薩摩藩はおそらく莫大《ばくだい》な金品が国の外に流れていることを知ったのではないかと」

「そこまでおわかりですか」

吐息をつき、鉄太郎は言った。

「薩摩藩は築地西本願寺に上納されている金品を、藩に納めさせたいのでしょう。これだけ大規模な取り締まりは、今まではなかったことです。これもご存じだと思いますが、薩摩藩は五百万両という借金の返済を『なかったこと』にしたり、砂糖の専売で利益を独占したりしております。それだけでは足りないということなのでしょうか」

最後の部分は、自問するような感じだった。黒糖は高級品の三盆白《さんぼんじろ》に押されて、昔のような売りあげは期待できない。門徒が寺に納める上納金に目をつけたのは、そんな事情もあるに違いなかった。

「ひとつ、お訊《たず》ねしたいのですが」

隼之助は言った。

「なんでしょうか」

「〈相生堂〉さんの役割についてです。門徒の世話をして、寺に納める上納金を纏《まと》める役目のように見えますが、間違っておりませんか」

「はい。江戸に来た門徒の直接の世話役は、石川様にお願いしております。上納金を纏めるのも、てまえどもの役目です。さらに、もうひとつ、薩摩から逃げて来た門徒を、他国に逃がすという役目もございます」

「薩摩では、門徒が何人も始末されておるのじゃ。目をつけられたが最後、他国に逃げるしか助かる術《すべ》はない」

徳之進の言葉に、思わず反論しそうになったが、こらえた。門徒を始末しているのはだれなのか。お庭番や〈井筒屋〉の番頭を殺《あや》めたのは……。

「もしや、松吉さんもそうなのですか」

隼之助はなるべく徳之進を見ないようにする。

「そう、なのですが」

不意に鉄太郎の目がくもった。

「拐《かどわ》かされてしもうての」

ふたたび徳之進が口を出した。いやおうなく、隼之助は目を向ける。

「いつですか」

「昨日の夕方じゃ。近頃はちと物騒ゆえ、しばらくの間、動くのはやめようということになっての。わしと一緒に〈切目屋〉に泊まっていたのだが、急に姿が見えなくなってしもうたのよ」

「そして、薩摩藩から注文がございました。しかも夫婦二人で届けに来いという仰せにございます。来なければ、松吉さんを始末する。そういうことではないかと思います」

鉄太郎の呟《つぶや》きに、確認の問いかけを発した。

「文《ふみ》が届いたわけではないのですか」

「来ておりません。行けばわかるということではないでしょうか」

「門徒を、仲間を見捨てるわけにはいきません」

光世が悲痛な表情で訴えた。

「鬼役の方々には、どうかお力添えいただきたく存じます」

「おまかせください。われらが必ずやお二人をお守りいたします」

『相生の松』の手が結ばれたまま、この見世に戻してやりたい。どちらかひとりでも欠けてはならない。偽りの屋号を名乗らせるわけにはいかない。

才蔵とともに、隼之助は、見世をあとにした。

二

薩摩藩の下屋敷は、増上寺近くの新堀川沿いに、二軒、並んで建っている。向かいには、二万坪を超える敷地面積を有した中屋敷の海鼠塀《なまこべい》が、七十七万石の威容を誇るように延々と続いていた。主夫婦より先に〈相生堂〉を出た隼之助は、才蔵やお庭番たちを引き連れて、下屋敷の様子を調べ始めている。雪也と将右衛門は主夫婦の用心棒役を務めながら、あとから来る手筈になっていた。

「ご命令どおり、大的場から下屋敷に忍びこませました」

才蔵が図を示して言った。新堀川に面した二つの下屋敷には、細い道を挟んで、それぞれ大的場が設けられている。藩主や藩士の稽古《けいこ》場だろうが、隼之助はそこからまず中に忍びこむよう、指図していた。

「おれは〈相生堂〉の主夫婦を守ることこそが、われらの使命だと思うているが、父上の狙いはそうではあるまい」

図を見ながら呟いた。二人は新堀川の河岸に座り、釣り糸を垂らして、優雅な太公望を装っている。

「おそらくは」

才蔵の短い答えに、多聞の真意が隠れていた。井戸で血を洗い流していた刺客と思《おぼ》しき男が落としていった印籠《いんろう》。抜け荷の見本であろう砂糖が、二軒の下屋敷か中屋敷の蔵に隠されているのではあるまいか。ある程度、下調べを終えているがゆえの推測であるのは間違いない。

二人が座している向こう岸には、増上寺を取り囲む塀が見えている。時刻は午《ひる》近く、背後の一角にはさほど多くはないものの、町屋が控えており、時刻も場所も隠密行動に適しているとはいえなかった。できれば入念な下調べをしたかったが、限られた厳しい条件の中で最高の仕事をするのが鬼役。多聞に試されているのを、隼之助は感じている。

「昨日、こちらの下屋敷において、小さな宴《うたげ》が催されております」

才蔵が手前の下屋敷を目で指した。

「一汁の品書きか」

隼之助は先日の力試しを思い出している。一汁と記された品書きは、食事のみで酒は出ない宴であることを教えていた。昨日は木藤家でも婚儀が執り行われたが、同じ頃、薩摩藩の下屋敷でも密談の場が設けられていたに違いない。

「印籠は持っているな」

隼之助の問いかけに、才蔵は懐を軽く叩《たた》いた。

「はい、ここに」

「それと同じ砂糖を見つけろ、か。父上のご命令は、謎《なぞ》かけか、禅問答のようだな。とてもご命令とは思えぬ」

「ですが、以心伝心、おわかりになられているではありませんか。弥一郎様には無理でございます。それゆえ、でございます。木藤様は、隼之助様を……」

「今は壱太と呼べ」

鋭く遮った。石川徳之進も同道して来ている。中屋敷の様子を見に行っているが、他にも仲間がいるかもしれない。壁に耳あり、障子に目あり。才蔵は素直に詫《わ》びた。

「迂闊《うかつ》でございました。申し訳ありません」

「言うまでもないと思うが、言葉づかいにも気をつけてほしい。ここで指揮を取っている小頭役《こがしら》は、才蔵さんだ。いいな」

「畏《かしこ》まりました」

と、才蔵は目を細めて、隼之助を見つめた。

「なんだ？」

「いえ、わずか一晩で見事なほどお変わりになられたと思いまして。やはり、波留様の存在が励みになるのですね。所帯を構えられる喜びが、男として、ひとまわり大きく成長させたように感じられます」

「それもあるかもしれぬが」

もうひとつ、多聞の身体のことが、隼之助に劇的な変化をもたらしていた。残された時は思っているよりずっと少ないのかもしれない。今日、この場をまかせられたのは、鬼役の後継者として、配下のお庭番たちを得心させる意味もあるだろうが、さらに、多聞自身も「これならば」という手応えを得たいのではないだろうか。

「それもあるかもしれぬが、なんでございますか」

才蔵の問いかけに、小さく首を振る。

「なんでもない。拐かされたのかもしれぬという松吉さんのことだが、〈切目屋〉には見張りがいたはずだな」

いささか厳しい追及になったかもしれない。

「わたしの手落ちでございます」

だれよりも優れたお庭番が殊勝《しゅしょう》にうなだれた。

「人手が足りず、〈切目屋〉の見張り役はひとりしかおりませんでした。石川徳之進と松吉、どちらを見張るかと考えて、引き続き〈切目屋〉を見張ることにしたようです。わたしもそうしたでしょう。松吉が外へ出た隙《すき》に、石川徳之進がだれかと連絡を取ることも考えられますから」

「言いすぎた。すまぬ」

「お気になさいませんよう。わたしは頼もしく感じております。ほとんどのお庭番は、壱太様のよき配下でございますが、中には『若すぎる、どの程度、使えるのか』と、様子を見ている者もおります。厳しすぎるぐらいにやられた方が、みな得心するのではないかと。なんと申しましても、木藤様の後継者でございますから」

笑いを含んだ言葉に、隼之助も笑みがこぼれた。

「あの木藤様の、であろう。まさに鬼役よ」

鬼役も年を取り、病に罹《かか》る。一日も早く安心させて、多聞にわずかでも心安らかな日々を過ごさせてやりたい。頑張らなければ、と、思った。

「第一陣が戻って参りました」

才蔵が手前の下屋敷の海鼠塀に駆け寄る。大的場との間にある細い道に、二人のお庭番が降り立った。大的場を囲っている塀のお陰で、隠密行動が見えにくくなっている。

手前の下屋敷に二人一組で三組、奥の下屋敷にも同じく三組。残る者たちには、要所要所の見張り役を命じている。隼之助と才蔵を含めて、総勢、二十二人が、今回の役目にあたっていた。

「砂糖蔵はあったか」

こちらへ来た配下に、隼之助は確認の意味で訊ねる。砂糖蔵があるのは確かだが、はたして、抜け荷の砂糖があるか否か。多聞は『鬼の舌』に懸けている。

「ございました。なんとか忍びこみ、わずかではありますが、砂糖袋のひとつから抜き取って参りました」

ひとりが、懐から小さな紙包みを出した。

「印籠の砂糖を」

隼之助はまず印籠の砂糖を味見して、台湾産の感触を『鬼の舌』にもう一度、味わわせる。軽やかな心地よい甘さと上品な後味。それらを頭ならぬ舌に叩きこんだうえで、仲間が持って来た砂糖を舌に載せた。

「違うな」

瞬時に告げる。広がったのは、およそ深さの感じられない甘み。じゃりじゃりとした砂のような不快感しか伝わってこない。

「これは阿蘭陀《オランダ》の砂糖だ」

「渡来品の中でも下等品の阿蘭陀産ですか」

「売れ残ったのかもしれぬ。かなり古い砂糖だな」

竹筒の水で口を濯《すす》ぎ、隼之助は別の問いかけを発した。

「見張りの数はどうだ。多いか」

「見張り役は、いちおう二人、おりましたが、さほど熱心に役目を務めているようには見えませんでした。ひとりは陽だまりで気持ちよさげに船を漕いでおりましたので、これ幸いと腰から蔵の鍵《かぎ》を盗み取り、蔵に忍びこみました次第。特に騒ぎを起こすこともなく、という感じです」

「この陽気ゆえ、居眠りも出ような」

隼之助は眩《まばゆ》い春の陽射しを見あげた後、二人に命じる。

「されど、われらに昼寝をする暇はない。引き続き、中屋敷を調べろ」

「ははっ」

立ち去ろうとした二人に、慌てて声をかけた。

「待て。松吉さんが捕らえられている様子はなかったか」

「蔵に人はおりませんでした」

「母屋の様子は別の者が調べているんだったな。では、中屋敷を頼む」

二人を見送って、苦笑いを浮かべる。

「松吉さんのことを聞き忘れた」

「すぐに気づかれたではありませんか。上出来です。それに松吉探しは、仰《おっ》しゃったように他の者の役目。また、今の者たちも、気がつけば自ら知らせます」

「些細《ささい》な事柄などは見のがすやもしれぬ。それに気づくようでなければ鬼役は務まらぬ」

自分に言い聞かせるような言葉が出た。多聞であれば、どうするだろう。父のやり方を考えながらの小頭役。奥の下屋敷の方から、仲間が近づいて来たのを見て、まずは無事だったことにほっとする。

「第二陣が来たようだな」

二人の手下の報告を聞き、渡された小袋の中身を『舌』に載せた。ふんわりと舌に広がるやわらかで上品な甘み。

「台湾産だ、同じ砂糖だ」

「やはり、お庭番を仕留めた刺客は、薩摩藩が放った刺客のようですね」

いつもは穏やかな才蔵の目が、ぎらりと光った。盟友を惨殺した刺客をこの手でと考えているのは間違いない。才蔵が返り討《う》ちに遭《あ》ったらと思い、隼之助は慄《ふる》えた。急いで話を変える。

「この砂糖が抜け荷の品であるのは確かなのか」

「そのあたりの調べは、すでについております。長崎に着いた荷と、大坂や江戸に運ばれた荷を比べた結果、数が合わないことがあきらかになった由。抜け荷の品であるのは、おそらく間違いあるまいと」

「抜け荷の砂糖となれば、見張りの数も多いはず。よく忍びこめたな」

問いかけを投げると、ひとりが答えた。

「忍びこんだのではありません。砂糖袋を運び出しておりましたので、荷を担ぐふりをして紛れこみ、素早く抜き取りました」

「なんだと？」

「鬼役の動きを察知したのでしょう。厄介な品は、さっさと売り捌《さば》くのが得策。届け先は、昨日、宴に訪れた相手ですね」

才蔵の言葉を早口で継いだ。

「急ぎ、父上にお知らせしろ。抜け荷の砂糖と思しき荷が、薩摩藩の下屋敷より運び出されるとな」

「は」

すぐさま二人の手下が小石川に走る。

「木藤様が間に合わないときは、いかがいたしますか」

才蔵の問いかけに、問いかけを返した。

「届け先は大名家か」

「はい。奥州の小大名家です」

「では、その大名家の屋敷近くで荷を奪い取る」

薩摩藩の屋敷近くで騒ぎを起こすのは、得策ではないと思った。藩士の数も多いうえ、野太刀示現流《のだちじげんりゅう》の遣い手が、刺客以外にもいるかもしれない。届け先の小大名家ならば、まだましなのではないか。それらのことを判断したうえの答えであることを、才蔵もまた気づいている。

「お見事です」

「石川だ。頼むぞ」

町屋の方から歩いて来た徳之進を見て、隼之助は『壱太』に徹することにした。才蔵がお庭番を仕切る小頭役として呼びかける。

三

「石川様。いかがでございましたか」

「中屋敷に変わった動きはないように見えるがの。忍びこんだわけではなし、中の様子まではわからぬ」

「手分けして、まずは下屋敷を調べさせております。蔵にでも閉じこめられているのではありますまいか」

「無事であればよいが」

徳之進は独り言のように呟いた。手持ち無沙汰《ぶさた》な様子で、新堀川を眺めている。隼之助は疑いの目を向けずにいられない。

——すでに松吉を殺《あや》めたのではないか。

しかし、徳之進が〈切目屋〉にいたとすれば、松吉を始末したのは別の者ということになる。香坂伊三郎を考えたいところだが、伊三郎は徳之進を狙っていた。鬼役は斬らぬという言葉を信じた場合、徳之進こそが裏切り者の門徒。いかにも仲間のような顔をして、徳之進は主夫婦の命を狙っているのかもしれない。

——松吉を探すふりをして、おれたちをここに誘《おび》き寄せ、主夫婦ともども始末する。ありえることだった。罠の匂いは濃厚だが、逃げるつもりはない。鬼役として、受けて立つ覚悟を決めている。

「そうじゃ、宮地壱太と名乗っていたが」

不意に徳之進は、隼之助を見た。

「わしがはじめに聞いた名は、隼之助であったな。なにか理由があるのだろうと思い、あのときは黙っていたがの。どちらが本名なのじゃ。それとも両方とも偽りの名か」

名前に興味を持つのは、木藤家の系譜を知っているからだろうか。警戒心が湧《わ》いたものの、表情には出さない。

「宮地壱太です」

「さようか。近頃、巷《ちまた》でよう耳にする『鬼の舌』のことだがな。いったい、なんのことじゃ。三種の神器《じんぎ》のようなものか」

「なんであるのかは、わたしたちにもわかりません」

才蔵が代わりに答えた。

「三種の神器のようなものではないか、という噂《うわさ》は耳にしておりますが、これも定かではありませんので」

「膳之五家《ぜんのごけ》それぞれに、ひとつずつの神器があり、五つ合わせると、財宝の在処《ありか》を記した形になるとも聞いたが、これもただの噂かの」

「ただの噂です」

答えた才蔵の横で、隼之助はいやな感じを覚えた。膳之五家それぞれに、ひとつずつの神器。五つ合わせると、財宝の在処を記した形になる。徳之進の言葉を心の中で繰り返しているうちに、はっとした。

——まさか。

金井家に入った盗っ人は、それを探していたのではないか。そして、神器の噂を流したのは、他ならぬ多聞ではないのか。

「小頭」

二つの下屋敷に潜入していた配下が、次々に戻って来る。徳之進がいるのを見て、みな素早く頭を切り換えていた。小頭と呼びかけたのは才蔵に対してであり、隼之助には目もくれない。

「中の様子はどうだ。松吉はいたか」

代弁者となって才蔵が訊いた。

「見当たりません」

「見張りの数は」

「さほど多いようには見えません。警戒しているような雰囲気は、ないように思います」

「そうか。二人は奥の下屋敷にもう一度、侵入しろ。じきに砂糖を積んだ荷を運び出すはずだ。出て行く様子が見えたら戻って来い。あとの者は中屋敷の探索だ」

「わしも今一度、行ってみる」

徳之進が数人の配下と一緒に、ふたたび中屋敷の方に向かった。歩き出したそのとき、

「石川様」

隼之助は素早く駆け寄った。堀に架かる赤羽橋に、香坂伊三郎が現れたからである。初めて逢った夜のように真っ直ぐ徳之進を睨《ね》めつけている。隼之助は身体で庇《かば》うよう

にして、伊三郎の前に進み出た。

背後にいる徳之進こそが刺客かもしれない。はたまた前にいる伊三郎も刺客であるかもしれない。敵か味方か、あるいは二人とも敵か。隼之助が背中に庇ったその隙に、徳之進は配下たちと中屋敷の方に走った。

「わからぬ」

伊三郎はぽつりと言い、そのまま背を向け、赤羽橋を渡って行った。なにがなんだかわからない。

「今のはどういう意味だろうな。刺客かもしれぬ石川を、おれが庇うのがわからぬという意味か?」

「そのように思えなくもありませんが」

「なぜ、石川を斬り捨てなかったのか。あの男の腕があれば、おれが駆け寄る前に、仕留められたはず。わからぬ、と、おれの方こそ呟きたいところよ」

隼之助は向こう岸に移った伊三郎を、油断なく目で追いかけている。立ち去る様子はない。増上寺の塀沿いに、新堀川の河川敷をぶらぶらと東へ進んでいた。

「本当に味方であれば、あれ以上、心強い助っ人はいないものを」

思わず出た本音に、心の中で舌打ちする。正体のわからぬ男をあてにするようでは、多聞の期待に応えられない。隼之助は仲間たちの報告を頭の中で反芻《はんすう》する。

「罠であるのは確かだが、見張りが少なすぎるように思えなくもない。われらが主夫婦の護衛役を務めることは百も承知のはずなのにな。今ひとつ、下屋敷から緊張感が伝わってこないのはなぜなのか」

自問の後、突如、閃《ひらめ》いた。

「もしや」

毒を使うつもりなのか？

才蔵も素早く考えを読んだ。

「ありうると思います。刃を交えれば少なからず死傷者が出ますが、毒を用いれば、標的だけを始末できますので」

「茶にでも、一服、盛るつもりか」

「小頭」

手前の下屋敷の方から、別の二人の配下が走って来る。

「松吉を見つけました。どこか別の場所から連れて来られたようです。御裏御門の潜《くぐ》り戸から入って参りまして、厩《うまや》近くの納屋《なや》に閉じこめられました」

「女がひとり、松吉と一緒に閉じこめられましたが、いかがいたしましょうか」

手前の下屋敷に侵入した二人だった。両名とも〈切目屋〉の見張りについたことがあるため、松吉の顔を見知っている。それを考えたうえで、松吉探しを命じていた。

「女」

隼之助の言葉に、才蔵が答えた。

「女房かもしれません。人質に取られて、誘《おび》き出されたのではないでしょうか」

「そうかもしれぬな。二人とも無事か」

「はい。見張りの数は、四人です。そこそこ遣えるのではないかと思いますが、不意を衝《つ》けば、さほどむずかしくはあるまいと」

「野太刀示現流を甘く見てはならぬ」

隼之助は忙しく考える。松吉は囮《おとり》に使われたのかもしれないが、すぐに始末される懸念《けねん》はない。対する主夫婦は、すでに下屋敷めざして見世を出ている。はたして、どちらの下屋敷に案内されるのか。

〝悩む暇があれば、動け〟

多聞の声が聞こえた、ように思えた。

「おれは〈相生堂〉の奉公人だ。正面から堂々と行くか」

「忍びこむのではないのですか」

「時がない。おまえたちは松吉たちが閉じこめられている納屋の近くで待て。おれと才蔵が行くまで動いてはならぬ。よいな」

「承知いたしました」

二手に分かれて、隼之助は才蔵と下屋敷の御門に急いだ。毒を混ぜるとなれば、茶か菓子か。膳の用意はされていないはずだが、そういった段取りまではわかっていない。早くしないと、主夫婦が到着する。慣れている才蔵が〈相生堂〉の先触れのふりをして、門番に饅頭千個がほどなく着く旨、告げた。

「つきましては、御台所のお手伝いをできないかと思いまして。饅頭を千個、ご注文いただいたのですが、饅頭には、それに合う茶の淹《い》れ方がございます。手前とこの者は茶道の心得がありますため、主の鉄太郎より、お手伝いを申しつけられました」

うまい、と、隼之助は心の中で唸《うな》った。相談したわけでもないのに、才蔵は即座に素晴らしい嘘を考え出している。あらためて、お庭番としての能力の高さを感じていた。

「茶の淹れ方」

門番はぽかんと口を開けたが、〈相生堂〉の訪れは知っていたに違いない。

「しばし待て。伺《うかご》うてくる」

ひとりが屋敷の奥に消えた。茶に毒を混ぜるとすれば、隼之助たちには触らせもしないだろう。御台所の様子がわかれば、本当に毒を使うのかどうか、使うとすれば、なにに混ぜるのかを知ることができる。なんとしても、察知しなければならない。

「賄頭《まかないがしら》じゃ。〈相生堂〉の奉公人とは、そのほうらか」

ほどなく、いかつい顔をした男が現れた。

「はい。手前は才蔵と申します。この者は」

「壱太でございます」

隼之助は受け、一気にまくしたてる。

「ご存じでございましょうが、茶道とは、茶事にはじまると言われております。剃髪《ていはつ》得度《とくど》することは、世俗を超越したあかしとされ、茶事も禅修行のひとつと解されました。つまり、法体《ほったい》で臨めばいかなる権勢者と伍《ご》すことも可能になるということでございます。てまえどもの主は、法体ではございませんが、気持ちのうえでは剃髪得度していると、常日頃より公言して憚《はばか》りません。いささか茶にもうるそうございます。茶会では、炉の自在鉤《かぎ》に平釜《ひらがま》を吊るし、床飾りは白梅をあしらった胡銅《こどう》の花入れ。茶事後の膳は、ごぼう、菜汁、椎茸《しいたけ》のさしみ、芋田楽《いもでんがく》、飯といった質素な膳を……」

「もうよい」

遮った賄頭を押し切るように続けた。

「闘茶《とうちゃ》を執《と》り行うというのはいかがでございましょうか。四種十服の茶をはじめ、数種の茶を試飲し、本茶である栂尾《とがのお》産の茶とそれ以外の茶とを識別いたしますのが、闘茶でございますが、余興としては面白いのではないかと」

「来い」

うんざりした様子で、賄頭が言った。隼之助の知識に圧倒されてしまい、とりあえず案内することにしたのだろう。才蔵と視線を交わし合ったが、これはほんの挨拶《あいさつ》代わり。毒が仕込まれたものを突き止めなければならない。

「ここが御台所じゃ」

賄頭が案内した台所では、五、六人の奉公人が立ち働いている。毒を混ぜるのを命じられたとすれば、だれしも平静ではいられない。独特の緊張感が漂っているはずだが、奉公人の動きにぎこちなさや、不自然さはない。勝手口に立った隼之助は、土間の飯台に置かれた壺《つぼ》にまず目が行った。

「あれは茶壺でございますか。茶壺にしては、いささか大きいように思いますが」

「金柑《きんかん》の蜜漬《みつづけ》よ。茶菓子に使うようにという御家老様直々《じきじき》のおはからいでの。わしは饅頭屋などにはもったいないと反対したのじゃが、どうしてもと今朝、わざわざお持ちになられたのじゃ」

その返事で、これだと思った。砂糖漬であれば毒の味が消える。奉公人たちは毒入りの蜜漬であることを知らないに違いない。それゆえ、平然としていられるのだ。

「お手伝いさせていただきます」

隼之助は才蔵と、茶の支度――主夫婦を救う支度に取りかかる。

四

主夫婦――鉄太郎と光世が、障子を開け放した座敷で、江戸家老と対面している。雪也と将右衛門は廊下に控えており、隼之助は庭の植え込みに隠れて、座敷を見つめていた。なにを話しているのかまでは聞き取れないが、さして深い話ではないだろう。急に千個もの饅頭を頼み、すまぬとでも言っているのかもしれない。午後の陽射しが、穏やかな語らいを明るく彩《いろど》っていたが、

「金柑の蜜漬はいかがしたのじゃ」

茶と一緒に運ばれて来た茶菓子を見て、家老は大きな声をあげた。

「必ず茶菓子に使えと、あれほど言うたではないか。なにをしているのじゃ、すぐに

持って来い」

「申し訳ありませぬ」

賄頭が畳に額をこすりつける。

「蜜漬は、その、泥まみれになってしまいまして、とても召しあがっていただける状態ではございませぬ。それがしがほんの少し目を離しました隙に、だれかが壺に土を入れたのでございます。どうか、どうか、お許しを。ひらにご容赦いただきたく思います次第」

ひたすら頭をさげていた。家老は憤怒《ふんぬ》の形相だったが、要はたかが金柑の蜜漬の話である。大騒ぎすれば、逆に疑いを持たれかねない。

「さようか。あれは特別な蜜漬だったのだが、致し方あるまい」

怒りを抑えて、主夫婦に視線を移した。金柑の蜜漬に隠されていたのは、猛毒のトリカブト。毒殺は免れたが、これですんなり帰してくれるとは思えなかった。隼之助は次の行動に出る。

「松吉を助ける」

才蔵に告げた。

「すべてのお庭番を、この屋敷に集めろ」

「お待ちくださ い。抜け荷と思しき砂糖を積んだ荷車が、ちょうど隣の屋敷を出る頃です。配下を二分してはいかがでしょうか。一群はここに残り、もう一群は荷車のあとを追いかける。途中で木藤様に会えれば、そこで合流して、襲撃できるのではないかと」

「二分させるのも敵の狙いかもしれぬ。おれは父上を信じることにした」

隼之助に託された配下は二十名だが、多聞のもとへ知らせに走らせたため、今は十八名しかいない。しかし、多聞のもとにはおよそ三十名のお庭番がいる。ぬかりのない多聞のことだ。この事態を考えたうえで、手配りしたのではないか。それならば、荷車の方はまかせようと思った。

「行くぞ」

「わかりました」

才蔵は短く合図の指笛を吹いた。集まれという呼びかけだろう。隼之助がこちらの下屋敷にいることは、みな知っている。厩近くの納屋に向かうと、ひとり、二人と影が動くように集まって来た。

——これも、おそらく罠だ。

松吉を囮にして、鬼役の配下を始末する。多聞の言葉どおり、まさに戦《いくさ》。下屋敷の昼さがりは、にわかに殺気立ってきた。

「小頭」

納屋を見張っていた二人が振り返る。

「変わりはないか」

「はい。松吉も女も中におります」

「出てきました」

才蔵の声と同時に、隼之助は飛び出していた。納屋から押し出された松吉の腕を素早く摑《つか》み、後ろに追いやる。その速さに追いつけたのは、才蔵しかいなかったが、他の者たちも一拍遅れで藩士たちに襲いかかった。才蔵が女を抱えこみ、松吉の方に連れて行く。四人の藩士は刀を抜き、お庭番たちの攻撃を懸命に防いでいた。

「今のうちに逃げろ」

隼之助は叫び、ひとりの藩士の懐に飛びこみざま、腹に短刀を突き立てる。小頭が自ら手を汚してこその鬼役だ。配下もそれに勢いづいて、懐に忍ばせていた短刀で切りつける。剣の腕では藩士の方が勝るかもしれないが、あっという間に包囲されてしまい、反撃の機会を見出《みいだ》せないまま、三人が斃《たお》れた。

「お出会いめされい、曲者《くせもの》でござる」

ひとりは逃げながら、大声を張りあげる。

「曲者じゃ。厩《うまや》の近くに曲者じゃ」

呼応するように、母屋の座敷の方からも指笛が響いた。鳴らし方で雪也と将右衛門だとわかる。主夫婦も襲われたのかもしれない。

「松吉さんは、御内儀と逃げろ」

と隼之助は言ったが、裏門を塞《ふさ》ぐように徳之進と数名の藩士が現れた。ここで配下を分断させられては、死傷者が出かねない。雪也たちと合流した方がいいと判断した。

「母屋の前庭に移るぞ、急げ」

躊躇《ためら》うことなく尖兵《せんぺい》役を務める。木陰や物陰に潜む藩士が、襲いかかって来る度、隼之助が防ぎ、隣に並んでいる才蔵が仕留めた。後続の者はさぞ楽ができたに違いない。が、前庭でもすでに死闘が始まっている。

「雪也」

後ろから友に斬りかかろうとした藩士に、隼之助は体当たりするように身体ごと突っ込んだ。相手が倒れた一瞬を衝き、短刀で喉《のど》を切り裂く。携えている武器は木藤家の紋が入った短刀だけだが、もうひとつ、速さという他者には真似《まね》のできない最高の武器がある。

「すまぬ。助かった」

「礼を言うのはまだ早い」

隼之助は主夫婦を背に庇い、表門の方に進んで行った。才蔵も同じようにして、松吉と女を少しずつ移動させている。雪也と将右衛門が楯《たて》となり、お庭番たちがさらにそのまわりを守る陣形を取って、藩士たちの攻撃を防いだ。

——敵の頭はだれだ？

隼之助はこの場を仕切る頭を探した。毒殺を企んだ家老は姿を消していたが、斬り捨ててもすぐにあらたな藩士が現れる。だれかの命がなければ、ここまで統制の取れた動きはできないはず。やはり、と、徳之進に目が行った。

笹の葉の改敷《かいしき》は、命を奪う相手への礼のつもりだったのか。象の饅頭を持っていたのは、殺める場所の下見に行ったからなのか。門徒の裏切り者は石川徳之進、世話役のふりをして、お庭番と門徒を殺めた。

「雪也、将右衛門。主殿と御内儀を頼む」

早口で告げるや、陣形を飛び出して、徳之進に躍りかかる。雪也と将右衛門は主夫婦を守りながら、素早く表門の方に走った。命じられたわけでもないのに、数名のお庭番が前後を守る。目の端にそれらの光景をとらえつつ、隼之助は短刀を突き出した。

「くっ」

徳之進は受け止めたが、反撃することなく、後ろにさがる。二人の藩士が前に出て、袈裟斬《けさぎ》りを叩きつけてきた。ひとりは隼之助、もうひとりは才蔵が相手をする。以心伝心どころではない。才蔵はまさに影になりきって、隼之助を守っていた。

「隙を見て、松吉さんたちも逃がせ」

叫びながらも、徳之進から目は離さない。頭役を仕留めれば、攻撃はいったん止《や》むに違いない。死傷者をできるだけ出さぬよう、最善の策を取るのが小頭の務め。こんな屋敷に長居は無用と、勝負を懸ける。

「はぁっ」

隼之助は、藩士たちの頭上を身軽に飛び越えた。徳之進の近くに降り立つと同時に、短刀で鋭く切りつける。第一撃はかわされたが、雷光のように閃いた二撃目を徳之進は避けきれない。

「うっ」

短く呻《うめ》いて、飛びすさった。右手から激しく血が流れ出している。利き腕を切ったとなれば、蜻蛉《とんぼ》は使えまい。隼之助はじりっと間合いを詰める。

「ま、待て、わ、わしは……」

徳之進の無様な言い訳に、凄《すさ》まじい絶叫が重なった。

五

振り向いた隼之助は見た。

空に向かって噴きあがる鮮血を。

「………」

隼之助は目を見開いた。お庭番のひとりが、どうっと地面に斃れる。身体はほとんど真っ二つに裂け、おびただしい血が流れ出していた。野太刀示現流のあの構え、右蜻蛉の構えを取っているのは……。

「松吉」

ごくりと唾《つば》を呑む。唾を呑みこむその一瞬に、逃げ遅れた配下がまた斬られた。かろうじて隼之助には見えたが、常人にはとらえられなかったかもしれない。右蜻蛉から左蜻蛉に構えを変えたようにしか見えなかったのではないか。蜻蛉が飛翔《ひしょう》するかのような、優雅な羽ばたきを思わせる斬撃《ざんげき》は、だがしかし、このうえなく怖ろしい黄泉《よみ》の使者。

「さがれっ」

隼之助の叫び声で、配下たちは一斉に退いた。そこへ藩士たちが反撃の刃を叩きつける。斬られそうになったひとりを、隼之助は押しのけ、振り降ろされた刀を短刀で受け止めた。すかさず才蔵が藩士の脇腹に短刀を食いこませる。

「後ろだ」

才蔵の頭上に振り降ろされた刀を、隼之助は短刀で弾《はじ》き返した。あまりの衝撃に腕が痺《しび》れたが、休んでいる暇はない。喉もとに伸びた刀をひょいとかわして、後ろにまわりこむ。藩士の後頭部に思いきり短刀を食いこませた。

刹那《せつな》、ふたたび絶叫が轟《とどろ》いた。

三人目、そして、四人目のお庭番が、無惨な姿となって地面に転がる。右蜻蛉の構えから、左蜻蛉に構えを変えたようにしか見えないのに、相手は骸《むくろ》と化している。魔剣としか言いようがなかった。

「佐喜《さき》、は、早うこちらへ」

徳之進が震え声で棒立ちになっている女を呼んだ。囮役は松吉ではない、囮役は徳之進だったのだ。女房を人質に取られてしまい、松吉の命令を聞くしかなかったのだろう。笹の葉の改敷は、我が身の明日を察したためか。象の饅頭は裏切り者が近くにいることを知らせるためだったのか。

「佐喜」

「おまえさま」

二人の手が『相生の松』のように固く結ばれる。血腥《ちなまぐさ》い戦場と化した中にあって、夫婦の情愛は唯一の救いかもしれない。

「退《ひ》け」

隼之助は命じたが、逃げ出せる者はいなかった。いつの間にか藩士たちに包囲されている。日が暮れかけた屋敷の庭には、濃い血の臭気が立ちのぼっている。主夫婦を外に逃がした雪也と将右衛門が戻って来た。

「おぬしたちは逃げろ、われらにかまうな」

その叫び声に、刃の激突音が重なった。雪也と将右衛門が、藩士たちの背後から襲いかかる。包囲網がくずれた隙に、隼之助は配下の何人かを外へ追いやる。逃げるつもりはなかった。松吉と勝負しなければ、鬼役の座には就《つ》けない。

「お逃げください」

才蔵の言葉に無言で短刀を繰り出した。包囲網の外へ追いやったはずの配下も、その場に留《とど》まり、藩士に飛びかかる。目の端に松吉と対峙《たいじ》する雪也が映っていた。

「逃げろ、雪也」

友に向けて発した警告は、襲いかかって来た藩士によって遮られる。雪也が松吉の蜻蛉を紙一重でかわした。将右衛門が斬りつけると、松吉はいち早くさがり、また蜻蛉の構えを取る。

「よせ！」

隼之助の制止は間に合わない。松吉に襲いかかろうとしたお庭番が、一瞬のうちに絶命していた。

「これで五人」

と、松吉は言った。

「邪魔な犬は、すべて斬る」

「させるか」

躍《おど》りかかろうとした隼之助を、才蔵が必死に止める。二人の動きを見て、松吉の目が獣のようにぎらついた。

「真の小頭はおまえか。もしや、鬼役の後釜《あとがま》か」

深く腰を沈めたと思った瞬間、つつっと目の前に迫っていた。隼之助は反射的に飛びすさる。飛びすさったそこへ松吉が迫る。二度目までは避けられたが、三度目の右蜻蛉が飛翔するように動いた。

——斬られる。

さがろうとしたとき、幾つかの人影が前に出た。が、松吉の刀を受け止めたのは、雪也でもなければ、将右衛門でもない。

「おまえだったか」

香坂伊三郎が、深く腰を沈め、がっちりと受け止めていた。松吉はすみやかにさがって、右蜻蛉の姿勢を取る。伊三郎は刀を後ろに流して出方を見ていた。松吉が踏みこんだとたん、刀が折れんばかりの衝撃音が響いた。

二度、三度と凄まじい激突音が響きわたる。

松吉の蜻蛉をことごとく撥《は》ね返し、伊三郎は攻撃に出た。裂帛《れっぱく》の気合いとともに、大きく踏みこみ、下から斬りあげる。松吉は敏捷《びんしょう》だった。隼之助には劣るかもしれないが、股間《こかん》から真っ二つに切り裂いたであろう伊三郎の一撃をかわした。

「裏切り者め」

伊三郎が右蜻蛉に構える。

「貴様こそ、犬の犬になりさがりおって」

松吉も右蜻蛉に構えた。二人が野太刀示現流の技を披露している間も、周囲では戦いが続いている。いっとき劣勢になりかけたが、伊三郎のお陰で徳之進と女房らしき女も外に逃げていた。

「香坂様。わたしに立ち合わせてください」

隼之助は申し出て、伊三郎の隣に立つ。盟友はもちろんのこと、才蔵も制止の素振りを見せたが、視線でそれを止めた。

「よかろう」

伊三郎は答えて、続ける。

「骨はおれが拾うてやる」

「お願いいたします」

大きく深呼吸して、松吉と対峙した。右蜻蛉に構えたまま微動もしない。武道場で隼之助も試してみたが、深く腰を沈めた姿勢で、あの構えを取るだけでも、かなりの体力を要した。野太刀示現流は、実戦に適した流派であることを知っている。

「きえぇっ」

鋭い気合いをあげ、松吉の右蜻蛉が襲いかかる。隼之助がさがったのを見た瞬間には、左蜻蛉が放たれていた。右肩めがけて振り降ろされた一撃をどうにか避ける。短刀を突き出そうとしたが隙を見出《みいだ》せない。続けて三打目が来るかと思ったが、松吉はいったんさがり、間合いを取った。

「次は斬る」

ゆっくりと右蜻蛉の構えになる。

――考えてはならぬ。

隼之助は自分に言い聞かせた。右の次が左とは限らない。松吉もその時々の状態を見て、蜻蛉を操っている。頭で考えるのではなく、無の境地となって身体の動きに己をまかせる。武道場ではうまくいかなかったが、しくじればこの身体が真っ二つに裂けるのはあきらか。ごくりと唾を呑んだ。

それが合図となって、松吉の蜻蛉が閃く。

右、右と動いた刀を避け、松吉が左に構えを変えようとしたとき、隼之助の短刀がすっと前に出た。間近に迫っていた松吉の腹に、吸いこまれるかのごとく突き刺さる。

勝負ありと見て取ったに違いない。才蔵が目にも止まらぬ速さで短刀を投じた。松吉の眉間に深々と突き刺さり、くずれるように斃れこむ。

「隼之助」

「大丈夫か」

駆け寄って来た友に、小さく頷き返した。

「ああ。香坂様よりも半滴ほど動きが遅かった。そのお陰で助かった」

一滴にも満たぬ差ではあるが、それが生死を分けることを、隼之助は今の立ち合いで知った。助けてくれた伊三郎はとうに姿を消している。頭役と思しき松吉が斃れたのを見て、藩士たちも密かにいなくなっていた。

「雪也と将右衛門は、主殿たちを見世まで送り届けてくれ」

帰路、襲われないとも限らない。

「四名は護衛役につけ。あとの者は、おれと一緒に先程、隣の下屋敷を出た荷車を追いかける。気を抜いてはならぬぞ」

薩摩の秘剣、野太刀示現流。

これから何度もあの魔剣と立ち合わなければならない。明日のことはわからないと、隼之助は思った。

六

二日後。

「首尾は上々、初仕事にしては、まあ、悪くない出来といえるやもしれぬ」

多聞にしては珍しい褒め言葉だったが、隼之助は即座に反論する。

「五人もの仲間を失いました。上々とは言えませぬ」

場所は小石川の屋敷で、多聞の後ろには才蔵が、そして、隼之助の後ろには、雪也と将右衛門が控えている。〈相生堂〉の主夫婦を守りぬき、抜け荷の砂糖も押さえられたとあって、上機嫌なのかもしれないが、手放しでは喜べなかった。

「覚悟のうえじゃ。何度も言うたように、これは戦よ。されど、此度《こたび》、命を落とした者の家には、大御所様より褒美《ほうび》が与えられる。名誉の戦死ゆえ、みな鼻が高かろう」

大御所――家斉《いえなり》の褒美を餌《えさ》にして、命を捨ててもよいという覚悟を配下に植えつける。褒美はないよりあった方がいいに決まっているが、父の人心掌握術《じんしんしょうあくじゅつ》には、抵抗を覚えずにいられない。

「不服か？」

表情を読んだ多聞に、小さく首を振る。

「いえ、励みになるのではないかと」

気まずい空気を読んだのだろう、

「木藤様。香坂伊三郎というあの男は、何者なのでございますか」

雪也が問いかけを発した。

「伊三郎は、薩摩の元郷士よ。郷里では、ろくに飯も食えぬひどい有様だったらしゅうてな。家族はことごとく飢え死にした由。薩摩に強い怒りと恨みを持っておる。大御所様より配された男じゃ。わしも知らなんだが、直《じか》に抱えておられるとか。よほどお気に召したのであろう、伊三郎、伊三郎とご寵愛《ちょうあい》なされているそうじゃ」

「大御所様が直に」

一滴三度の腕前なればこそかもしれない。たった一度だけだが、伊三郎の剣の速さを見ていたお陰で、松吉との立ち合いに多少なりとも余裕ができた。もっとも余裕と呼べるほどのものではなかったかもしれないが、速さの違いを見極められたそれが勝敗を分けたと、隼之助は思っている。

「香坂様は、命の恩人でございます」

「ほう、気に入ったか」

多聞は目を細めた。婚礼のときよりは、だいぶ顔色がよくなっている。あの日はたまたま腹の具合でも悪かったのだろうと、無理やり自分を納得させた。隼之助の心を知ってか知らずか、

「伊三郎もそなたに関心を寄せているそうじゃ。二度まで自分の蜻蛉をかわされたのは初めてだとな、大御所様に言うていたとか。近いうちにここへ招いてもよいぞ。あ

らためて、顔合わせといくか」

上機嫌の大盤振る舞いといった感じで告げた。

「父上におまかせいたします。ひとつお訊ねしたいのですが、香坂様が石川様を見のがしたのは、裏切り者が松吉であることをご存じだったからですか」

〝わからぬ〟

と呟いて、赤羽橋を渡って行った伊三郎。疑問に多聞が答えた。

「伊三郎は、かねてより、石川徳之進を見知っていたらしゅうてな。そこそこ野太刀示現流を使えることもわかっていたようだが、気質を考えたとき、今ひとつ、しっくりこなかった由。それで、もしや、と思うたようじゃ」

「さようでございましたか」

隼之助は、昨日、見送った徳之進夫婦を思い出している。

〝〈切目屋〉が鬼役と多少なりとも繋《つな》がりがあるのは存じていた〟

騒動の経緯を徳之進は話してくれた。それゆえ、〈切目屋〉を旅籠《はたご》に決め、鬼役の目を引きつけるために、わざと派手な酒宴を開いたらしい。

〝お庭番を斬り、井戸で血を洗い流したのは松吉よ〟

松吉もまた〈切目屋〉に出入りしていたので、戻るときには血を洗い流さなければならなかったのだ。女房を人質に取られた徳之進は窮地に追いこまれる。

〝『笹の葉の改敷』を使うたのも、あやつが危険な男であることを知らせるためよ〟

鯛《たい》の膳を食べた夜、料理屋に来たのは松吉。『象の饅頭』に関しては、ただの偶然だったようだが、徳之進は松吉とともに、湯島聖堂に下見に行ったということだった。

むろん〈井筒屋〉の番頭を誘き寄せ、始末するためである。

〝上納金は、松吉がどこかに持って行ってしもうたわ〟

哀しげに言っていたが、あるいは、幾ばくかの銭をもらったのかもしれない。ともかくにも、無事、奥州に旅立った徳之進夫婦を見送って、隼之助は安堵している。

「いずれにしても、大儀であった。しばらくの間、休むがよい。そなたの婚儀については、水嶋殿と話を進めておる。波留殿も同じ想いであるとか。惚《ほ》れた者同士であれば、と、思いのほか乗り気であったわ」

「そのことですが……祝言をあげた後は、この屋敷に住まなければならぬのですか」

「あたりまえではないか。鬼役の小頭ぞ」

「お許しいただけるのであれば、この屋敷の近くに、家を借りられないかと思いまして。しばらくの間だけでもかまいません。波留殿が慣れる間だけでも……いかがでございましょうか」

ここに住めば、見張りの目がうるさくてたまらない。加えて、弥一郎の存在も気になっていた。怒鳴りこんでくるのは間違いあるまい。そんなとき、他に住んでいれば、あくまでも鬼役は弥一郎なのだと、思わせることができるのではないか。

「弥一郎か」

多聞は鋭く読み取る。

「いえ」

いちおう答えたが、多聞は本気にしていない。

「あれの取り柄《え》は、直心影流《じきしんかげりゅう》の免許皆伝だけよ。されど、もう一か所、家を借りるというのは、悪い考えではないやもしれぬな」

才蔵、と呼びかければ、それで決まる。

「承《うけたまわ》りました」

「座敷に膳の用意をさせた。むろん、酒もある。好きなだけ飲み、岡場所にでも繰り出すがよい。わしは邪魔をせぬゆえ」

「なにかあったのでしょうか。やけに外が騒がしいようですが」

隼之助は立ちあがり、障子を開けた。すぐに配下が駆けつけて来る。跪《ひざまず》いて、異変を知らせた。

「水嶋様のお屋敷に、盗っ人が押し入ったそうです」

「なに!?」

隼之助は足袋《たび》で飛び出していた。

「お待ちください」

「隼之助」

才蔵と雪也も追いかけて来る。が、疾風のごとき速さで、表門を駆け抜けていた。まさか、波留の身に、いや、そんなわけがない。

——無事でいてくれ。

祈るような想いで、水嶋家の表門の前に立った。開いたままの潜《くぐ》り戸に、不吉なものを感じながらも慎重に中へ入る。玄関先では家中の者たちが、右往左往していた。

「医師はまだか」

「もう一度、呼びに行け」

ひとりを捕まえて、訊いた。

「木藤隼之助です。水嶋家の方々はご無事ですか」

「奈津様と何人かが賊に斬られました」

その言葉が終わる前に、隼之助は玄関を走りぬけ、奥座敷に向かっていた。廊下や庭には、何人かが倒れている。血まみれの者たちを、座敷に運び、手当てしていた。

「波留殿、波留殿はおられぬか」

隼之助は家僕を避けながら、大声を張りあげる。

「波留殿」

「隼之助様」

座敷から波留が姿を見せた。思わず抱きしめそうになったが、衆目の中、そんなことはできない。伸ばしかけた手をぐっと握りしめる。

「怪我はないか、奈津殿は」

「…………」

無言で波留は首を振った。鮮血が飛び散った座敷には、姉の奈津が横たわっている。母親が必死の形相で、あふれ出す血を晒《さら》しで押さえていた。

「奈津、しっかりするのです。今、お医師が来ますからね。奈津、聞こえますか、目を開けて、奈津」

絶叫のような叫びが、屋敷を凍りつかせた。

飾ったばかりだったのかもしれない。畳に転がった内裏雛《だいりびな》の女雛《めびな》の首が、どこかに吹き飛んでしまっている。

連理の枝が折れる音を……。
隼之助は聞いたような気がした。

あとがき

『公儀鬼役御膳帳』の二巻目『連理の枝』です。

他社でも男性作家の方がそのものズバリの『鬼役』という時代小説を書いていらっしゃいますが、女性版鬼役小説と思って楽しんでいただければ幸いです。いちいち男性だの女性だのと記すのは好きではありませんが、私はペンネームのせいで男性と勘違いされる読者の方が多いため、さりげなくアピールさせていただきました。

五巻まで刊行されたシリーズであり、最後までドキドキ、ハラハラの展開になっています。主人公の木藤隼之助と波留の恋模様を軸に、御膳奉行というお役目や前妻の子どもとの確執といった人間模様を織り込み、私自身、非常に楽しみながら書き進めたことを思い出しています。

また、父親・多聞との関わりも、大きなテーマのひとつになっているでしょう。尊敬しながらも畏《おそ》れている存在に不治の病の兆しが見えたら？

愛する波留と夫婦になることをあっさり認めてくれた裏を読んでしまう。いえ、読めてしまう隼之助の哀しさ。もしやと疑いつつ、いやあの父に限って死ぬわけがない等々、さまざまな葛藤《かっとう》があります。二巻目では隼之助の揺れる心も描きました。以心伝心、なんでもわかってしまうのは、いいのか悪いのか。

作品の中で好きな登場人物は、才蔵ですね。名前でおわかりのように、いかにも私好みと言いますか。隼之助のためならば躊躇《ためら》うことなく己の命を差し出すであろう彼の存在に惹《ひ》かれます。

隼之助の生みの母はお庭番の女で、才蔵とは血の繋《つな》がりがある。言うなれば兄貴分ですが、才蔵は『鬼の舌』を持つ隼之助を弟分とは思えない。微妙な擦《す》れ違いが、両者の間にはあります。上に立つ者の苦悩を、隼之助は味わうことになるでしょう。それはすなわち父を知ることにも繋がるわけですが……意外な流れに驚かれるのは必至だと思います。

父と食。

それでふと思い出したのは、私自身の父のこと。戦争の体験者だったからでしょうか。絶対に芋《いも》料理を口にしませんでした。戦時中、毎食、口にできるのはサツマイモだったらしく、二度と食べたくないと言っていました。父も母も戦時中の話はほとんどしませんでしたが、この話だけは鮮明に憶えています。

カレーライスやコロッケのジャガイモは、食べていましたけどね。肉じゃがなどは出すと怒りましたから。お芋だとはっきりわかるのは駄目だったのかもしれません。酒飲みでしたので、夕餉《ゆうげ》はけっこう品数が多くて贅沢《ぜいたく》でした。

実家のある本所亀沢町は、門前仲町などもさほど遠くなく、私は河豚鍋《ふぐなべ》の材料や河豚の刺身を門前仲町の小料理屋さんまで、たまに自転車で取りに行かされました。うちは町工場でしたから家は綺麗じゃなかったですけど、食事は良かったかもしれませんね。食べることだけはもう我慢したくなかったのでしょう。

終戦記念日や東京大空襲の日などがくると思い出す父の話。戦争はいやだなとつくづく思います。

さて、三巻、四巻、五巻と刊行できるかどうかは、皆様の応援次第。『公儀鬼役御膳帳』にエールを送っていただけると嬉しいです。

本書は2010年4月に刊行された徳間文庫の新装版です。
なお本作品はフィクションであり実在の個人・団体などとは一切関係がありません。

徳間文庫

公儀鬼役御膳帳

連《れん》理《り》の枝《えだ》

〈新装版〉

2023年6月15日　初刷

著者　六《りく》道《どう》　慧《けい》

発行者　小宮英行

発行所　株式会社徳間書店

東京都品川区上大崎三―一―一　〒141―8202
目黒セントラルスクエア

電話　編集〇三(五四〇三)四三四九
販売〇四九(二九三)五五二一

振替　〇〇一四〇―〇―四四三九二

印刷
製本　大日本印刷株式会社

ISBN978-4-19-894866-5　（乱丁、落丁本はお取りかえいたします）

徳間文庫の好評既刊

六道 慧

新・御算用日記

断金の交わり

書下し

馴染《なじ》みの魚屋で起きた小火《ぼや》騒ぎ。生田数之《いくたかずの》進《しん》は、現場の裏口に残された湿った紙縒《こよ》りを見て、附《つ》け火《び》——放火の可能性に思い至る。また、盟友・早乙女一角《さおとめいっかく》とともに潜入探索にはいった越後国尾鹿《えちごのくにおじか》藩の上屋敷では、国許からの切実な陳情、そして藩主の安藤丹波守直《あんどうたんばのかみなお》之《ゆき》が昼間から泥酔《でいすい》騒ぎを起こすなど、不穏な動きが……。無私《むし》の心で民を助ける幕府御算用者の千両智恵《せんりょうちえ》が閃《ひらめ》く。好調第二弾。